LA PHARAONNE

Cet ouvrage est le deuxième tome du roman de Violaine Vanoyeke consacré à la pharaonne Hatchepsout.

LA PHARAONNE

* *La Princesse de Thèbes*
** *Le Pschent royal*
*** *Le Voyage d'éternité*

7-13, boulevard Paul-Émile Victor - Île de la Jatte
92523 Neuilly-sur-Seine cedex

VIOLAINE VANOYEKE

LA PHARAONNE

* *

Le Pschent royal

ROMAN

Michel LAFON

DU MÊME AUTEUR

L'Art aux yeux pers, Le Cherche-Midi, 1980, *poésie.* Prix Jean Christophe.

Torrent, R.E.M., Lyon, 1983, *poésie.* Album avec interprétation au piano de Violaine Vanoyeke.

L'Harmonie et les arts en poésie, Monaco, 1985, *anthologie.*

Le Mythe en poésie, Monaco, 1986, *anthologie.*

Cœur Chromatique, R.E.M., Lyon, 1986, *poésie.* Album avec accompagnement musical interprété au piano par Violaine Vanoyeke. Interprétations des textes avec Dominique Paturel.

Clair de Symphonie, J. Picollec, 1987, *roman.*

Messaline (Violaine Vanoyeke/Guy Rachet), Robert Laffont, 1988, *roman.* Traduit en espagnol, portugais, grec, coréen, bulgare, polonais...

Le Druide, Sand, 1989, *roman.*

Au bord du Douro, Lizier, Luxembourg, 1989, *poésie.*

Les Louves du Capitole, Robert Laffont, 1990, *roman.* Prix littéraire de l'été 1990. Traduit en espagnol, portugais...

La Prostitution en Grèce et à Rome, Belles Lettres, 1990, *histoire.* Traduit en espagnol, en grec, en japonais, en tchèque...

Le Crottin du diable, Denoël, 1991, *roman.* Prix de l'Association de l'assurance et des banques, 1992.

Les Bonaparte, Critérion, 1991, *histoire.*

La Naissance des jeux Olympiques et le sport dans l'Antiquité, Belles Lettres, 1992, *histoire.*

Les Grandes Heures de la Grèce antique, Perrin, 1992, *histoire.*

Les Sévères, Critérion, 1993, *histoire.*

Les Schuller, Presses de la Cité, 1994-1995, *romans* :
 * *Les Schuller*, Presses de la Cité, 1994.
 ** *Le Serment des Quatre Rivières,* Presses de la Cité, 1995.

Hannibal, France-Empire, 1995, *histoire/ biographie.*

Paul Éluard, le poète de la liberté, Julliard, 1995, *histoire/ biographie.*

DU MÊME AUTEUR (suite)

Le Secret du pharaon (série), L'Archipel, *romans* :
* *Le Secret du Pharaon*, L'Archipel, 1996. Traduit en espagnol, en tchèque... Repris au Grand Livre du Mois (1996), par Succès du Livre (1997), à Presses Pocket (1997), Le Chardon bleu (1997).
** *Une mystérieuse Égyptienne*, L'Archipel, 1997, *roman*. Traduit en espagnol...

Quand les athlètes étaient des dieux, Les Jeux olympiques de l'Antiquité, Fleurus, Collection « Encyclopédie Fleurus », 1996, *ouvrage pour la jeunesse.*
Périclès, Tallandier, 1997, *histoire/biographie.*

Les Histoires d'amour des pharaons (série), Michel Lafon :
* *Les Histoires d'amour des pharaons : Néfertiti et Akhenaton ; Ramsès II et Néfertari ; Tyi et Ramsès III ; César et Cléopâtre ; Antoine et Cléopâtre,* Michel Lafon, 1997. Traduit en italien... Repris au Grand Livre du Mois (1997).

La Passionnée, Michel Lafon, 1997, *roman*. Traduit en espagnol...

La Pharaonne (trilogie), Michel Lafon, *romans* :
* *La Princesse de Thèbes*, Michel Lafon, 1998.
** *Le Pschent royal*, Michel Lafon, 1998.
*** *Le Voyage d'éternité*, Michel Lafon, 1998.

Les Dynasties pharaoniques (série), Tallandier, *histoire* :
* *Les Derniers Pharaons d'Égypte, Alexandrie d'Alexandre à Cléopâtre*, Tallandier, 1998, *histoire.*

Discographie

Bach, Beethoven, Debussy, Chopin, R.E.M., Lyon, Violaine Vanoyeke, piano.
Chopin, Debussy, Schumann, R.E.M., Lyon, Violaine Vanoyeke, piano.

Violaine Vanoyeke est l'auteur de nombreux articles parus dans *Historia, Chroniques de l'Histoire, Le Spectacle du monde, Le Quotidien de Paris...*

τῷ Φιλίππῳ

NEHEH HENA MEROUT

« Mon esprit considère l'avenir
car l'âme d'un roi pense à l'Éternité.
Le dieu m'a créée pour
rendre forte sa puissance sur terre. »

HATCHEPSOUT
(Inscription de son temple de Pakhet,
le *Speos Artemidos* en Moyenne-Égypte.)

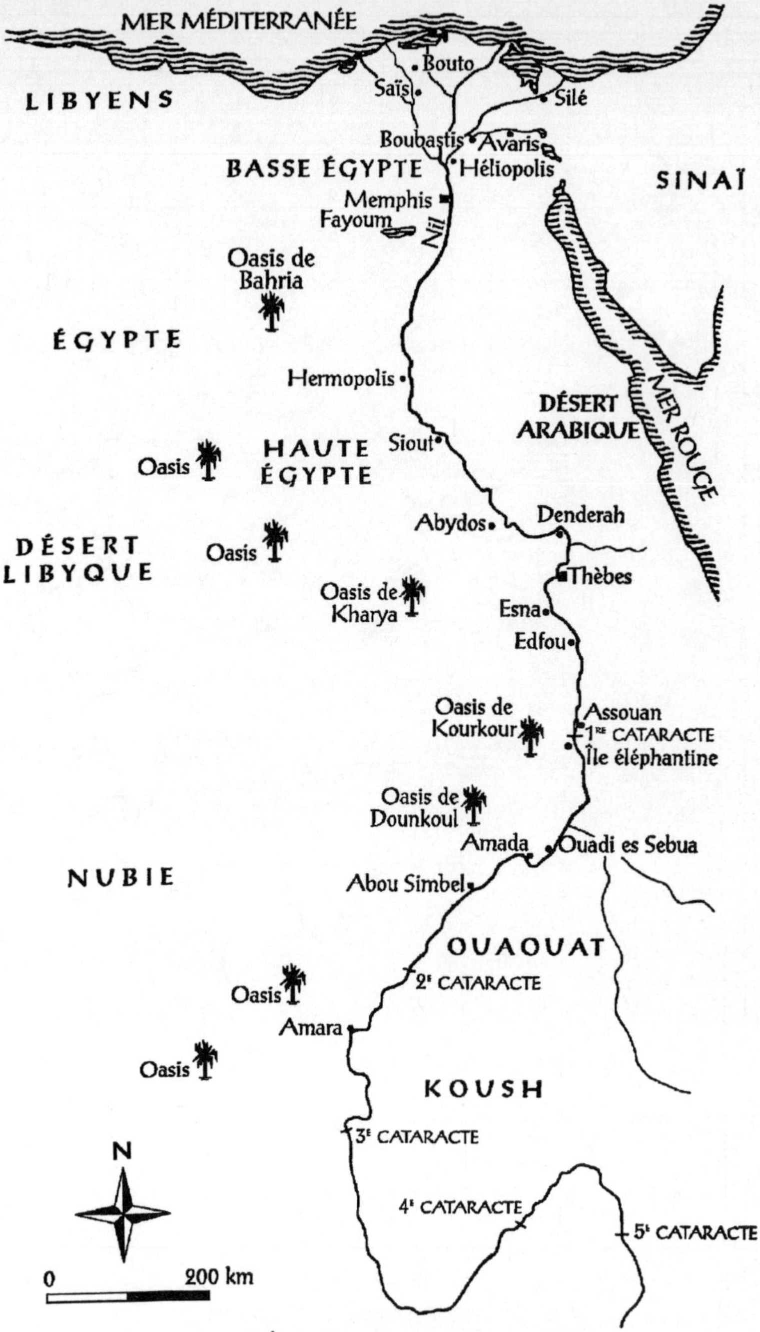

L'Égypte et la Nubie

La Grèce antique

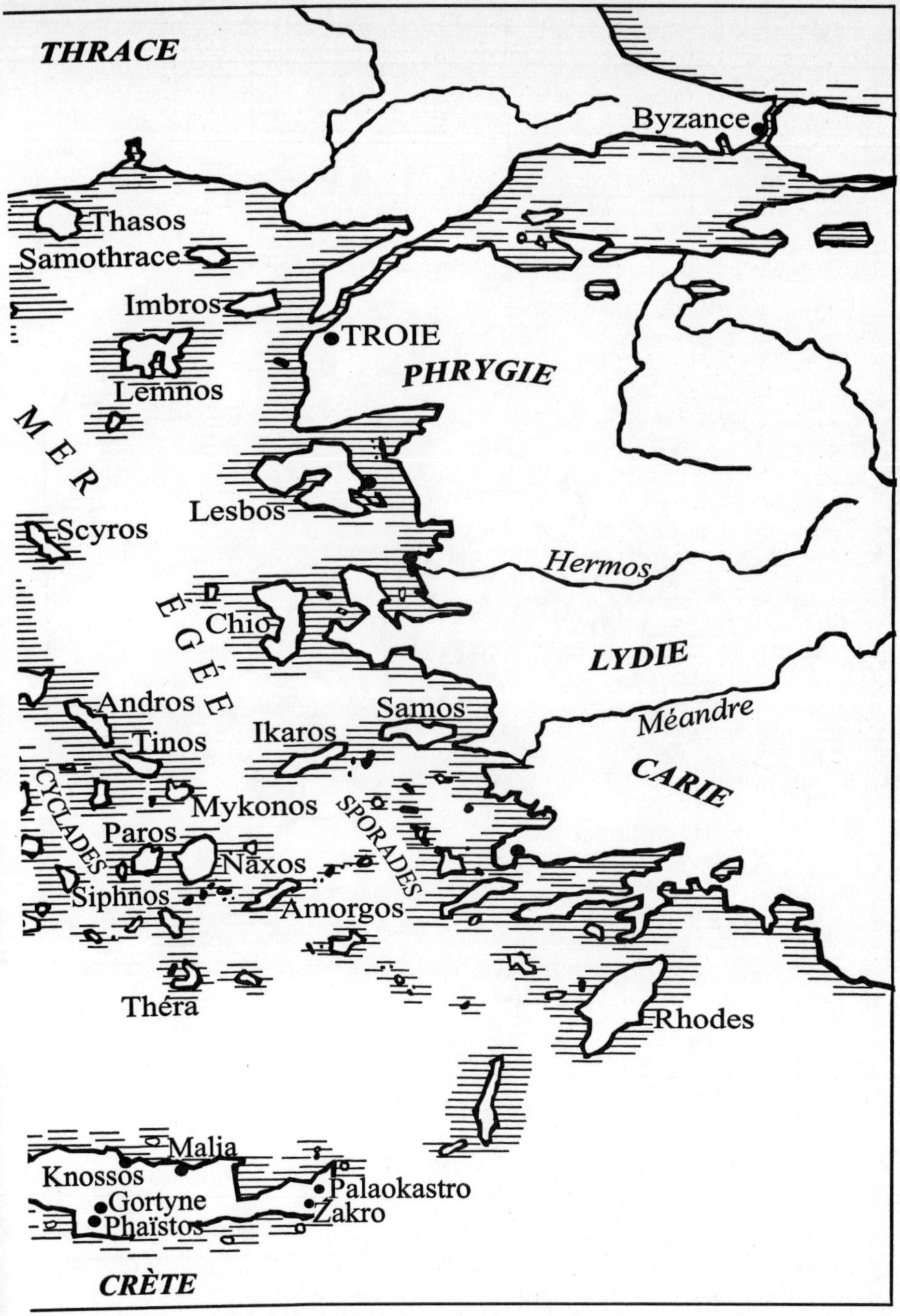
THRACE
Byzance
Thasos
Samothrace
Imbros
TROIE
PHRYGIE
Lemnos
MER ÉGÉE
Lesbos
Scyros
Hermos
Chio
LYDIE
Andros
Samos
Méandre
Tinos
Ikaros
CARIE
CYCLADES
Mykonos
SPORADES
Paros
Naxos
Siphnos
Amorgos
Théra
Rhodes
Malia
Knossos
Gortyne
Phaïstos
Palaokastro
Zakro
CRÈTE

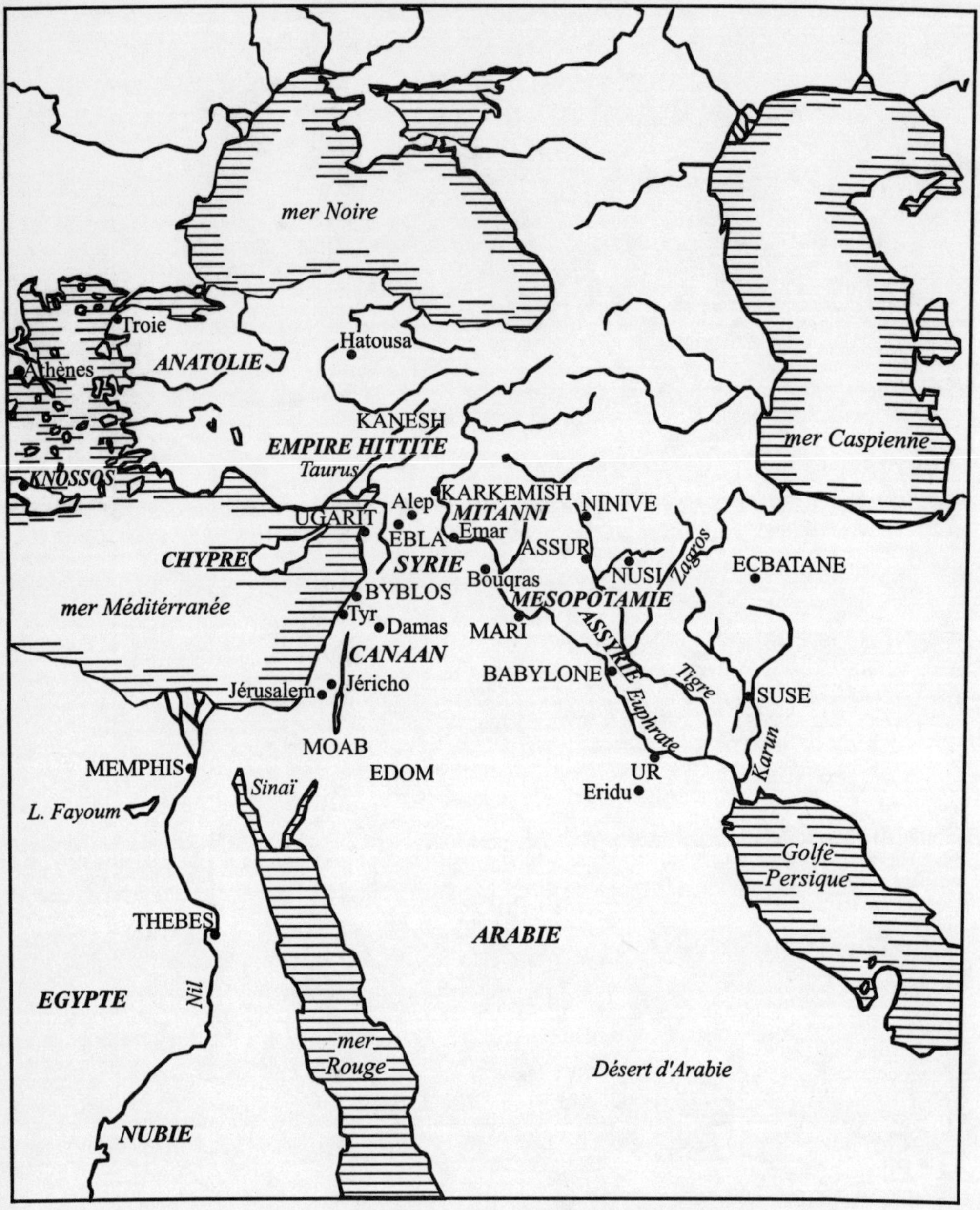

Anciens pays du Proche-Orient

Résumé du livre précédent

LA PHARAONNE

tome 1

La Princesse de Thèbes

Parce qu'il n'a pas de fils, le pharaon Aménophis Ier donne sa fille Ahmose en mariage à son général Thoutmosis. Hatchepsout naît de cette union. Thoutmosis a déjà plusieurs fils de sa première épouse Moutnéfret. Dès que Thoutmosis succède à Aménophis, celle-ci met tout en œuvre pour imposer ses enfants sur le trône d'Égypte.

Pendant ce temps, des conjurés menacent la vie du nouveau pharaon. Un Crétois, le jeune Kallisthès, confident de la reine Ahmose, va dévoiler le complot. Mais certains conjurés parviennent à prendre la fuite et se réfugient auprès du roi des Hittites, Sauztata, qui convoite l'Égypte.

Alors qu'il vient de perdre deux de ses fils, Thoutmosis Ier désigne officiellement sa fille Hatchepsout comme son héritière au détriment du troisième enfant qu'il a eu avec Moutnéfret : Thoutmosis II.

Avant-propos

Hatchepsout, « la fille d'Amon », « être supérieur aux autres », telle nous apparaît la plus grande pharaonne d'Égypte sur les parois de son incroyable temple de millions d'années situé à Deir el-Bahari dans la « Vaste Prairie » qui fut appelée par Jean-François Champollion la « Vallée des Rois ».

Tout en Égypte rappelle au visiteur qu'Hatchepsout régna longtemps et brillamment, au XVe siècle avant notre ère, même si son image fut souvent martelée. On raconta sans doute un peu vite que Thoutmosis III voulut ainsi effacer son souvenir sans y parvenir car des traces de la reine et de ses inscriptions survivent encore sous ce martelage, incitant les historiens et les archéologues à s'y intéresser davantage... La vie d'Hatchepsout, remplie de gloire et d'exploits, est ainsi riche de mille secrets dont on ne résiste pas à vouloir lever le voile.

Avec Hatchepsout, on entre dans le monde du mystère et de l'impossible, celui qui fit d'une femme un pharaon !

Partout, Hatchepsout s'impose au voyageur séduit par l'Égypte, des obélisques à la Chapelle Rouge de Karnak, de la construction monumentale du temple d'Amon à la chapelle d'Anubis de Deir el-Bahari, du temple de Pakhet en Moyenne-Égypte aux sanctuaires de l'île Éléphantine.

Lié à celui de personnages inoubliables tels que Thoutmosis Ier, Ahmose, Senmout, Thoutmosis III le conquérant ou Moïse, son destin reste exceptionnel et unique. L'Égypte mystique et magique du temps d'Hatchepsout, époque précédant de peu celles de Néfertiti et de Thoutânkhamon, demeure indissociable de la richesse et de la beauté, de l'éternité et de la renaissance perpétuelle. Vie et mort se fondent dans la continuité.

Cette Égypte s'enrichit de contacts permanents avec les très brillantes civilisations crétoise, mycénienne et mésopotamienne, occasions pour le lecteur de voyager en Grèce ou en Babylonie et de mieux comprendre la vie quotidienne et les pensées de ces Égyptiens de la XVIIIe dynastie.

Égypte unique, elle aussi, où s'unissent les richesses culturelles, commerciales, artistiques et cultuelles de villes devenues mythiques à la prospérité jamais égalée.

Cinquième partie

I

Bien qu'un silence inhabituel eût envahi les appartements royaux du palais de Thèbes, des exclamations de joie provenaient du harem. Les femmes qui l'occupaient s'apprêtaient à dîner en écoutant des harpistes aux formes jeunes et agréables quand un scribe de la Grande Épouse royale interrompit leurs rires. Les musiciennes assises au centre de la salle à manger, les pieds repliés sous elles, se levèrent et lui cédèrent la place. Les convives s'arrêtèrent de dîner et posèrent leurs coupes. Tous étaient conscients qu'un événement important allait leur être annoncé.

Le scribe déroula le papyrus qu'il tenait entre ses mains et s'apprêta à lire le message de la reine Ahmose. Mais l'émotion l'empêcha d'articuler le moindre son. Son visage rond et tanné se plissa ; son corps sembla se recroqueviller sur lui-même. Il baissa la tête avec tellement de lenteur que ses cheveux noirs, taillés en bol, demeurèrent aussi raides que ceux d'une perruque. Des murmures parcoururent l'assemblée. Néanmoins personne n'osait troubler sa méditation ni l'interroger. Au bout d'un court instant, le scribe releva, enfin, la tête et dit d'une voix blanche :

– Pharaon, aimé d'Amon, Seigneur des Deux Pays...

Mais sa voix s'étrangla dans sa gorge. Les femmes du harem, les danseuses, les domestiques et les gardes, stupéfaits, ne quittaient plus ses lèvres des yeux. Le scribe respira profondément et murmura dans un souffle :

– L'âme de Pharaon, le vaillant Thoutmosis, parcourra chaque jour le ciel au côté de Rê.

La surprise et l'effroi marquèrent soudain tous les visages. Certains éclatèrent en sanglots. Le scribe venait de leur apprendre que leur roi était mort et qu'il avait rejoint l'Au-Delà.

Sans perdre un instant, la première épouse de Thoutmosis, Moutnéfret, prit son jeune fils par la main et l'entraîna dans sa chambre.

– Les dieux ne nous accordent pas le temps de pleurer ton père, le pharaon tout-puissant, lui dit-elle. Nous saurons l'honorer plus tard à l'égal d'une divinité. Mais tu dois te présenter dès maintenant dans la chambre royale. Quitte ces vêtements de fête ! Enfile cette robe plissée en lin fin, chausse ces sandales dorées, pare-toi de ces bracelets, attache ce gorgerin autour de ton cou et noue cette ceinture autour de ta taille ! Elle symbolise le pouvoir. Sa boucle représente le vautour et le cobra, images de la basse et de la haute Égypte.

– Mais je ne suis pas pharaon pour porter une telle ceinture ! s'exclama timidement le jeune Thoutmosis en détaillant sa robe qui mettait son torse en valeur et s'évasait légèrement sur ses sandales.

– Ne réfléchis pas ! Le dieu Rê t'a fait naître pour succéder à ton père, je le sais. Tu es son seul fils. Alors hâte-toi. Place cette perruque frisée sur tes cheveux et ce pectoral d'or et de pierres précieuses...

Le garçon ouvrit la bouche pour rappeler à sa mère que la Grande Épouse royale Ahmose avait une fille en qui coulait le sang royal des pharaons mais, devant l'air obtus de Moutnéfret, il préféra se taire.

Quand ils eurent revêtu les vêtements appropriés à un si grand deuil, tous deux gagnèrent d'un bon pas les appartements du roi. Moutnéfret entra d'office dans la chambre du pharaon et poussa son fils devant elle. Ahmose, sa mère Ahotep et sa belle-mère Senseneb qui veillaient le roi défunt ne bougèrent pas. Les hauts fonctionnaires s'écartèrent pour laisser Moutnéfret approcher. Comme ils s'exclamaient en voyant la ceinture du jeune garçon, Ahmose leva vers les nouveaux venus ses yeux baignés de larmes. En croisant le regard fier, presque arrogant de Moutnéfret, elle retrouva sa superbe et rougit devant la tenue du trop tendre Thoutmosis. Mal à l'aise, celui-ci regardait fixement son père, partagé entre la peine et la crainte d'une querelle entre sa mère et la Grande Épouse royale.

– Comment oses-tu te présenter ainsi devant Pharaon, grand de gloire ? lui dit Ahmose. Ne connais-tu pas ses volontés ? Pharaon a désigné son héritier avant de quitter la vie terrestre. Il l'a fait officiellement devant la cour réunie et devant les dieux. Ma fille Hatchepsout régnera ! Elle est l'arrière-petite-fille du pharaon Ahmosis, la petite-fille du roi Aménophis, la fille du courageux Thoutmosis et du dieu Amon ! Ne redoutes-tu pas sa colère ?

Moutnéfret esquissa un sourire moqueur.

– Redouter la colère d'une enfant tout juste adolescente... murmura-t-elle.

– Ton fils est encore plus jeune ! S'il est l'enfant de Thoutmosis, aucun sang royal ne coule dans ses veines ! Moi seule, fille d'Aménophis, ai ce privilège d'avoir du sang divin. Ma fille Hatchepsout en a hérité pour ton plus grand malheur !

Moutnéfret ne perdit rien de son assurance. Sans craindre d'offenser le pharaon défunt, elle désigna du doigt la ceinture que portait son fils et déclara aux hommes présents, confidents, agents de l'État ou scribes royaux :

– Le roi Thoutmosis était un vaillant guerrier. Le dieu Amon guidait son bras souvent vainqueur. Il a agrandi le pays par ses conquêtes, renforcé nos frontières, maté les Nubiens indociles, réprimé des révoltes odieuses. Comment une femme pourrait-elle sérieusement affronter l'ennemi sur un champ de bataille ? Il ne manquera pourtant pas d'adversaires pour profiter de la situation si une faible femme est placée à la tête de notre pays ! Pensez-y dès maintenant ! Choisissez celui qui porte le même nom que son illustre père, mon fils Thoutmosis !

Les courtisans et les fonctionnaires baissèrent la tête, embarrassés. Oubliant son rang et sortant de ses gonds, Ahmose répondit en désignant le fils de Moutnéfret du menton.

– Ma fille est plus solide que cet enfant maladif, aux membres plus maigres que des pattes d'oiseau du Delta ! S'il s'envole, la brise le fera retomber ; s'il se retrouve en face de nos ennemis, il tournera la bride de son cheval et s'enfuira au galop. Il est faible et poltron. Même Hatchepsout lui fait peur !

Comme l'assistance se rangeait du côté de la Grande Épouse royale, Moutnéfret renchérit :

– Soit ! Où est Hatchepsout ? Elle ne veille donc pas le bien-aimé Thoutmosis ?

Ahotep crut bon de lui expliquer sèchement qu'Hatchepsout s'était retirée dans les jardins du palais pour cacher sa douleur. Le regard maléfique de Moutnéfret n'échappa alors ni au Crétois Kallisthès, le confident et amant de la reine Ahmose, ni à Senmout qui avait été chargé par le roi défunt de l'éducation royale d'Hatchepsout.

La rivale d'Ahmose s'en retourna dans le harem avec précipitation.

– Je demande à la Grande Épouse royale qui s'unit autrefois à la divinité pour concevoir la princesse Hatchepsout l'autorisation de quitter le chevet de Pharaon-Osiris, murmura presque Senmout.

Ahmose lui adressa un signe de tête signifiant qu'il était libre de s'éloigner puis elle reprit l'attitude qu'elle avait au moment où Moutnéfret était entrée dans la pièce. Placée entre sa mère et sa belle-mère, elle songea aux années de bonheur et de déception qu'elle avait vécues avec son époux. Malgré ses infidélités, elle avait toujours ressenti pour lui une grande tendresse. Le pharaon n'était-il pas libre d'avoir le nombre d'épouses secondaires qu'il désirait ?

II

Senmout jeta sur ses épaules une cape en peau de chèvre que lui avait vendue un Grec puis il sortit dans les jardins royaux qui menaient à la mare. Hatchepsout avait coutume d'aller à cet endroit rechercher le calme et la solitude.

La nuit, exceptionnellement noire, semblait agrandir l'espace. « Où peut bien se trouver la princesse ? » se dit Senmout en hésitant à prendre l'un ou l'autre chemin bordé d'arbres imposants. Il allait se décider quand il entendit des voix juste derrière lui. Le jeune homme se glissa derrière un tronc et décela des cliquetis d'armes.

– La garde de Moutnéfret ! dit-il. J'étais sûr qu'elle manigançait quelque chose... Cette femme est redoutable ! Quels ordres a-t-elle donnés à ces hommes ? Sans doute ne leur a-t-elle pas demandé de ramener Hatchepsout en vie. Que lui importe la princesse ? Elle préférerait la savoir auprès de son ancien époux Thoutmosis !

Senmout sortit de sa cachette dès que les gardes l'eurent dépassé. Ils faisaient craquer sous leurs pieds les grains de caroubiers qui jonchaient le sol, couvrant de leur bruit le léger crissement des sandales de Senmout.

– Ils ne sont que trois. Je dois retrouver Hatchepsout au plus vite ! Les déesses glissent en moi un mauvais pressentiment. Ces gardes font preuve de plus d'astuce que moi. Ils s'éclairent avec des lampes à l'huile de moringa.

Senmout s'accorda encore quelques instants de réflexion. Il songea à Hatchepsout. Il commençait, en effet, à deviner celle à qui il enseignait le métier de roi.

– Elle a quitté le palais depuis trop longtemps. Elle a dû s'endormir dans un fourré ou dans un kiosque. Elle s'est probablement cachée pour échapper à ses gardes. Je suis persuadé que son singe bleu est avec elle. Snen me connaît. Si je tape à l'aide d'un tambourin les rythmes sur lesquels il a coutume de danser, il sortira de sa cachette et me mènera à sa maîtresse.

À défaut d'instrument, Senmout ramassa une vieille branche creuse non loin des carrés de salades cultivées en l'honneur du dieu Min et en cassa une autre plus fine et plus souple.

– Voilà qui fera l'affaire ! En tapant ces deux branches l'une contre l'autre, je dois obtenir un son convenable.

Senmout parvint très vite au bord de la mare dont la surface noire se confondait avec la terre. Il ne discernait même plus le mouvement des branchages pliant sous le vent chaud presque tombé avec la nuit. Quand un palmier agitait ses larges feuilles, il croyait trouver Hatchepsout et se précipitait en l'appelant. Tout en marchant, il tapait les branches les unes contre les autres, espérant voir surgir sur son chemin le singe bleu de la princesse. Il appela à plusieurs reprises, faisant fuir les animaux nocturnes.

Puis il entra dans le petit kiosque où Hatchepsout se rendait souvent. Celui-ci venait manifestement d'être visité par les gardes de Moutnéfret. Inquiet, Senmout accéléra le pas. Un bruit provenant d'un fourré lui redonna espoir. Il écarta les buissons et supplia la princesse de se montrer. Mais le silence envahit de nouveau le parc royal.

– Hatchepsout n'aurait tout de même pas emprunté une barque en pleine nuit ! se lamenta-t-il, désespéré.

Il monta, cependant, dans l'une des frêles embarcations retenues à un tronc d'arbre par une corde solide et observa les flots. Ne décelant rien de suspect, il sauta à terre, déroula promptement la corde et poussa la barque légèrement enlisée. Il rama lentement, le plus silencieusement possible. Les rames glissaient dans l'eau et s'élevaient sans bruit au-dessus de la surface lisse et sombre.

Il allait faire demi-tour lorsqu'une étoffe flottant à la surface l'intrigua. Il se dirigea vers elle avec précipitation. Quand il s'en approcha, il laissa choir les rames et se mit debout dans la barque qui tanguait. Il avança sans assurance, s'accroupit pour saisir le châle en lin fin dont la blancheur tranchait avec la triste surface de l'eau.

– Ce châle appartient à Hatchepsout ! Il est brodé des insignes de la royauté !

Le nom d'Hatchepsout « Maâtkarê », associant la déesse de l'équilibre et de la vérité Maât au *ka*[1] du dieu Rê, y était gravé à côté de son autre nom « Khenemet », « Celle qui est unie à Amon ».

Croyant d'abord à un accident, Senmout appela encore la princesse, fouillant désespérément des yeux l'eau plane. Mais il lui vient à l'esprit une idée qui le révolta.

– Les maudits gardes de Moutnéfret ont accompli leur sinistre tâche. Ils ont dû trouver Hatchepsout avant moi et entraîner la fille d'Amon dans la mare. Peut-être reste-t-il une chance de la sauver. Je dois agir vite !

Senmout implora les dieux de rendre ses yeux plus lumineux que ceux d'un chat.

– Comment explorer ces étendues d'eau et de terre plus sombres que l'entrée de l'Au-Delà ?

Il poursuivit ses recherches, ne laissant rien au hasard, sachant que s'il prenait le temps de courir jusqu'au palais demander des renforts, Hatchepsout pouvait mourir. De rares cris d'oiseaux déchirant la nuit accompagnaient ses pénibles investigations. À tout moment, il lui semblait apercevoir une forme, un vêtement, une chevelure voguant au fil des flots.

Affligé, Senmout se recroquevilla finalement au fond de la barque, la tête enfouie entre ses bras.

– Il est trop tard... répétait-il. Hatchepsout a suivi

1. La force vitale.

son père sur le chemin d'Osiris. J'ai été impuissant ! J'aurais dû tuer les gardes de Moutnéfret dès que je les ai vus. Au lieu de quoi, je me suis contenté de partir à la recherche de l'héritière du trône d'Égypte. Que les dieux me pardonnent ma lâcheté et mon manque de jugement ! Si la reine Ahmose apprend ma conduite alors que le pharaon Thoutmosis m'avait chargé personnellement de sa fille Hatchepsout, je serai jeté aux crocodiles. Je le mérite bien !

N'osant affronter le jugement de la Grande Épouse royale, Senmout resta ainsi pendant une bonne partie de la nuit. Il finit par s'assoupir. Le lever d'un blanc soleil à l'horizon le réveilla. Il scruta aussitôt des yeux la mare devenue accueillante où allaient et venaient des cygnes et des canards indifférents à sa présence. Cette vie qui s'éveillait, les domestiques saisissant les seaux de leurs chadoufs en s'encourageant transformèrent l'atmosphère sinistre de la nuit en un ballet réconfortant.

Des hommes en pagne ordinaire coupaient des joncs et des roseaux autour de la mare. Des femmes nues étendaient des vêtements mouillés en silence. Des enfants couraient entre leurs jambes malgré leurs remontrances. Afin de les occuper, elles leur avaient donné un vase plein de lait qu'ils s'échinaient à déboucher. Mais les touffes de végétation qui obturaient le pot pour protéger le lait des insectes et de la poussière adhéraient au col, rendant les enfants encore plus excités. Certains suçaient des tiges de papyrus, d'autres cherchaient à voler un peu de miel dans les jattes alignées au pied des poteries servant de ruches.

Quelques Asiatiques se distinguaient des Égyptiens par leurs ceintures à glands. Même si chacun respectait les jours de deuil que la reine Ahmose avait décrétés, les serviteurs du palais vaquaient à leurs occupations. Ils avaient, toutefois, laissé dans leurs modestes chambres leurs bijoux en céramique et en bronze, adoptant une tenue sobre appropriée à leur chagrin.

Pendant que Senmout s'était endormi, la barque était venue s'échouer contre la rive. Le jeune homme en descendit et attacha la corde autour du tronc comme il l'avait trouvée.

– Je dois maintenant apprendre à la reine que sa fille a disparu et que j'ai retrouvé son châle dans l'eau. Quel malheur !

Senmout rentra au palais, le cœur gros. Lui aussi aimait Hatchepsout. Comment aurait-il pu rester indifférent à sa vivacité, à son tempérament de feu, à sa maturité ? Elle qui était plus jeune que lui, tout juste une adolescente, lui semblait parfois pleine d'expérience. Elle plongeait ses yeux dans les siens avec une assurance inouïe et distribuait ses ordres comme un vieux roi rompu à toutes les charges. Quelle exigence chez une jeune fille d'un âge si tendre !

Avant de pénétrer dans les salles du palais, Senmout se retourna vers la mare dissimulée par des dizaines d'arbres et des centaines de fleurs odorantes. Les sycomores étaient chargés de petits fruits, les palmiers doum de dattes recherchées. Les oliviers, les pommiers, les grenadiers, les jujubiers et les balanites avaient retrouvé leurs splendides couleurs, se découpant dans les cieux sans nuages. Des grues d'espèces diverses arpentaient les allées en trompetant. Un chat traversa le chemin de terre, un loriot dans la gueule.

– J'aimais Hatchepsout pour son courage et sa force, dit Senmout. Que va devenir l'Égypte sans elle ? J'avais confiance en sa valeur. Pourquoi le dieu Amon l'a-t-il fait naître s'il n'a pas su la protéger ?

Senmout ressentit au fond de lui une affliction semblable à celle qu'éprouvait tout Égyptien perdant son monarque mais il éprouvait aussi, sans même le comprendre, une peine infinie qui meurtrissait et endolorissait son cœur.

III

Dans le palais que le pharaon avait coutume d'appeler « sa Maison de Bonheur », les domestiques n'avaient jamais été aussi discrets. Certains poursuivaient, pourtant, leurs tâches habituelles, apportant nécessaires de toilette et vêtements neufs.

Un Nubien, autrefois fait prisonnier par Thoutmosis et devenu serviteur du roi, tenait d'une main une robe en lin fin et de l'autre un vase en obsidienne et or contenant de l'encens. Les courtisans aimaient s'en enduire le corps après s'être lavés avec de l'argile.

Tous ceux qui assistaient d'ordinaire au lever du roi livraient déjà leur visage, leur chevelure ou leurs mains aux coiffeurs, manucures et barbiers afin d'être dignes d'honorer la mémoire de Pharaon. Rares étaient les fonctionnaires royaux qui avaient dormi. La plupart des gouverneurs et des vizirs informés du décès du roi venaient d'arriver au palais. La Grande Épouse royale attendait les autres.

La reine Ahotep et la mère du roi avaient regagné leurs appartements pour se reposer tandis que les scribes défilaient devant Senmout immobile, les calames et les rouleaux de papyrus dans les bras. Leur précipitation et leur mine préoccupée laissaient présager quelles occupations, nombreuses et urgentes, les accapareraient toute la journée et les jours suivants. Aucun ne prêtait réellement attention à la présence de Senmout. Ils le saluaient naturellement avec beaucoup de respect mais poursuivaient leur marche précipitée vers la salle des réunions où le pharaon avait coutume de recevoir les ambassadeurs étrangers.

Le scribe du Bienfaiteur du Dieu, Iouf, et le gouverneur Kérès, anciens serviteurs de la souveraine Ahotep, avaient les traits si tendus que Senmout en frissonna.

– Je dois tout de suite voir la reine Ahmose, murmura Senmout comme s'il sortait d'un songe effroyable.

Il hésita, toutefois, à se présenter devant la Grande Épouse. Celle-ci devait, en effet, dicter de nombreux messages aux scribes royaux afin d'informer les rois étrangers amis de l'Égypte de la triste nouvelle. Jugeant que le moment n'était peut-être pas opportun de lui annoncer la disparition d'Hatchepsout, Senmout décida de mettre la nourrice Shatra dans la confidence. La fidèle servante qui avait veillé sur les filles d'Ahmose saurait peut-être parler à la reine avec plus de douceur.

« Je pourrais aussi passer par Menis, la confidente de la Grande Épouse, se dit Senmout, ou par ma tante Rêneferê qui sert si fidèlement la reine Ahotep qu'Ahmose la considère presque comme une amie.

Ma tante parlerait à la vieille reine qui saurait comment annoncer cette funeste nouvelle à sa fille. Je crois tenir la solution à tous mes problèmes... »

Puis il se ravisa.

– Décidément, voilà des pensées peu dignes d'un Administrateur suprême du palais ni d'un juge ! S'ils étaient encore vivants, mes parents auraient honte de mes hésitations.

Senmout se décidait, enfin, à aller trouver la reine quand Kallisthès se présenta à la porte du palais, les bras chargés de documents. Il avait revêtu comme de coutume la tunique grecque plutôt que le pagne égyptien et pressait contre lui des rouleaux volumineux.

– Nous allons avoir besoin de ton aide, lui dit le Crétois. Nous n'avions pas prévu que Pharaon quitterait si tôt le domaine que le dieu Amon lui avait confié. La divine reine Ahmose m'avait, certes, demandé d'accélérer la construction et la décoration de sa tombe comme si la déesse Maât lui avait envoyé un malheureux pressentiment mais celle-ci n'est pas encore achevée. Il nous reste soixante-dix jours pour terminer le travail ! Si l'embaumeur réussit à regrouper l'ensemble des produits dont il aura besoin plus rapidement que prévu, ce délai sera réduit d'autant...

– Rassure-toi, lui répondit Senmout, presque soulagé de pouvoir s'entretenir avec un si proche ami de la reine dont la rumeur disait, à juste titre, qu'il était son amant. La divine Ahmose respectera ces soixante-dix jours de deuil pour plaire au peuple et aux dieux. Pourquoi hâterait-elle la cérémonie funéraire ? Elle doit savoir que tu as besoin d'un délai supplémentaire pour achever le sanctuaire et la tombe du divin Thoutmosis. En tant qu'Administrateur du palais, je peux exiger que les produits nécessaires à l'embaumement soient acheminés plus vite jusqu'à Thèbes mais, compte tenu de la situation, je me montrerais stupide en agissant de la sorte.

– Je t'en remercie. J'ai la chance de travailler avec des hommes qui sont entièrement dévoués à la reine. Elle a eu raison de conserver de remarquables peintres et sculpteurs qui ont, pourtant, tenté il y a seulement quelques années de trahir le pharaon. Sa bonté et sa perspicacité sont infinies. En pardonnant à ces artistes de s'être autrefois laissé entraîner dans un immonde complot, elle s'est fait de fidèles serviteurs qui lui doivent la vie et qui mettent tout en œuvre pour la satisfaire.

– Je suis rassuré que de telles paroles franchissent la barrière de tes lèvres, lui répondit Senmout. Car il me reviendrait en tant que grand juge du pays de punir d'éventuels conspirateurs. Crois bien que mon jugement serait alors beaucoup plus sévère que celui de la Grande Épouse. Comptes-tu te rendre maintenant auprès de la reine ?

– J'y cours ! Car je ne peux poursuivre mes travaux sans son consentement. Ahmose souhaite voir tous les projets avant leur réalisation. Les ouvriers vont devoir travailler sans repos pendant plus de deux mois dans la vallée. Les chefs de chantier Kabech et Qaa se sont mis d'accord pour diriger en même temps les travailleurs habitant les rues du village des ouvriers situées à droite et l'équipe qui occupe les maisons de gauche. Pas question pour eux de se rendre sur le chantier à tour de rôle et de se relayer !

– Ce sera une dure épreuve avec cette chaleur insupportable...

– Je dois moi aussi partir au plus vite !

– Avant ton départ, je souhaiterais te faire part d'une question qui me préoccupe, lui dit Senmout en hésitant.

Kallisthès l'encouragea vivement à parler. Quand il apprit combien Senmout était soucieux de la disparition d'Hatchepsout, le Crétois s'approcha de lui et lui murmura sur le ton de la confidence :

– Écoute-moi bien, digne administrateur. Pharaon t'a confié une tâche exceptionnelle : éduquer la princesse, lui faire un récit détaillé des campagnes de son père contre les ennemis de l'Égypte pour lui apprendre le métier de soldat et de roi. Tu es également chargé de sa sécurité. Ne crois pas que la reine Ahmose soit accablée de chagrin au point de ne plus penser à la digne héritière de Thoutmosis. Ce serait une fâcheuse erreur. Depuis que tu as quitté la chambre royale, elle se lamente et s'inquiète de ton absence. Elle a envoyé, ce matin, de très nombreux hommes à la recherche d'Hatchepsout...

Comme Senmout s'apprêtait à plaider sa cause, Kallisthès poursuivit sa mise en garde :

– Je ne suis qu'un invité de la reine et Pharaon t'a donné de hautes fonctions qui te placent bien au-dessus de moi, précisa-t-il. Peut-être me permettras-tu, cependant, de te donner un conseil ?

Senmout jugea la modestie de Kallisthès excessive. Tout le monde savait au palais que le Crétois, né en Égypte, était le fils d'une ancienne femme du harem et du pharaon défunt Aménophis, père d'Ahmose. En tant que demi-frère de la reine et descendant du bien-aimé Aménophis, Kallisthès en qui coulait le sang royal et divin des pharaons avait la chance d'être plus respecté que le plus important des fonctionnaires du palais.

– Parle, dit Senmout. Ta parole est d'or et tes principes de vie toujours sages.

– Ne rencontre pas la reine tant que tu n'auras pas retrouvé Hatchepsout. Elle s'est montrée si inquiète de la fuite de sa fille et le décès de Thoutmosis l'a tellement bouleversée qu'elle ne te le pardonnerait pas malgré toute l'indulgence dont on la sait capable. Je connais Hatchepsout. Il n'est pas étonnant qu'elle soit partie cacher sa douleur. Elle aimait tant son père !

Senmout parut découragé. Il espérait plus de compréhension.

– Je sais à quoi tu penses... ajouta Kallisthès. La reine a fait preuve de magnanimité en d'autres circonstances mais fie-toi à mon expérience et aux liens très étroits qui m'unissent à Ahmose, aimée du peuple. Trouve Hatchepsout et ramène-la au palais le plus vite possible. Tu réconforteras la famille royale et redonneras son sourire au dieu Amon.

N'osant lui avouer qu'il avait déjà tout tenté pour

y parvenir et qu'il avait retrouvé le châle de la princesse voguant au fil de l'eau, Senmout le remercia du bout des lèvres, les joues plus pâles que le soleil levant. Sa destinée lui semblait liée au sort d'Hatchepsout. Soit il retrouvait la princesse saine et sauve et se verrait honoré par la reine, soit il finirait dans les marais, livré à la férocité des crocodiles.

Kallisthès le regarda ressortir du palais d'un air inquiet. « J'espère qu'il n'est rien arrivé à Hatchepsout, se dit-il. J'aimerais tant avoir un fils de la reine ! Il épouserait Hatchepsout. Tous deux lieraient leur sang pour que celui-ci soit le plus pur possible, le plus divin, le plus digne des premiers pharaons de la dynastie ! Le fils de Moutnéfret n'aurait aucune chance de rivaliser avec mon propre fils ! Le jeune Thoutmosis a l'esprit faible et le corps maladif. En lui ne coule pas le sang de l'ancien pharaon Ahmosis mais uniquement celui de son père, un bon militaire donné en mariage à Ahmose faute de mieux ! »

Kallisthès fixa la lourde porte du palais fermée par une barre en bois horizontale d'une épaisseur impressionnante.

– J'espère vivement que les dieux guideront les pas de Senmout, murmura-t-il pour lui-même comme s'il cherchait aussi à supplier les dieux. Malgré toute l'influence que j'exerce sur Ahmose, je doute de pouvoir calmer sa colère s'il arrivait malheur à Hatchepsout.

IV

Senmout ne savait dans quelle direction orienter ses pas. Il eut soudain une étrange sensation. Un animal frôla ses chevilles de si près qu'il en sursauta. Il ne vit pas sans désappointement le singe bleu d'Hatchepsout entourer ses mollets de ses bras et le tirer vers la mare. « Jamais la princesse ne se sépare de cet animal fétiche, se dit-il. Je n'ose prédire la suite. »

Se laissant guider par le singe qui l'incitait à avancer rapidement en sautant sur place au milieu du chemin, Senmout retourna dans les endroits qu'il avait fouillés pendant la nuit. L'animal se glissa sous un épais fourré et souleva quelques branches pour inviter Senmout à regarder. Hatchepsout gisait là, recroquevillée sur elle-même, le visage et les bras griffés, les cheveux dénoués. Sa robe déchirée laissait apercevoir son corps d'adolescente adouci par les bains de lait miellé. La croyant blessée ou morte, Senmout se précipita pour lui porter secours mais la princesse retrouva subitement ses esprits.

– Que les dieux te maudissent, Senmout ! cria-t-elle en s'asseyant sur le sol. Tu tentes d'abuser de la situation ! Comment oses-tu porter les yeux sur ta princesse ainsi dévêtue ? Si je courais, autrefois, presque nue dans le palais comme tous les enfants, je suis aujourd'hui habillée avec une robe royale. Mes bras portent des bijoux rutilants et précieux. Tu me dois le respect !

À la fois confus, soulagé et ému, Senmout se récria :

– Comment peux-tu imaginer un seul instant, princesse aimée des dieux, fille d'Amon et de Thoutmosis, que mes intentions aient été malhonnêtes ? Je viens de te trouver là, gisant dans un piteux état. Je m'inquiétais de ta santé et n'ai vu ni ta tenue, certes peu digne d'une princesse, ni ta nudité. Je le jure par Isis et Osiris tout-puissants !

Hatchepsout s'amusa du ton de Senmout qui paraissait plus droit et plus franc que tous les juges du palais réunis. Si sa peine n'avait pas été aussi grande, elle l'aurait volontiers taquiné. Mais elle n'en avait ni le courage ni l'envie. Son cœur lui semblait si serré que sa poitrine l'oppressait. Elle étouffait de ne pouvoir exprimer toute sa peine. Il lui semblait qu'elle pleurerait sans fin pendant le reste de sa vie.

– Soit ! dit-elle en ramenant le pan de son vêtement sur elle. Je veux bien croire que tu ne m'as pas regardée mais je t'ai surpris en train de me toucher. Ramène-moi donc au palais puisque tu m'as retrouvée !

– Dans cet état ? Ne souhaites-tu pas plutôt que j'aille chercher une robe convenable ?

– Tu as raison, lui répondit Hatchepsout en

observant les taches de boue qui l'avaient salie. Demande à Shatra de venir jusqu'ici avec du linge, une cuvette et des vêtements propres ! Ces griffures sont plus dignes d'une enfant délurée que d'une princesse !

Elle mouilla son doigt avec de la salive et nettoya maladroitement le sang séché qui entourait ses légères blessures.

– J'en ai partout ! Sur les bras, les mains, les jambes, les pieds ! Je vais être belle en robe d'apparat !

– Et sur les joues, précisa Senmout.

Senmout ressentit soudain une profonde tristesse pour la princesse dont les paupières étaient si gonflées et si rouges d'avoir trop pleuré que la prunelle de ses yeux naturellement étirés en amande disparaissait entre ses cils. Il crut qu'elle allait de nouveau se remettre à pleurer s'il lui en faisait la remarque. Aussi se contenta-t-il de l'aider à se lever.

– J'ai eu si peur ! lui avoua-t-il. Je ne savais plus que faire !

– Peur ? s'étonna Hatchepsout. Pour toi ou pour moi ?

Senmout rougit.

– La tâche que m'a confiée le divin Thoutmosis m'interdit de penser à mon sort avant de songer au tien, répondit-il trop courtoisement.

– J'attendais une réponse moins officielle, lui dit Hatchepsout, un peu déçue.

– J'ai passé la nuit à te chercher désespérément, répondit Senmout. Quand j'ai trouvé ton châle sur l'eau, j'ai cru qu'il n'y avait plus aucun espoir, que les gardes de Moutnéfret t'avaient tuée !

– Les gardes de Moutnéfret ? Je ne les ai pas vus.

– Il valait sans doute mieux pour toi.

– Oublierais-tu, Senmout, qu'Amon me protège nuit et jour et que je suis née pour régner sur l'Égypte ?

– Tu es si jeune !

– Jeune mais descendante du vaillant Ahmosis !

– Bien sûr, répondit Senmout en s'inclinant devant elle.

– Allons, relève la tête ! Pourquoi rougis-tu ?

– Je pensais que l'on pouvait nous surprendre ainsi et qu'il valait mieux remédier à la situation.

– Mais oui ! Retourne au palais et parle à Shatra ! Surtout, ne l'affole pas ! Je l'aime trop pour l'inquiéter !

Senmout promit de courir aussi vite que ses jambes le lui permettraient. Hatchepsout demeura seule avec son animal domestique. Elle se remit alors à penser à son père qui l'avait tout d'abord ignorée pour éduquer les deux premiers fils qu'il avait eus avec sa première épouse Moutnéfret. Il les emmenait avec lui à la chasse et à la guerre. Comme il s'en montrait fier ! Quand ces deux enfants avaient été tués, Thoutmosis avait reporté son affection sur Hatchepsout. « Le cours de mon destin était tracé dès ma naissance, murmura la princesse. Même mon père n'aurait jamais réussi à le modifier. » Elle revit les jours inoubliables qu'elle avait vécus avec son père lors des fêtes célébrant les dieux, leurs déplacements à travers le pays pendant lesquels elle remplaçait sa mère, soulageant Ahmose de tâches multiples. Son principal souvenir restait lié à ce jour historique où le pharaon l'avait officiellement désignée comme son héritière devant les courtisans rassemblés. Cette journée ensoleillée plus que de raison par Rê paraissait si récente !

Ses yeux se mouillèrent de larmes. « Jamais je n'oublierai mon père même s'il a autrefois espéré un fils de la Grande Épouse royale, ma mère Ahmose. Sans doute a-t-il été déçu en se penchant la première fois au-dessus de mon berceau. Mais, avant de mourir, il a compris que je n'avais pas besoin d'être un homme pour gouverner. Les dieux lui ont transmis cette divine perspicacité qui lui a permis de voir clair et de me regarder avec les yeux de l'amour et de la foi. »

Le singe bleu vint se blottir contre sa maîtresse. Ce geste lui était habituel lorsqu'il la sentait triste. Il plaçait son bras autour du sien, prenait sa main qu'il tapotait comme un médecin l'eût fait avec son malade et penchait sa tête câline sur son épaule en poussant des gémissements à peine audibles. Il fit claquer ses mâchoires à plusieurs reprises et regarda Hatchepsout avec inquiétude.

– Tu comprends, n'est-ce pas ? lui dit la jeune adolescente. Aujourd'hui, je ne sais plus quelles décisions prendre. Le chagrin m'ôte tout jugement. Mais, demain, Rê dorera de nouveau les monts sablonneux du désert. La barque d'Amon honoré par Pharaon quittera son reposoir pour entraîner le dieu jusqu'à sa chapelle. Les oiseaux crieront dans les marais du Delta. Les crocodiles puniront les traîtres et les voleurs. Demain, Isis éclairera mes jours de paix et d'amour. Je redeviendrai forte comme le dieu de la guerre, astucieuse comme Isis aux mille tours, grandie du vautour et du cobra, et je saurai comment conduire mon char sur la route du destin !

Snen l'approuva de la tête comme s'il avait compris ses propos. Voir les prunelles marron de sa maîtresse briller de nouveau, ses lèvres sourire légèrement, ses pommettes hautes et saillantes s'arrondir constituaient des signes favorables.

Hatchepsout embrassa sa tête poilue et lui dit en étirant ses membres :

– Que penses-tu de Senmout ? Le pauvre avait l'air tellement contrarié par ma disparition ! Crois-tu qu'il m'ait vue nue ? Je le pense assez honnête pour ne pas avoir profité de la situation ! Je n'avais jamais remarqué combien son regard était doux et ses gestes paisibles. Mon père le disait rusé, efficace et bon. Sa sagesse et sa culture me seront précieuses. Ma mère affirme toujours que je suis trop sûre de moi et que je dois me remettre en question avant de critiquer les actions des autres...

– Et ta mère a raison ! s'exclama Shatra.

– Enfin te voilà ! dit Hatchepsout à sa nourrice. As-tu apporté des vêtements propres et des serviettes citronnées pour me rincer le visage et le corps ? Regarde dans quel état je suis !

– Senmout m'a raconté comment il t'avait retrouvée. Pour l'instant, je n'ai informé personne que tu te trouvais ici mais je te conseille de rentrer au plus tôt afin de réconforter ta mère qui n'a déjà que trop de peine depuis la mort de notre pharaon.

– Où est donc Senmout ? demanda Hatchepsout sans répondre à Shatra.

– Il a beaucoup de travail. La préparation du deuil royal, de l'embaumement, des funérailles accapare tous les fonctionnaires du palais. Imagine les tâches d'un Administrateur ! Les nuits et les jours ne seront pas assez longs pour qu'il en vienne à bout !

– Sans doute, répondit Hatchepsout en tendant ses joues à Shatra qui les frotta avec une pâte salée. Prends garde ! Si tu continues à ce rythme, tu vas m'écorcher la peau. Je serai encore plus laide que je ne le suis !

– Laisse-moi faire ! Ta peau n'en sera que plus douce et transparente. Ôte ces haillons et enfile cette robe en byssus. Tu n'as qu'à reprendre les fibules attachées sur cette loque et les placer sur tes épaules. Je vais jeter ces vêtements déchirés dans ce panier en osier.

– Shatra, dit Hatchepsout rêveuse, que penses-tu de Senmout ?

– Pharaon lui a donné de hautes fonctions. Mon rôle ne consiste donc pas à juger un homme aussi savant et aussi compétent qui a reçu de précieux dons de Pharaon.

– Soit, soupira Hatchepsout. Mais tu ne parles ni à la Grande Épouse royale ni au Pharaon. Réponds à ma question sans l'esquiver.

La ronde Shatra préférait s'activer efficacement

plutôt que de soulever la colère des dieux en discutant les décisions de Pharaon.

– Jamais ! Pharaon pourrait m'entendre d'où il se trouve et les dieux me puniraient ! Il m'est interdit de juger un tel homme !

– Que tu es compliquée ! dit Hatchepsout en sortant enfin du buisson. Allons-y ! Tu as raison... Il faut se hâter. Kallisthès doit en profiter pour cajoler la reine et la consoler de mon absence. J'entends d'ici ses propos mielleux. Je ne voudrais surtout pas lui laisser une nouvelle occasion de dorloter ma mère et de lui démontrer encore une fois combien sa présence se révèle chaque jour de plus en plus indispensable. Elle n'en est déjà que trop persuadée !

– Hatchepsout ! s'indigna Shatra en prenant son panier plein et en le glissant autour de son bras.

– Ai-je entendu un appel de ta part, Shatra ? lui demanda fermement Hatchepsout.

– Amon ne me le pardonnerait pas, digne descendante d'Ahmosis, divine héritière de Thoutmosis.

– Bien ! se contenta de répondre Hatchepsout en marchant en tête, le menton haut et le port irréprochable. Protège-moi avec l'ombrelle. Le soleil chauffe ma terre et mon pays.

Malgré la douleur qui l'étreignait, le courage et la dignité d'Hatchepsout auraient soulevé l'admiration de tout un peuple. Shatra ne s'y trompa pas qui suivit la princesse avec le respect dû à un grand pharaon.

V

Dès qu'elle entra dans le palais, Hatchepsout fut saluée bas par les gardes et les fonctionnaires qui la croisèrent. Tous avaient le visage grave et se faisaient plus discrets encore qu'à l'ordinaire. Les employés se méfiaient des sautes d'humeur et des crises d'autoritarisme d'Hatchepsout qui, du haut de ses quinze ans, voulait qu'on lui obéît.

Shatra suivait la princesse, surveillant du coin de l'œil si l'attitude de tel ou tel serviteur s'avérait conforme à ce qu'on attendait de lui. La plupart se courbaient devant Hatchepsout, s'éloignant sans bruit en reculant devant sa divine personne. Certains, troublés par la mort du pharaon ou naturellement obséquieux, se jetaient à ses pieds, se prosternant si bas qu'ils paraissaient se fondre avec le revêtement du sol.

Hatchepsout traversa la pièce menant à la cour centrale sans s'arrêter. Son visage n'affichait alors aucun sentiment tant elle jugeait vulgaire de montrer aux courtisans ses véritables pensées. Pourtant, lorsqu'une très jeune fille du harem surnommée Iset passa devant elle sans même incliner la tête, Hatchepsout retint difficilement sa colère. La princesse s'arrêta et demeura immobile, le corps très droit. Elle ne se retourna pas pour rappeler à l'ordre la courtisane que son père Thoutmosis avait intégrée à son harem, comprenant que Shatra le ferait à sa place.

La nourrice tança, en effet, la belle et fière Iset qui se récria.

– Depuis quand une nourrice me donnerait-elle des ordres ? clama-t-elle. Je saluerai la princesse Hatchepsout quand le jeune Thoutmosis aura succédé à son père et qu'il m'y contraindra !

Sentant la révolte envahir son être, Hatchepsout ferma les yeux en demandant intérieurement au dieu Amon de l'aider à se contrôler. Elle ne souhaitait pas punir une femme du harem le lendemain de la mort de Thoutmosis.

– Hatchepsout va régner, dit Shatra. Pourquoi parles-tu du fils de Moutnéfret ?

– Il m'a affirmé qu'il gouvernerait l'Égypte à la place d'Hatchepsout et je le crois.

Hatchepsout se retourna enfin et détailla Iset. Malgré sa grande jeunesse, la courtisane avait un corps harmonieux mis en valeur par une robe fourreau transparente. Le cône d'encens qu'elle avait placé sur sa chevelure embaumait la pièce d'une odeur presque trop capiteuse. Hatchepsout se souvint alors des paroles de son père : « Ta personne devra être constamment entourée d'un nuage de senteur telles les déesses quand elles apparaissent aux simples mortels. Jamais aucune femme ne sentira meilleur que toi. Le parfum, divin et envoûtant, t'accompagnera partout où tu te trouveras. »

En se rappelant ces conseils de son père défunt,

Hatchepsout se jugea bien misérable face à cette belle concubine aux traits fins, aux formes pleines, au visage savamment maquillé et au corps enveloppé de troublantes senteurs.

– Fais en sorte, à l'avenir, lui dit-elle, de ne pas te présenter devant moi dans un vêtement plus luxueux que le mien ni d'embaumer comme si tu te prenais pour la reine de ce pays ! Le port des bijoux précieux reste le privilège de la famille royale. Tu peux en embellir tes bras, tes chevilles, ta taille ou ton cou à condition que les pierres soient discrètes ou ordinaires.

Bien qu'elle eût envie de répliquer qu'elle n'était pas une fille du peuple, Iset se mordit les lèvres.

– Tu te montres peu habile pour quelqu'un qui porte un nom inspiré par la déesse Isis, ajouta Hatchepsout. Médite mes paroles.

Iset tardait, toutefois, à saluer la princesse. Elle observait sa beauté un peu rude, ses gestes inélégants. Parce qu'elle ne dégageait pas la splendeur radieuse d'Ahmose, Hatchepsout lui paraissait inférieure à elle. La princesse était trop maigre pour donner à l'Égypte de robustes enfants.

Comme si elle avait deviné sa pensée, Hatchepsout la toisa froidement.

– Cesse de sourire stupidement aux poissons du plafond, lui dit-elle. Tu n'es pas habillée décemment pour honorer la mémoire de Pharaon. Va te vêtir ! Senmout saura bien ordonner de punir ta morgue d'une centaine de coups de fouet. Pendant quelques jours, tu penseras plus à dissimuler tes charmes dans une robe décente qu'à te pavaner devant ton miroir !

Rappelle-toi que tu ne vivrais pas dans le harem si Pharaon n'avait pas eu l'extrême bonté de te choisir !

Iset ne pouvait rester insensible à de telles menaces, car sa beauté était son seul atout au palais. Aussi se prosterna-t-elle, enfin, aux pieds d'Hatchepsout en la suppliant de l'épargner.

Faisant un clin d'œil à Shatra, Hatchepsout fit mine de ne rien vouloir entendre.

– Par Isis et tous les dieux, je te prie de me pardonner mon audace, répéta Iset.

Elle joignait les deux mains, multipliant les révérences.

– Soit ! Va rejoindre les autres ! Je consens à me montrer clémente, dit froidement Hatchepsout en la laissant courbée à terre.

Dès qu'elles se furent éloignées, Hatchepsout glissa à Shatra :

– Cette Iset est différente des autres femmes. Son comportement ne me plaît pas. Maintenant que mon divin père ne vit plus parmi nous, la Grande Épouse royale devra songer à éliminer toutes ces femmes qui convoitent le trône pour leurs propres enfants. Ce harem est un vivier à complots.

Shatra hocha la tête, peu convaincue.

– Digne enfant royal, songe que tu ne régneras pas seule et que ton futur époux souhaitera lui aussi un harem...

– Je le contrôlerai moi-même !

– Ce ne sera pas ton rôle et tu n'en auras sans doute guère le temps...

– Je connais trop les folles espérances de ces jeunes femmes qui n'ont pas d'autres occupations que celles de nuire à autrui et de plaire à Pharaon. Cette Iset doit quitter le palais !

Comme Shatra lui cachait manifestement quelque chose, Hatchepsout l'invita à parler.

– Ne me dis pas qu'elle a eu des enfants de Pharaon !

– Moutnéfret protège et apprécie Iset, lui apprit Shatra. Mais, rassure-toi, la jeune femme est sans enfants. Cependant, le jeune Thoutmosis passe toutes ses après-midi en sa compagnie. Ils suivent même des cours ensemble.

– Raison de plus pour qu'elle quitte le palais ! renchérit Hatchepsout.

– Je t'invite à plus de sérénité, princesse d'Égypte. Calme ta colère et ne songe plus aujourd'hui qu'à remplir tes devoirs envers Pharaon.

Les yeux d'Hatchepsout s'assombrirent de nouveau. Ses lèvres épaisses et boudeuses se mirent à trembler. Son nez et ses pommettes rougirent.

– Tu as encore raison, dit-elle en étouffant un sanglot.

*
**

Kallisthès œuvra tant avec les chefs de chantier que la tombe et la chapelle royales de Thoutmosis furent prêtes juste après l'embaumement du corps. La mère et l'épouse du pharaon procédèrent aux rites traditionnels. Les préparatifs des funérailles surpassèrent en grandeur ceux d'Aménophis et de la très aimée Ahmès-Néfertari. Nul ne remettait en cause la droiture de Thoutmosis qui devait affronter le tribunal d'Osiris avant de vivre sa nouvelle destinée, aucun acte répréhensible ne lui étant reproché.

Un détail contrariait, cependant, Hatchepsout. Moutnéfret avait tellement insisté pour accompagner dans le groupe de tête le cortège funèbre avec son fils, qu'Ahmose avait fini par céder. La princesse l'avait violemment reproché à sa mère. En désespoir de cause, elle avait même tenté de convaincre ses grands-mères d'interdire au jeune Thoutmosis d'assister aux funérailles de son père.

– Tes désirs ne sont guère raisonnables, lui dit finalement sa grand-mère maternelle, le matin même des funérailles. Comment veux-tu, ma chère enfant, que l'on empêche un fils d'honorer son père le jour de son enterrement ? Une telle décision soulèverait un mécontentement général. Moutnéfret se chargerait bien de répandre le bruit que nous avons attendu la mort du pharaon pour maltraiter son fils !

– Je refuse que Thoutmosis accompagne les prêtres et les fonctionnaires jusqu'au tombeau de mon père ! Je ne veux pas, comme l'a fait ma mère Ahmose, honorer mon père dans sa chapelle pendant que mon demi-frère aura accès à sa tombe !

Ahotep aurait voulu tempérer les propos de sa petite-fille.

– N'oublie jamais que tu es une femme et qu'il te sera difficile de te faire admettre dans un univers où les hommes ont coutume de régner en maîtres ! Il faudra t'imposer lentement non par des bouleversements impopulaires ou des coups de tête mais par ton savoir-faire.

Ahotep lui prit tendrement les mains.

– Aie confiance en moi. Je connais le pouvoir. Écoute mes conseils si tu refuses d'entendre ceux de ta mère...

– Elle ne fait que répéter ce que lui dit Kallisthès ! En quoi le Crétois serait-il apte à conseiller la Grande Épouse royale ? Je n'ai aucune confiance en cet homme qui côtoyait le roi Minos, un souverain qui a autrefois trahi mon père !

– Allons... Tu feins d'oublier que Kallisthès a rendu de très nombreux services à tes parents.

– Je sais pourquoi il l'a fait et je doute que ses actes aient un jour été gratuits !

– Modère tes sarcasmes, par Isis. Ton père ne t'a-t-il pas appris la réflexion ?

– Il m'a aussi enseigné la prudence. Un pharaon est entouré d'ennemis pendant toute sa vie, aimait-il à dire, et je suis disposée à l'écouter ! Un jour, moi aussi j'aurai un temple, le plus beau qui soit. Eh bien, j'en fais aujourd'hui serment aux dieux tout-puissants ! J'ordonnerai alors de bâtir deux magnifiques emplacements où reposeront le corps de mon père et le mien... Nous serons de nouveau réunis dans notre vie éternelle !

Bien qu'elle gardât secret l'emplacement de sa tombe future dont elle parlait volontiers sans crainte de la mort, Hatchepsout réfléchit à l'endroit qu'elle avait choisi, un lieu unique où il lui plaisait d'aller quand elle était mélancolique. Au soleil couchant, le sable se dorait avant de se vêtir de rougeoyantes paillettes. Le silence ne quittait que rarement ces étendues sableuses propices au rêve et au recueillement.

– Tes pensées deviennent confuses, dit Ahotep avec horreur. Comment envisager un seul instant que le divin Thoutmosis sorte un jour de sa tombe ?

– Cette tombe n'est pas digne de Pharaon ! Ahmose n'aurait jamais dû confier sa construction et sa décoration à Kallisthès !

– Quand reconnaîtras-tu enfin les qualités de Kallisthès ?

– Jamais ! Plus le temps passe et plus ses manœuvres m'apparaissent évidentes !

– Il t'aime...

Hatchepsout pouffa.

– T'aurait-il également conquise ? Ta lucidité serait-elle en défaut ?

La princesse observa sa grand-mère qui restait muette.

– Puisse les dieux te donner le souffle de vie suffisamment longtemps pour que tu voies ce que je ferai de l'Égypte ! ajouta-t-elle.

Ahotep laissa retomber ses bras en signe d'impuissance. La confiance de sa petite-fille l'effrayait et la rassurait en même temps. Hatchepsout ignorait le handicap que constituait le simple fait d'être une femme pour diriger un peuple et maintenir d'éventuels ennemis éloignés des frontières.

VI

Les roches sèches et ternes des cirques de « la large Prairie » dont les parois, en forme de stalactites, s'éclairaient à peine sous le soleil et seulement à heures fixes, élançaient leurs pics hostiles et leurs masses arides vers les cieux. Elles sortaient d'une nuit étoilée dont un millier d'astres animaient l'âme du ciel.

Le plus lumineux d'entre eux, l'étoile Sirius, était apparu quelque temps auparavant lors d'une veillée générale. Les Égyptiens l'avaient attendue avec anxiété car elle annonçait la crue du Nil. Or, les paysans s'interrogeaient chaque année avec angoisse sur l'importance de l'inondation dont dépendaient les récoltes.

Les comptables du palais, le dioécète chargé des finances et Senmout lui-même, en tant qu'Administrateur en chef, avaient multiplié leurs prières à Hâpy, le dieu du fleuve à l'apparence peu engageante mais aux bienfaits annuels.

Chacun avait jeté dans le Nil des figurines ayant la forme de cette divinité ventrue pour l'inciter à se montrer généreuse. Des marchands ambulants vendaient encore sur la place du marché de Thèbes ou devant le temple d'Amon des amulettes la représentant.

La crue du Nil de ce mois de juillet marquait, en effet, le début de l'année égyptienne. Dans les rues de Thèbes, épargnée par les eaux car construite sur une hauteur, les Égyptiens se souhaitaient une bonne année. « Renpet neferet ! » se disaient-ils avant même de se saluer.

Les cadeaux que l'on adressait habituellement au pharaon avaient été distribués à Ahmose, à Ahotep et à Hatchepsout. Certains dons, parmi les plus beaux et les plus luxueux, avaient été apportés au palais à l'attention du fils de Moutnéfret. L'épouse secondaire du pharaon défunt en gloussait de bonheur. Elle ne s'affichait plus qu'avec une perruque courte surmontée de l'uræus, le cobra royal, qui encadrait son agréable visage fin au regard redoutable.

Ahmose avait accompli à la place de son mari défunt les rites saluant l'année nouvelle et la fin de l'an passé afin de chasser les maladies et les malheurs que la déesse Sekhmet à tête de lionne risquait d'apporter aux Égyptiens. Mais, après les salutations au dieu Hâpy qui ne s'étaient guère prolongées en raison de la période de deuil, un événement plus important encore allait être célébré à Thèbes : l'accompagnement du pharaon Thoutmosis dans sa demeure d'éternité, temple de millions d'années.

Dans la Vallée encore endormie, que les Égyptiens nommaient aussi « magnifiques degrés de l'Occident » ou, plus officiellement, « grande nécropole de millions d'années des pharaons à l'ouest de Thèbes », des pistes, sinueuses et étroites, blanchies par le passage des mulets et des hommes, formaient des courbes insolites à travers les monts les plus bas. Les dieux interdisaient l'accès aux falaises abruptes et verticales, où la pierre, comme déchirée dans le sens de la hauteur, semblait présenter des lambeaux de rocs majestueux.

Des chapelles funéraires de hauts fonctionnaires thébains, bâties en étage sur les collines, se confondaient avec la couleur des rochers. D'autres, étalées dans la Vallée, profitaient du silence éternel qui envahissait l'endroit nuit et jour. Collines et vallées se succédaient.

Non loin de là, des ouvriers travaillaient habituellement dans un chantier gigantesque et secret. Seuls les habitants de « Deir el-Medineh », « village de recueillement de la cité de Médinet » où résidaient les artisans des tombes royales, transmettaient à la Vallée et aux monts qui l'encadraient son souffle de vie terrestre.

De l'autre côté du Nil, le long de l'eau, se rosissaient des rayons de l'aurore les temples de Mout, d'Amon et de Montou. Sur leurs façades, le bâton de Thèbes, emblème de la reine de toutes les villes, étalait superbement, avec sa plume d'autruche et son ruban, la supériorité de la cité égyptienne. Là, une petite pièce d'eau envahie d'hippopotames, symboles du dieu Seth, attirait les enfants de Thèbes qui tentaient de lancer leur harpon sur eux. Malgré les menaces des prêtres de Seth, les habitants ne décourageaient pas leurs fils de chasser les hippopotames qui barrissaient toute la nuit, soulevant leur colère. « Même si Amon l'a emporté face à Seth, disaient alors les prêtres, les divinités attireront les maladies sur quiconque tuera ces animaux sacrés ! »

Dans les différents villages du nome thébain qui s'étendait sur trois *skoeni*[1], dans les temples des trois districts où les prêtres honoraient le dieu Montou à tête de faucon, une agitation extrême témoignait de la journée exceptionnelle qui s'annonçait.

Les souverains, ancêtres du pharaon Thoutmosis, inhumés à l'intérieur de pyramides très petites en comparaison de celles de Gizeh, attendaient la venue du nouveau roi parti lui aussi pour son voyage dans l'Au-Delà. Abritées par la colline de Dra Abou, elles voyaient s'amonceler régulièrement devant elles les « scarabées », offrandes de nourriture qui rappelaient le prolongement de la vie des souverains au-delà de la mort.

*
**

L'embarquement du corps de Thoutmosis pour l'Autre Rive se déroula avec une minutie exemplaire sous les yeux éblouis et tristes du peuple thébain. Comme si Hatchepsout avait anticipé la scène, les

1. Plus de trente kilomètres.

Égyptiens portèrent, en effet, leurs regards sur le fils du pharaon défunt qu'ils ne connaissaient guère. Ses sorties, rares et discrètes, passaient le plus souvent inaperçues. Mais tout le monde savait que le pharaon avait un troisième fils de sa première épouse et même si Hatchepsout avait été officiellement désignée pour succéder au pharaon, nombreux étaient ceux qui espéraient un roi plutôt qu'une reine.

Depuis le début du deuil, des commentaires circulaient sur un mariage possible entre Hatchepsout et son demi-frère, la fille d'Ahmose restant la véritable héritière de la dynastie.

Kallisthès, qui se mêlait souvent au peuple sur la place du marché lorsqu'il marchandait avec des vendeurs ambulants ou qu'il cherchait dans les endroits les plus reculés des plantes rares, demeurait à l'affût des souhaits du peuple égyptien. Il les rapportait à la Grande Épouse royale qui recueillait ses précieux conseils et s'en inspirait pour prendre ses décisions.

La rumeur d'une union entre Hatchepsout et le jeune Thoutmosis ayant couru, aucun membre de la famille royale ne s'étonna que l'adolescent fût observé avec autant d'attention. Toutefois – et le fait s'avérait suffisamment rare pour être remarqué par la perspicace Ahotep – ni Hatchepsout ni Kallisthès ne paraissaient apprécier une telle situation. Si le manque d'attirance et le dédain d'Hatchepsout pour son demi-frère étaient évidents, Ahotep aurait bien voulu connaître la raison de la contrariété de Kallisthès. Craignait-il les manœuvres de Moutnéfret ?

Selon la coutume instaurée par le pharaon Aménophis, le lieu de sépulture de Thoutmosis avait été choisi dans la Vaste Prairie et celui de son temple funéraire aux limites du désert.

Le cortège ne se dirigea pas vers la tombe de Thoutmosis sans tension. Chaque fois que le peuple acclamait le fils du pharaon défunt, Hatchepsout serrait les poings, sommant discrètement mais fermement son demi-frère de se tenir en retrait derrière elle. Moutnéfret incitait, au contraire, le jeune homme à avancer sur le même rang que la princesse. Elle l'avait habillé comme un prince, se délectant chaque jour des rumeurs que ses gardes lui rapportaient. Elle avait préparé pour le roi des offrandes variées et somptueuses. Plats, mets, mobiliers précieux, figurines féminines, bijoux portés à bout de bras par ses servantes la suivaient, elle et son fils, afin que tout le monde sût combien son ancien époux l'aimait encore quand il vivait au palais avec Ahmose.

Après une première et courte marche jusqu'à l'embarcadère thébain, la famille royale traversa le Nil dans des barques tendues d'étoffe sombre. Un profond silence accompagna le glissement des embarcations sur les flots. Puis le débarquement eut lieu de l'autre côté du fleuve, dans un endroit isolé. Le cortège se déploya de nouveau en direction du nord. Il était accompagné de pleureuses professionnelles qui criaient, gémissaient et se déchiraient la poitrine. Une faible et langoureuse musique rythmait les pas des membres de la famille royale dont la peine n'était plus troublée par les lamentations de la foule restée sur l'autre rive. Des prêtres encadraient le cercueil où avait été déposé le corps embaumé de Pharaon transporté en grande pompe jusqu'à son sarcophage et sa chambre funéraire.

Les pleureuses éveillaient subitement ce lieu paisible comme si tous les nobles ou pharaons défunts enterrés non loin de là devaient participer au deuil général. Hatchepsout fut secouée de frissons. Elle tourna vers l'ouest, suivant la voie ouverte par les prêtres, et somma une nouvelle fois Thoutmosis de se tenir derrière elle. Plus le cortège se rapprochait de la demeure d'éternité de Thoutmosis, plus la présence de son demi-frère lui paraissait incongrue. Jamais son père ne lui avait témoigné la moindre affection. Comment osait-il s'imposer ainsi ?

Les membres de la famille royale ralentirent encore leurs pas en arrivant dans le cirque rocheux qui s'ocra à leur approche d'une chaude couleur dorée, gommant la froideur des parois rocheuses.

VII

Les rites durèrent longtemps. Tous les présents furent déposés dans la salle funéraire du pharaon ou dans sa chapelle à côté de ceux de la famille royale. Amon, « le souverain de Thèbes » et les autres dieux, Seigneurs de la ville, furent longuement salués. Après Amon venaient, en effet, dans le cœur des Thébains, Rê, le dieu d'Héliopolis souvent assimilé à Amon, puis Ptah, le dieu de Memphis.

Malgré la solennité des cérémonies, chacun admira les scènes peintes et sculptées sur les parois de la chapelle et de la salle funéraire, des hommes apportant des offrandes au défunt dans des jarres ou des vases. Sur des plateaux, cuisses et têtes de bœufs, vin et bière, tiges de papyrus, fruits se succédaient car Pharaon vivait dorénavant dans ces pièces décorées. Or, Ahmose autant qu'Hatchepsout ou Ahotep tenait à ce que Thoutmosis possédât le plus beau lieu de sépulture jamais aménagé. Seule Hatchepsout émit des réserves sur l'ornementation des murs et la grandeur de la tombe. Tout lui parut trop modeste pour un si valeureux combattant, pour un roi aussi exemplaire.

Dans ces tableaux peints en bandes horizontales, toutes séparées par une barre, Kallisthès avait ordonné de multiplier les porteurs de mobilier luxueux et de richesses. Les adolescents à la peau noire et à la perruque sombre étaient revêtus d'un simple pagne blanc qui leur arrivait à mi-cuisse. La plupart tenaient un objet dans chaque main tandis que des arbres touffus aux feuilles petites et nombreuses séparaient les différentes scènes. Des jarres immenses semblaient réunies sous des treillis. Des Égyptiennes, en robe blanche et moulante, les épaules et les chevilles nues, se recoiffaient pour plaire à Pharaon. Le sens de la marche de ces serviteurs défilant pour déposer leurs offrandes auprès du roi défunt alternait d'une bande à l'autre.

Le bleu pâle faisait ressortir les verts des roseaux, la peau cuivrée des jeunes hommes aux corps menus et les ocres des pots. Au centre, un seul homme avait orné ses cheveux d'une perruque blonde. Il découpait un bœuf sacrifié avec un hachoir d'une taille impressionnante.

En regardant de nouveau toutes ces beautés artistiques et ces offrandes, Kallisthès se montra inquiet. Il redoutait les pilleurs de tombes peu respectueux de l'âme des pharaons. Lui-même n'avait jamais vu déposés dans une chambre funéraire autant de biens et il se doutait que ces richesses dormant dans la Vallée susciteraient des convoitises parmi les Égyptiens, insouciants de la punition divine.

*
**

Les honneurs rendus au défunt et le banquet qui acheva la journée accrurent l'hostilité d'Hatchepsout envers son demi-frère pour qui le pharaon n'avait jamais montré d'autres sentiments que de la pitié et de l'agacement. Quand elle rentra ce soir-là dans ses appartements, Hatchepsout ordonna à sa nourrice de ne pas la déranger. Elle ne souhaitait voir personne.

Kallisthès s'enferma, lui aussi, dans la chambre d'Ahmose et pria la reine de renvoyer ses domestiques.

– Pharaon a rejoint sa dernière demeure dans le plus grand faste, reconnut-il. Jamais je n'avais assisté à un tel cortège ni à des honneurs semblables ! Pharaon a été comblé !

– Sans doute, répondit Ahmose avec langueur.

– Cependant, le fils de Moutnéfret n'était pas à sa place dans ce cortège ! Je soupçonne cette femme d'avoir elle-même laissé courir le bruit qu'un mariage entre Hatchepsout et son fils avait été envisagé au palais. Comment démentir la rumeur ?

– Tu y attaches trop d'importance, lui répondit Ahmose. Je suis très éprouvée par cette journée. Laisse-moi me délasser dans un bon bain. Ma chère Menis me racontera des histoires plus attrayantes qui m'empêcheront d'être triste.

– Aurais-tu oublié nos projets d'avoir un fils ?

– C'était une idée à toi, Kallisthès.

– Le moment n'est-il pas favorable ?

– Tu n'y songes pas, Kallisthès !

– Tu pourrais aujourd'hui attendre un enfant de Pharaon et me prendre comme époux, moi ton demi-frère. En nous coule le sang royal de l'ancien roi Aménophis, ne l'oublie pas. Ma mère n'était qu'une concubine du harem alors que la tienne était la Grande Épouse d'Aménophis mais les Égyptiens apprendront cette nouvelle avec une immense joie. Ne rêvent-ils pas de voir enfin réunis deux époux en qui coule le sang divin de la dynastie ? Thoutmosis n'était qu'un général qui t'a épousée pour plaire à Aménophis !

– Combien de fois me l'as-tu répété ? Tu oublies un point essentiel : Pharaon a désigné Hatchepsout comme son héritière avant de mourir et je n'attends pas d'enfant. Pendant des années, j'ai tenté d'avoir un fils de Pharaon !

– Mais s'il avait eu un fils de toi, chère Ahmose, ce fils aurait régné à la place d'Hatchepsout !

Ahmose réfléchit.

– Le moment est mal choisi pour aborder un tel sujet, dit-elle les larmes aux yeux. Le souvenir de Thoutmosis que j'aimais me bouleverse.

Un silence accueillit ses paroles. Kallisthès la laissa méditer.

– Je sais parfaitement ce que Pharaon aurait décidé si je lui avais enfin donné un enfant mâle. Il aurait marié Hatchepsout à son fils. Tous deux auraient régné selon la coutume égyptienne pour le bonheur du peuple et des dieux.

Kallisthès s'approcha de la reine et lui prit les mains. Son corps abondamment parfumé, la douceur de ses doigts le troublèrent. Son amour pour Ahmose n'avait pas faibli depuis qu'il avait débarqué en Égypte et pas un jour il n'avait regretté la Crète où il avait grandi et où était enterrée sa mère. Combien avait-il souffert de voir la Grande Épouse délaissée par le pharaon ! Il lui était entièrement dévoué.

Comme à son habitude, avec la grâce et la nonchalance qui l'habitaient, Ahmose laissa son vêtement glisser jusqu'au bas de ses pieds. Elle marcha vers sa baignoire avec la gracilité d'une déesse. Son corps commençait à peine à subir les outrages du temps. Elle était restée mince et fine. Les larmes versées à la mort de sa seconde fille, si éprouvante, n'avaient pas abîmé son beau visage doux.

Kallisthès la suivit et accomplit lui-même les gestes habituels des servantes. Tandis que la reine se tenait debout dans sa baignoire, il répandit sur ses épaules de suaves senteurs qui coulèrent lentement vers les courbes de son corps. Ahmose sembla bientôt enveloppée d'un épais nuage de musc, d'encens et d'odeurs jasminées.

Kallisthès caressa sa peau soyeuse. La reine l'entretenait chaque jour grâce aux onguents qu'il préparait lui-même à son attention.

– Il m'a fallu me consacrer à la tombe et à la chapelle de ton époux, lui dit-il. Je ne t'ai pas apporté de nouvelles mixtures ces jours derniers mais ton corps est resté doux.

– Tu connais aussi bien les plantes que tes instruments d'architecte, lui répondit Ahmose. Sans toi, mon corps aurait perdu de sa jeunesse.

Kallisthès attira la reine contre lui et l'entraîna jusqu'à sa couche. Malgré sa fatigue, Ahmose n'émit plus aucune réserve. Elle se laissa aller dans les bras de son amant, se rappelant soudain les étreintes de son époux et l'amour qu'elle avait autrefois éprouvé pour lui. Tandis que son corps s'abandonnait avec sensualité aux caresses de Kallisthès, des larmes inondèrent ses joues. Elle perdit conscience de l'endroit où elle se trouvait et se laissa gagner malgré elle par le plaisir.

Sixième partie

VIII

L'architecte Imeni observait Senmout du coin de l'œil. Il lui avait rendu visite dans sa superbe maison de Thèbes, entourée d'un parc planté d'arbres variés provenant des plus lointaines contrées. Une haute muraille entourait le domaine, fort étendu. Le nombre de portes desservant les communs ou la maison principale avait été volontairement limité pour empêcher les voleurs de pénétrer à l'intérieur.

Le prêtre Amen, frère de Senmout, avait eu l'idée de faire construire un remarquable pylône devant la façade de la maison si bien que les étrangers semblaient entrer dans un temple plutôt que dans une habitation particulière. Sur ce pylône couleur sable moins haut qu'une porte de temple figurait Senmout recevant du pharaon Thoutmosis des dons et les fonctions d'Administrateur suprême du palais, de juge du pays et d'éducateur d'Hatchepsout.

Tout autour de la maison s'élevaient vers le ciel de hautes colonnes papyriformes formant un péristyle. La porte d'entrée était entourée d'un linteau décoré d'oiseaux. Sur les corniches avaient été profondément gravées maintes inscriptions rappelant les exploits militaires de Senmout.

Les fidèles et efficaces agents de l'État de Thoutmosis entouraient Ahmose et sa fille de leur affection et de leur savoir-faire. Il leur arrivait de se concerter et de se rencontrer en dehors du palais. Peu à peu, l'amitié et la conscience de poursuivre une mission les unissaient. Leur objectif rejoignait les dernières volontés de Pharaon : aider Hatchepsout à régner.

Comme s'il sortait d'un songe, Senmout s'excusa en balbutiant.

– J'ai oublié de te féliciter pour la réalisation de la tombe de Pharaon, Vie, Santé, Force, dit-il à Imeni.

Imeni sourit. Ces trivialités le renseignaient sur l'état d'esprit de Senmout.

– Kallisthès a dessiné la plupart des plans. Je n'ai fait que prendre le navire en pleine mer !

– En es-tu contrarié ?

– Non. Kallisthès s'est révélé plus doué que je ne le pensais. J'avais émis des réserves sur ses capacités quand Pharaon m'avait parlé de ses talents d'architecte mais je dois reconnaître qu'avec les délais qui nous étaient impartis il s'est très bien tiré d'affaire ! Il a eu la sagesse de me laisser les coudées franches pour l'élévation des pylônes et des obélisques du temple d'Amon et je lui en suis reconnaissant. Pharaon avait pourtant insisté pour qu'il œuvrât avec moi afin d'honorer la divinité et sa parèdre. Pémiat, qui est seul responsable de l'ensemble des travaux du temple, avait donné des ordres stricts à son adjoint, le jeune Amis, afin de l'aider le mieux possible.

Senmout demeura silencieux. Tantôt, il mouillait machinalement des pains d'encre et promenait son calame sur une feuille vierge, dessinant des courbes sans signification, tantôt il avait les yeux braqués sur des rouleaux de papyrus qui le laissaient indifférent.

– Tu ne les lis pas, lui dit Imeni. Qu'est-ce qui te préoccupe ? La princesse Hatchepsout ?

– Je vais te faire une confidence car je connais ta discrétion. L'âge t'a apporté la sagesse. Le soir même où Pharaon a rejoint Osiris en quittant le monde terrestre, la princesse aimée d'Amon s'est enfuie dans le parc royal.

– Ce n'est là un secret pour personne ! Nous l'avons tous vue quitter précipitamment le chevet de Thoutmosis en cherchant manifestement à semer ses gardes.

– Je suis responsable de la princesse.

– Ne l'as-tu pas retrouvée ? Que crains-tu ?

– Je l'ai, en effet, retrouvée au petit matin quand Rê illuminait à peine les dunes du désert.

– Tu as donc accompli ton devoir.

– Lorsque je suis parti à sa recherche, j'ai croisé les gardes de Moutnéfret qui tentaient de la rattraper avant moi.

Imeni parut soucieux.

– J'ai bien cru que j'arriverais trop tard, poursuivit Senmout. Je ne trouvais Hatchepsout nulle part.

J'avais même employé un stratagème pour faire sortir son singe d'un éventuel buisson. En désespoir de cause, je me suis embarqué sur la mare et ai découvert le voile de la princesse flottant au fil de l'eau. J'ai pensé que les gardes de Moutnéfret l'avaient tuée. Je m'accusais de lâcheté, n'osant rentrer au palais, quand j'ai fini par m'y résoudre. Kallisthès m'a vivement conseillé de retrouver Hatchepsout que j'ai finalement découverte blottie sous un bosquet, les vêtements déchirés, les joues griffées par les ronces.

– Que cherches-tu à me dire ?

– Je n'ai pas agi comme l'aurait souhaité Pharaon. Si j'avais eu le courage d'affronter les gardes de Moutnéfret, je n'aurais pas fait courir à Hatchepsout un risque inutile.

– Qui est aujourd'hui au courant ? L'important était de ramener Hatchepsout saine et sauve.

– Kallisthès sait tout. S'il en parle à la Grande Épouse Ahmose, je serai probablement puni à raison. La divine Ahmose me supprimera sans doute mes titres.

– Kallisthès gardera ses lèvres closes, dit Imeni.

– Rien ne le prouve.

Imeni le sentit embarrassé.

– Autre chose ? lui demanda-t-il.

– Eh bien, depuis cet incident qui date de soixante-douze jours, la Grande Épouse royale ne m'a pas adressé la parole. Son attitude, d'habitude chaleureuse et amicale, me laisse penser que Kallisthès a parlé. En outre, Hatchepsout m'évite, elle aussi. Sans doute me reproche-t-elle de l'avoir vue... si peu vêtue.

Imeni sourit de nouveau. La jeunesse de Senmout l'attendrissait.

– J'ai l'impression que le dieu Amon va envoyer sur moi les foudres de sa colère, conclut Senmout découragé.

Comme si les divinités lui donnaient raison, un garde de la reine Ahmose se présenta à la porte de sa vaste demeure. Il fut introduit dans la salle principale où Senmout organisait les festins et les réunions officielles. En le voyant, le jeune homme blêmit.

– J'avais raison ! dit-il à Imeni. Depuis qu'Hatchepsout a failli perdre la vie, je me sens si coupable qu'il me faut payer ma lâcheté devant la cour !

– Oublies-tu la douceur de la reine ? lui répondit Imeni avec calme. Je redoute bien plus Moutnéfret que la Grande Épouse royale. Rends-toi sans crainte auprès d'Ahmose. Sans doute a-t-elle besoin de toi.

Malgré les paroles encourageantes d'Imeni, Senmout rangea ses documents le front bas et la pâleur aux joues. Il ouvrit une armoire pleine de rouleaux de papyrus, roula celui qu'il n'avait toujours pas lu, le lia et y apposa un cachet. Il le plaça sur un paquet déjà épais qu'il rangea dans une protection en cuir puis il contrôla s'il lui restait suffisamment d'encre et de support d'écriture.

Senmout accomplissait chaque geste en songeant manifestement à Hatchepsout et à la Grande Épouse royale. Il fit rapporter la serviette fraîchement imbibée de parfum qu'il avait posée sur ses épaules dans les vestiaires et les rafraîchissements à l'office. Puis il suivit Imeni, traversant sans hâte le vestibule bas de plafond jusqu'à la porte d'entrée.

Tous deux passèrent devant les écuries, le chenil et les abris des serviteurs sans échanger une parole. La poussière des allées rectangulaires qui traversaient l'immense jardin arboré avec goût se soulevait sous leurs sandales. Ifs, tamaris, acacias, saules, palmiers doum courbaient leurs fines branches sur le passage des deux hommes comme s'ils se fussent inclinés devant eux. Des canards s'ébrouèrent bruyamment sur la pièce d'eau où tanguait une barque. Le petit escalier de pierre qui permettait d'y accéder se couvrait chaque jour de mousse.

Imeni accompagna Senmout jusqu'au domaine que lui avait cédé le pharaon Thoutmosis. L'architecte avait accepté de le faire entretenir à ses frais et de reverser au dioécète chargé des finances une part de ses récoltes annuelles. Les arbres fruitiers abondaient, en effet, dans le parc d'Imeni qui possédait également un champ de céréales.

Les sycomores dissimulaient sous leur épais branchage la façade de la maison. On ne discernait de la porte d'entrée que le toit plat orné d'un grand treillis recouvert de vigne. Des odeurs de pains chauds se répandaient jusque dans la rue.

Imeni encouragea une dernière fois Senmout et le laissa continuer seul son chemin.

*
**

Senmout se fit annoncer à l'entrée du palais d'une voix blanche. Il gagna ensuite la salle de réception, persuadé que cette visite à la reine serait sans doute la dernière.

« Me convoquer dans la pièce des ambassadeurs n'augure rien de bon, se dit-il. La reine a coutume de me parler dans ses appartements privés, non dans des lieux officiels. »

Quand il entra dans la pièce en question, Senmout trembla encore davantage car la princesse Hatchepsout se tenait à côté de sa mère. Ahmose avait les traits tirés et les paupières lourdes. Elle paraissait très contrariée. Pourtant, lorsque Senmout se prosterna devant le coussin où elle posait ses pieds protégés par de riches sandales d'or, son visage se détendit.

– Fidèle Senmout, lui dit-elle en invoquant les dieux égyptiens, je te dois des excuses. Le deuil royal et les préparatifs des funérailles m'ont empêchée de te convoquer plus tôt et de te remercier d'avoir retrouvé ma fille saine et sauve.

Un serviteur entra en portant un médaillon de pierres précieuses sur un plateau d'argent ciselé avec art.

– Voici mon cadeau. Pharaon t'aurait pareillement remercié s'il vivait encore parmi nous. Reçois ce bijou de la part d'Hatchepsout et de la Grande Épouse royale.

Senmout protesta.

– Reine toute-puissante, tu ne connais sans doute

pas toute l'histoire pour me récompenser ainsi. Ta bonté dépasse celle de tous les vivants...

– Hatchepsout m'a tout raconté. Tu as été persévérant et tu as surtout démontré ta fidélité envers notre famille. J'ai entièrement confiance en toi et je considère que Pharaon a fait le meilleur des choix en te confiant l'éducation de ma fille.

Comme Senmout cherchait à l'interrompre, la reine poursuivit sur un ton qui n'admettait aucune réplique :

– À la prière de ma fille, je te nomme Grand Conseiller.

Senmout se releva et se prosterna de nouveau.

– Je ne le mérite pas, finit-il par avouer. La divine Hatchepsout n'a pas pu te narrer toute l'histoire car elle ne la connaissait pas. Alors même que je recherchais ta fille, les gardes de Moutnéfret étaient eux aussi à sa poursuite...

– Je l'avais deviné, Senmout. Crois-tu que les sentiments et les actes d'une rivale puissent échapper à la Grande Épouse royale ? J'ai été entourée pendant de nombreuses années par des épouses secondaires et des femmes du harem jalouses et vindicatives qui ne songeaient qu'à me voir disparaître ou à supplier les dieux funestes d'éliminer ma fille. Elles espéraient ainsi mettre un jour leurs enfants sur le trône d'Égypte. Personne n'est plus rompu que moi à ce genre de manœuvres.

Senmout regarda Hatchepsout avec admiration.

– Ta fille est aussi généreuse que toi, Grande Épouse, dit-il.

– Je ne veux plus que tu nous désapprouves. J'ai pris la décision de t'honorer à la demande d'Hatchepsout et nous ne saurons admettre un refus de ta part !

– Que les dieux m'en préservent ! répliqua aussitôt Senmout.

Le jeune homme rougit devant l'air insistant d'Hatchepsout. Elle fixait son regard sur lui, un sourire qu'on eût dit moqueur au coin de la lèvre. Senmout se demandait à quoi elle pensait lorsqu'elle semblait ainsi s'arrêter de vivre, les prunelles rêveuses et les traits impassibles.

Lorsque le serviteur royal eut suspendu le médaillon à son cou, Senmout remercia la reine et se leva pour se retirer.

– Je vais raccompagner Senmout, dit Hatchepsout en sortant de son silence. Depuis la mort de mon père vénéré, je n'ai suivi aucun cours et je sens venir le moment où il me faudra mettre en application tout ce qu'il m'a appris.

– Je ne te quitterai jamais, fille d'Amon, répondit Senmout. Mes conseils te guideront dès que tu le souhaiteras. Quand tu régneras, les fidèles serviteurs de Pharaon te seront tout dévoués.

– Tes paroles me comblent.

IX

Ahmose ordonna à l'ensemble des gardes de sortir. Les joueurs de flûte qui avaient rythmé les pas du porteur de présents, les servantes vêtues de voiles complexes, rouges et bleutés, qui avaient entouré la reine et la princesse en se tenant assises à leurs pieds ou à leurs côtés pour les éventer disparurent discrètement par des portes dérobées dans les peintures murales. Seules les fresques aquatiques et animalières couvrant le plafond et le haut des murs paraissaient vivre sous les rares rayons jaillissant des petites fenêtres.

Senmout suivit Hatchepsout en admirant le bijou que venait de lui offrir la reine.

– Princesse, lui dit-il, tu ne finis pas de m'étonner. Je ne méritais pas cette récompense...

– Allons ! Tu ne vas pas recommencer ! Je n'ai pas l'habitude de cacher mes sentiments. Depuis que Pharaon nous a quittés, tu es le seul qui aies changé mon humeur. J'avoue ne pas savoir comment ni pourquoi. Mais les raisons m'importent peu. Le résultat me satisfait. Je croyais ne jamais réussir à vivre sans la présence de mon père. Il me paraissait si fort, si robuste, si lointain et si proche à la fois !

– Il est parti au plus mauvais moment, lui répondit Senmout calmement. Ton apprentissage est loin d'être terminé. Je peux, certes, y pourvoir en partie. Mais son expérience, sa puissance, son intelligence t'auraient été d'un grand secours.

– Tu as compris, Senmout.

Le jeune homme observa à la dérobée la minceur de la princesse. Il la trouvait troublante dans sa froide prestance et ne savait résister à ses sourires énigmatiques. Ses joues s'arrondissaient alors comme des pommes. Les plis de son nez rappelaient cet air coquin qu'elle avait dans sa prime enfance lorsqu'elle courait après son singe. Hatchepsout n'avait pas la beauté parfaite de sa mère mais sa personnalité la rendait presque plus attirante.

– Tu cherches à me deviner, dit Hatchepsout.

Senmout rougit.

– Comment le sais-tu ?

– La fille d'Amon comprend tout !

Hatchepsout traversa plusieurs salles toutes plus resplendissantes les unes que les autres. Des vases, des statues d'anciens pharaons, des bustes majestueux d'Aménophis et d'Ahmosis ornaient les angles et les recoins. Elle entra, enfin, dans le bureau de petites dimensions jonché de nombreux rouleaux de papyri.

Comme une écolière obéissante, Hatchepsout ouvrit un coffre d'où elle sortit un calame, de l'encre et un rouleau de papyrus vierge. Elle s'assit en tailleur face à Senmout qui adopta la même position puis elle attendit les leçons du jeune maître.

– Je connais les sciences et les lettres, dit-elle. L'astronome m'a appris la course des astres. Le professeur de chant m'a enseigné la musique. Mais il manque des détails essentiels à cet enseignement. Personne d'autre que toi ne m'apprendra l'art militaire !

– À quoi bon, Hatchepsout ? Jamais tu ne fouleras un champ de bataille !

– Souviens-toi du lointain discours de mon père lorsqu'il t'avait demandé de me raconter ses campagnes. Qui sait si je ne monterai pas un jour sur un char pour affronter l'ennemi ? Qui sait si je ne devrai pas rassembler les soldats et les haranguer comme le fit autrefois la mère d'Ahmosis ?

Senmout l'approuva. Il commença par lui narrer comment ses ancêtres avaient remporté les plus belles victoires puis il en vint à Thoutmosis. Hatchepsout découvrit comment son père avait battu les Nubiens et les habitants proches des deux fleuves dont la région formait maintenant une longue bande protectrice entre l'Égypte et la Mésopotamie.

– Rien ne résistait donc au bras de Pharaon, dit-elle admirative.

– Rien ! Je l'ai vu courir en première ligne, lançant son char au galop et tirant des flèches. Il ne fut que rarement blessé. Les peuples conquis reconnurent toujours sa supériorité.

– Je m'en souviens. Ils défilaient, lors des triomphes, les mains et les pieds entravés.

– Pharaon n'avait qu'un souci. Il redoutait ces hordes sauvages venues du nord qui gagnaient du terrain et s'étaient installées en Mésopotamie. Il se doutait qu'un jour ces mêmes Barbares tenteraient d'occuper l'Égypte.

– Et toi, qu'en penses-tu, Senmout ?

– Il avait raison, Hatchepsout. L'Égypte est aujourd'hui protégée de toute part mais un jour viendra sans doute où les guerriers nomades ravageront nos champs.

La leçon de Senmout dura longtemps. La princesse retourna plusieurs fois la clepsydre qu'elle avait placée à côté d'eux pour contrôler leur temps de travail car ses obligations la contraignaient à se préparer longuement avant le dîner. Aussi devait-elle confier son visage et son corps aux habilleuses et au maquilleur bien avant que les cuisines ne retentissent de bruits divers et d'exclamations de voix.

– Plus rien n'a donc de secret pour moi, dit-elle à Senmout. Tu es sûr de m'avoir tout dit ?

– Tu connais les ruses, le courage et la grandeur d'âme qui caractérisaient ton père. Je t'ai expliqué quelles furent ses décisions dans des moments difficiles. Jamais il n'a faibli ; jamais il n'a reculé. Il a toujours été persuadé de la supériorité de l'Égypte sur les autres pays.

– Et il avait raison.

Hatchepsout demeura sans rien dire. Elle ferma même les yeux, murmurant une prière à la déesse Hathor.

– Je sais ce que tu penses au fond de toi, dit-elle enfin après un long silence. Tu es persuadé qu'une femme ne peut régner qu'à l'intérieur du pays dans un contexte pacifique. Pour toi, Pharaon doit faire ses preuves dans les combats, montrer sa force et gagner l'admiration de son peuple.

Senmout se contenta de la regarder.

– C'est bien cela, répondit Hatchepsout en soupirant. Les Égyptiens souhaitent donc qu'un pharaon leur apporte le réconfort de sa puissance.

– Notre pays est si mal placé ! Il est convoité à l'Ouest par les nomades du désert et à l'Est par des peuples civilisés. Au Sud, les Nubiens supportent le joug de l'Égypte avec rage et se révoltent à la moindre occasion.

– Ainsi donc il me faudra épouser très vite un homme courageux, compétent et populaire.

– Qui soit de préférence de sang royal.

– Ce qui est impossible ! Je ne vois qu'un homme qui corresponde au profil recherché...

Comme Hatchepsout l'observait avec insistance, Senmout baissa les yeux.

– Tu es encore très jeune, dit-il.

Hatchepsout l'interrompit :

– Certainement pas. Mais qui serait digne de devenir mon époux ? Le fils de Moutnéfret est un bâtard imbécile, peureux et lâche qui n'a hérité d'aucune qualité de mon père. On raconte que Kallisthès serait le fils de mon grand-père Aménophis. Du moins en a-t-il persuadé ma mère, ce qui s'avère bien différent ! Comment en être sûr ? Mais un mariage avec lui me paraît exclu. Je n'apprécie guère sa superbe. Il me serait impossible de gouverner à ses côtés sans qu'il ne veuille tout régenter !

– Vos deux caractères ne me semblent guère compatibles, dit Senmout.

– Tu as raison. Abandonnons cette idée stupide ! Bon nombre de fils de Thoutmosis habitent dans le harem. Mon père a eu tant d'épouses secondaires !

– Convoque-les, impose-leur des épreuves d'adresse, de courage et de force. Compare leur intelligence en les interrogeant sur des sujets qui te tiennent à cœur...

– Voilà une excellente idée, répondit Hatchepsout en souriant. Il me plairait de voir des hommes lutter entre eux pour obtenir le privilège de régner avec moi !

L'enthousiasme de la princesse retomba presque aussitôt.

– Hélas, le peuple égyptien me fait peur. Il semble avoir déjà établi son choix. As-tu vu les Thébains acclamer Thoutmosis ?

– Moutnéfret avait tout mis en scène pour qu'il en soit ainsi. Tu ne dois pas t'en laisser conter.

Hatchepsout resta de nouveau silencieuse.

– Toutefois...

– À quoi réfléchit encore la divine Hatchepsout ?

– Qu'un songe-creux comme mon demi-frère me serait bien utile pour gouverner en paix. Sa cervelle doit ressembler à un pois chiche desséché sous la chaleur de Rê.

– Malheureusement, il ne t'aiderait pas non plus en cas de guerre...

– Je ne lui demanderai que d'aller au combat ! Pennethbet fera le reste. C'est le meilleur général des troupes de mon père. Je l'ai déjà honoré de mille présents et je continuerai. Il me sera précieux. Mais afin que les autres peuples redoutent la force d'Amon qui habite Pharaon au combat, il est indispensable que mon futur époux parte pour la guerre. Qu'importe s'il se révèle en dessous du simple mortel. L'ennemi le vénérera parce que Pennethbet aura vaincu.

– J'admire ta grande sagesse, dit Senmout en se prosternant devant Hatchepsout.

– Pourtant, la perspective de partager la couche de ce niais me révolte. Penses-tu, Senmout, que le peuple accepterait un homme aussi efficace que toi ?

– Il ne faut même pas y songer. En comparaison de Thoutmosis, je ne suis qu'un fonctionnaire...

– Brillant et honnête. Tu possèdes toutes les qualités pour régner !

– Ton choix me ravit, répondit Senmout, mais il n'est guère raisonnable. Abandonne cette idée et laisse la nuit t'apporter la paix de l'âme.

X

Le cœur d'adolescente d'Hatchepsout battait pour Senmout. Son professeur d'histoire venait d'achever sa leçon qu'elle partageait avec quelques jeunes nobles logeant dans le harem mais, pour une fois, elle n'avait guère écouté les paroles du maître. Son esprit avait vagabondé dans les fourrés, là où l'Administrateur suprême du palais l'avait retrouvée. Depuis lors, il ne se passait pas une nuit sans qu'elle ne rêvât au beau Senmout. Elle se réveillait moins triste que la veille, le cœur réchauffé par la passion.

Les élèves attendaient les instructions du professeur Montou. Ils demeuraient assis en tailleur, à même le sol recouvert de nattes en roseau. Chacun avait placé à côté de lui son *Khémyt,* un petit ouvrage de sentences écrit sept cents ans plus tôt, et son *Livre des Métiers* de l'illustre Kéti.

Leur papyrus déroulé sur leurs genoux, le calame enduit d'encre à la main, ils prenaient encore des notes sur les devoirs à rendre lors de leur prochaine séance de travail et sur les textes à apprendre par cœur qui remontaient parfois aux anciens pharaons Khéops ou Mykérinos.

Montou tenait à les voir réciter sans hésitation les sagesses égyptiennes et les récits des antiques historiens, modèles à suivre ou à écarter, inestimables témoignages de l'expérience de la vie. Ces textes de référence resteraient gravés dans leur mémoire pendant toute leur existence. Ils s'y référeraient en cas de besoin.

– Les lettres et l'écriture sont avec l'histoire la porte ouverte à une carrière exceptionnelle, précisa Montou. Depuis que vous avez cinq ans, je vous apprends ces vérités. Certains d'entre vous ont d'abord suivi les cours d'un scribe de village avant de s'établir ici mais je suis persuadé que le discours de ces maîtres n'était pas différent du mien. Vous avez appris le hiératique puis les hiéroglyphes en recopiant des textes anciens. Aujourd'hui, vous êtes capables de réciter des extraits de l'*Apprentissage* d'Amenemet ou de l'*Hymne du Nil.* Vous connaissez par cœur les textes de lois et les leçons du sage Harjedef. Sauf peut-être Thoutmosis...

Des rires accueillirent cette réflexion qui laissait entendre que le fils de Moutnéfret s'intéressait probablement peu, en cet instant, aux leçons de Montou.

– Pendant des années, vous avez recopié les textes de Sinuhé et *La Prophétie* de Néferti sans en comprendre le sens, poursuivit Montou. Mais vous avez grandi et analysé les récits que je vous dictais. Le moment est bientôt venu où vous irez parfaire votre apprentissage dans divers services administratifs, dans des temples ou des bureaux. Les fonctionnaires royaux achèveront votre éducation en vous prenant comme assistants. À vous de passer alors les tests de compositions avec succès !

Montou s'interrompit et observa Thoutmosis en silence. Le fils de Moutnéfret avait encore prouvé sa lenteur d'esprit et son manque de réflexion pendant toute la leçon. Maintenant, il rêvait en fixant le plafond de ses yeux hagards.

– Ton père désespérait de t'apprendre un jour quelque chose, soupira le savant Montou. Je lui affirmais que la maturité t'apporterait la vivacité et le goût des études. Mais je me trompais.

Thoutmosis le regarda avec dédain, sa moue accentuant son air stupide.

– Oublierais-tu que je suis le fils de Pharaon et que je te donnerai demain des ordres ?

– Cela ne changera rien à ton esprit, répondit Montou à qui l'âge permettait bien des audaces. N'ajoute pas la présomption à tes faiblesses. Tu deviendrais le pire des...

Mais Montou jugea finalement plus prudent de se taire car les yeux de Thoutmosis s'étaient faits menaçants et noirs. Les autres adolescents gloussèrent en se moquant du fils de Pharaon.

– Tu as raison, Montou, intervint Hatchepsout. Ne crains pas d'exprimer ton jugement. Nous connaissons tous ici les mauvais résultats de Thoutmosis. Depuis sa plus tendre enfance, il arrive toujours dernier et sa suffisance ne nous inspire aucune condescendance. Il baigne dans l'inculture et la bêtise !

Comme Thoutmosis s'apprêtait à répliquer, Hatchepsout le mit en garde.

– Je ne te conseille pas d'ajouter un mot si ce n'est pour t'excuser devant Amon. Tu n'as, certes, hérité d'aucune qualité de mon cher père. Tu as la méchanceté et la fierté mal placée de ta mère. Je doute que Pharaon t'ait jamais engendré !

Thoutmosis se leva pour répondre à sa demi-sœur. Mais alors qu'il s'avançait vers elle, son pagne glissa sur ses hanches. Les adolescents éclatèrent de rire.

– Regarde-toi ! lui dit Hatchepsout. Tu es si maigre que tes os ne retiennent même pas ton pagne ! Ta petite mère aurait-elle oublié d'ajuster ta précieuse ceinture ? Il ne suffit pas de porter les emblèmes du pouvoir pour régner ! À qui feras-tu croire que tes jambes de grue sont celles du fils de Pharaon, Vie, Santé, Force ?

– Tu es arrogante, Hatchepsout. Je hais ta belle assurance ! répondit Thoutmosis.

– Et moi, je te hais, toi et ta mère ! Hathor a placé en vous l'envie et la méchanceté. Vous avez été nourris par les dieux de l'abîme. Osiris t'imposera son châtiment à l'heure du Jugement dernier !

Montou crut bon de prendre la parole et de faire cesser la querelle entre les deux enfants de Thoutmosis. Lui aussi s'interrogeait sur l'avenir de l'Égypte. Sa préférence allait à la vive et franche Hatchepsout. « Pharaon a su établir le bon choix », se dit-il encore une fois.

– Si tu ne règnes pas, Thoutmosis, dit-il, sans doute seras-tu fier de savoir écrire et lire. Tous ceux qui t'entourent ne soulèveront jamais la houe et ne se saliront pas les mains au contact de la terre. Ils sentiront le parfum et non l'odeur insupportable des savetiers ! Ils ne s'useront pas les mains à laver leurs linges. Vous serez conseillers du pharaon, comptables ou trésoriers. Vous porterez des robes en lin. Vous posséderez des terres, des animaux, un bateau, des domestiques, une villa. Les paysans se prosterneront devant vous. La culture vous permettra d'être respectés toute votre vie et de fuir les champs de bataille ! Il n'est guère glorieux de se complaire dans les garnisons...

– Comment oses-tu juger ainsi les soldats qui ont accompagné mon père dans des guerres lointaines et harassantes ? s'exclama Thoutmosis.

– Ce n'était pas là mon intention, répondit Montou, et tu le sais bien. Les fils de soldats fréquentent souvent les tavernes et les maisons closes. La vie des militaires est rude. Ceux qui accompagnaient ton père marchaient chaque jour. Ils portaient leur nourriture et leur boisson mais quand ils n'en avaient plus, il leur fallait se priver ou se désaltérer avec une eau douteuse qui les rendait malades. Lorsqu'ils rentraient chez eux, ils restaient couchés pendant des jours, souffrant de cent maux, la fièvre aux joues.

– Tu dresses là un tableau sinistre de la vie de soldat, dit Hatchepsout, pensive.

– Il est inutile de s'y attarder puisque vous échapperez à cette existence.

– Sauf si la guerre menace... dit encore la princesse.

– Hélas ! En attendant, ceux qui viennent de la campagne auront la chance d'obtenir des postes prestigieux que leurs pères n'auraient jamais pu leur offrir. Grâce à votre travail, à vos dons et à votre ténacité, vous vous élèverez dans l'échelle sociale pour la fierté de vos parents.

Montou tapa dans ses mains pour signifier que ses élèves pouvaient se retirer. Il leur rappela, toutefois, le plan de travail qu'il avait tracé pour eux.

– Même si vous préférez les contes des magiciens et l'histoire des pyramides, oubliez pendant quelques jours Mykérinos ou Khéops. Il n'est plus temps non plus de lire les récits policiers. Je veux que chacun d'entre vous connaisse la vie des plus illustres architectes et ministres, de l'époque d'Imhotep jusqu'à nos jours. Quand vous saurez tout cela par cœur, je vous emmènerai sur les traces de Djéser, le découvreur des tailleurs de pierre, et de Képhren, le pharaon sphinx. Nous irons ensemble à Gizeh et à Saqqarah !

Les étudiants n'en croyaient pas leurs oreilles.

– Tu nous emmènerais, auguste Montou, sur les traces de ces pharaons illustres qui ont su maîtriser la pierre et bâtir ces immenses tombeaux embrassant le ciel de Rê ?

– Je m'y engage !

– Voilà une remarquable intention, approuva Hatchepsout. Ce sera l'occasion de voir sur le terrain tout ce que tu nous as appris. J'ai, certes, eu le privilège de me rendre en ces lieux avec mon père mais rares sont les Thébains qui ont accompli le voyage. Tes explications éclaireront nos connaissances et nous t'en serons reconnaissants pendant toute notre vie.

Les étudiants approuvèrent en hochant la tête. L'émotion gagnait la plupart d'entre eux. Nul n'était indifférent à la proposition de Montou, à l'exception de Thoutmosis.

– Tu ne dis rien, Thoutmosis, remarqua Montou.

– Je juge cette idée stupide. Que j'aille contempler les tombeaux de mes ancêtres me semble naturel. Mon père m'y aurait lui-même emmené s'il avait vécu plus longtemps. Mais en quoi ces lieux peuvent-ils intéresser des hommes qui n'ont aucun lien de parenté avec les antiques pharaons ?

– Il s'agit de notre histoire, Thoutmosis, du passé de notre pays !

– Ce passé ne concerne que le futur pharaon. Ses sujets sont tout juste bons à s'incliner devant lui et à obéir. Ils n'ont pas de jugement à porter sur leur pharaon, encore moins sur leurs rois défunts.

Montou soupira. Il s'avouait vaincu. Jamais il ne tirerait rien de bon de Thoutmosis, à croire, comme le prétendait Hatchepsout, qu'il n'était pas réellement le fils de Pharaon.

– Tu n'apprends jamais rien parce que tu te crois supérieur aux autres, intervint Hatchepsout. Si tu connaissais comme nous tous le *Conte du Prince,* tu te montrerais moins suffisant et plus modeste.

– Peux-tu, digne fille de la Grande Ahmose, nous

rappeler ce conte ? demanda Montou en l'approuvant.

– Certainement. Comme il n'avait pas de fils, un roi supplia les dieux de lui en donner un. Un enfant mâle naquit bientôt mais la déesse Hathor annonça un funeste destin. Cet enfant mourrait tragiquement ! Le roi entreprit tout ce qui était en son pouvoir pour le protéger. Aussi l'enferma-t-il dans un palais doré. Un jour, celui-ci réclama un chien pour lui tenir compagnie puis il grandit et manifesta le désir de se rendre dans le Mitanni.

Montou l'encouragea à poursuivre d'un signe de tête bienveillant, heureux de voir combien ses élèves s'avéraient cultivés.

– La fille du souverain de ce pays était elle-même enfermée dans une haute tour, raconta encore Hatchepsout. « Le premier des rois syriens qui parviendra jusqu'à l'étroite fenêtre de la tour deviendra l'époux de ma fille ! » décréta le roi du Mitanni. Chacun s'évertua en vain à accomplir cet exploit impossible. Mais seul l'Égyptien en visite dans le pays y parvint. La fille du roi s'éprit aussitôt du prince et l'épousa, promettant de veiller dorénavant sur son destin. Ainsi, quand il faisait la sieste, remplissait-elle des jarres de vin et de bière. Les serpents qui osaient se hasarder près de la couche du prince buvaient tant qu'ils s'en trouvaient immobilisés. La princesse les tuait alors d'un geste sûr, satisfaite que les dieux choisissent de favoriser le sort de son mari.

– Je ne vois là aucun rapport avec mon propre destin ! s'exclama Thoutmosis.

– Tu n'as donc pas compris la leçon, ce qui n'est guère étonnant. Le prince a mérité son destin. Il s'est montré courageux et astucieux. Il s'est révélé supérieur aux autres par son audace et son ingéniosité. Les divinités l'ont donc épargné. Or toi, Thoutmosis, tu te révèles, au contraire, chaque jour inférieur à nous tous. Tes notes demeurent médiocres. Tu refuses de parfaire tes connaissances. Tu fais fi de l'expérience et de la science du respectable Montou. Tu l'ignores ou l'injuries alors que les dieux ne t'ont donné à la naissance aucune intelligence et beaucoup de prétention. Le prince de la fable était simple et grand. Toi, tu es, à l'opposé, étriqué et prétentieux.

– Allons, jeunes enfants de notre pharaon défunt bien-aimé, il est temps de mettre un terme à vos querelles ! Ne pas connaître les légendes ou les histoires de fantômes, les poèmes ou les fables n'est pas très grave...

– Mais Thoutmosis n'a pas plus retenu les sites géographiques que tu nous as enseignés pendant plusieurs années, l'histoire des bâtisseurs de pyramides, celle du Nil ou des envahisseurs étrangers ! Cependant, il prétend gouverner l'Égypte ! répliqua Hatchepsout.

Montou tapa dans ses mains.

– Allons, par Amon ! Une salle de classe ne se révèle pas un endroit idoine pour aborder de tels sujets. Que dirait la Grande Épouse royale si elle apprenait que je laisse libre cours à de semblables discussions qui relèvent des seuls souverains ou du conseil des hauts fonctionnaires ?

XI

Montou fit partir l'ensemble des étudiants et pria Hatchepsout de rester avec lui quelques instants.

– Hatchepsout, fille d'Amon, prends garde, je t'en supplie. Je ressens pour toi beaucoup d'affection, tu le sais. Ne provoque pas ainsi ton demi-frère. Il faut toujours se méfier des êtres stupides et pleins d'ambition. Moutnéfret passe son temps à honorer son fils. Elle s'occupe trop de lui et lui donne ainsi une assurance qu'il ne possédait pas.

– Cher Montou, sache que je ne redoute personne, répondit Hatchepsout en défroissant sa robe moulante rehaussée de broches en pierres précieuses. Je me souviendrai de tes leçons pendant toute ma vie. Senmout les parfait avec beaucoup d'efficacité. Je voulais, toutefois, t'apprendre que je n'assisterai plus à tes cours. La Grande Épouse royale m'a chargée de t'en parler. Ne t'en offusque pas. Tes capacités ne sont pas en cause. Mais mon père a prévu mon destin et je dois maintenant m'y préparer. Le peuple égyptien réclame un pharaon ! Mon père m'a désignée avant de mourir comme le prince héritier de ce pays. Je dois lui obéir pour plaire aux dieux.

– Tu es si jeune, Hatchepsout... dit tendrement Montou.

– La jeunesse n'entre pas en considération, tu le sais bien, répondit la jeune fille en lui donnant sa main.

Montou se prosterna devant elle.

– Ce sera une telle joie de te servir, fille d'Amon, dit Montou en lui parlant soudain comme à une souveraine.

– Même le ton de nos discussions changera en public mais tu resteras l'un de mes meilleurs maîtres, ajouta Hatchepsout. Je t'invite à me conseiller toutes les fois que tu le jugeras utile et je conserverai dans mon cœur une place pour ton amitié et ton affection.

Montou releva la tête, les larmes aux yeux.

– Qu'Amon te fasse régner longtemps ! Que ta puissance éclate aux fins fonds des pays les plus reculés ! Que tu vives des dizaines d'années pour assister à de nombreuses fêtes-sed ! Que l'Égypte resplendisse sous ta royauté et que tes descendants naissent forts et courageux pour te succéder un jour !

– Merci, cher Montou, dit Hatchepsout avec émotion. Relève-toi et prépare cette expédition aux pyramides que tu as promise aux étudiants. C'est une excellente idée ! Si tu as besoin de nourriture ou de vêtements, je t'en ferai porter. Tu n'auras qu'à m'adresser personnellement ta requête. J'en parlerai à ma mère.

– Tu es bien la plus grande !

Hatchepsout demanda soudain à Montou :

– Toi qui es l'un des plus sages d'entre nous, que penses-tu de Senmout ?

– Senmout ? s'étonna Montou. Mais il s'agit du Grand Administrateur des domaines, des biens et des terres du pharaon ! Comment porter un jugement sur lui sans outrepasser mes fonctions ?

– Réponds ! se contenta d'ajouter Hatchepsout. Je souhaite connaître ton opinion.

– Senmout a toujours fait preuve de courage au combat. Lui et ses frères sont d'excellents agents de l'État.

– Le crois-tu capable de régner sur l'Égypte ?

La question était si inattendue qu'elle troubla le professeur d'histoire.

– Tu as parfaitement compris ma question, Montou, insista Hatchepsout. Je te supplie de me répondre.

– Cette éventualité n'a jamais été envisagée...

– Et s'il devenait mon époux ?

– As-tu projeté, divine princesse, de te marier avec Senmout ?

– Garde pour toi ce que je viens de t'apprendre et réponds-moi.

– Senmout ferait, certes, un pharaon plus convenable que Thoutmosis ! répondit Montou en retrouvant son franc-parler. Mais il n'a pas de sang royal.

– Mon père n'en avait pas lui non plus et il a été parfaitement accepté par le peuple égyptien. Mon grand-père a donné ma mère en mariage à l'un de ses généraux et celle-ci m'a transmis le sang royal de ses ancêtres... Senmout est devenu Administrateur suprême. Il connaît les rouages de la politique. Je le crois capable d'administrer le pays comme il gère les biens de Pharaon.

– Sans doute, répondit Montou, encore étonné. Qu'éprouves-tu pour lui ?

Hatchepsout sourit.

– Mon cœur s'émeut en le voyant. Depuis la mort de mon père, je le regarde différemment. Je le trouve beau, séduisant et intelligent. Son extrême douceur, le ton posé de sa voix, sa tendresse me réconfortent.

– Parce que tu avais besoin de chaleur humaine et que tu te trouvais en plein désarroi mais qu'en sera-t-il dans quelques semaines ?

– Je ne t'en aurais pas parlé si je n'avais pas été sûre de mon fait.

– T'es-tu confiée à ta mère ?

– Non, Montou. Je n'ai parlé de mes sentiments à personne, même pas à Senmout et je te supplie de demeurer discret.

Comme Montou gardait le silence, un léger bruit parvint aux oreilles d'Hatchepsout. La princesse se précipita vers la porte camouflée par une tenture pourpre.

– N'as-tu rien entendu ? demanda-t-elle inquiète.

– Non, répondit Montou. N'aie crainte. Qui aurait intérêt à nous écouter ?

– De très nombreuses personnes. Pharaon m'a appris à me méfier de tout. Je suis certaine que quelqu'un a surpris notre conversation. Je ne m'étonnerais pas qu'il s'agisse de ce fat de Thoutmosis.

Montou lui renouvela ses conseils de prudence.

– Tu ne m'encourages guère, dit Hatchepsout.

– Senmout a toute ma sympathie. Mais réfléchis bien. Quoi que tu fasses, je te suivrai et t'assisterai le mieux possible.

Hatchepsout comprit que toute décision d'État reposait dorénavant sur ses frêles épaules. Elle serait demain Pharaon et tout serviteur, tout fonctionnaire, tout ami ne la considérerait plus que comme l'élue des dieux, se contentant d'accepter ses décisions sans les discuter.

Elle quitta, songeuse, la salle de cours, impatiente de retrouver Senmout. Son cœur tapait fort dans sa poitrine. Il lui sembla soudain qu'elle avait passé trop de temps éloignée de celui qu'elle appréciait. Elle se mit alors à activer le pas en direction du bureau du Grand Administrateur en suppliant Amon qu'il ne fût pas déjà parti contrôler les responsables des terres royales.

Elle s'étonna presque de se sentir heureuse dans un palais encore attristé par le décès de son père. Mais elle devait le reconnaître : elle avait envie de sauter, de danser, de chanter, de vivre ! Elle aurait parcouru le désert dans un char lancé à vive allure, traversé des forêts touffues et escaladé des monts élevés tant l'amour lui donnait des ailes. « L'amour ? se dit-elle en s'arrêtant brusquement tout essoufflée. Oui, je crois bien que je l'aime ! »

XII

Senmout venait de définir quelle somme il donnerait à Montou pour son voyage éducatif à Gizeh et il s'apprêtait à étudier un plan de restructuration du domaine royal quand Hatchepsout pénétra dans sa salle de travail. Déçue de ne pas le trouver au palais, Hatchepsout s'était immédiatement fait conduire en char jusqu'à la maison familiale de l'Administrateur.

S'il conservait un bureau au palais à l'instar de ses deux frères Senmen et Minotep chargés de l'aider dans tous les domaines, Senmout appréciait, en effet, la tranquillité de la demeure de ses parents qui avait été bâtie juste à côté de celle de son oncle Kouat. Lorsqu'il venait à Thèbes, son frère Amen habitait avec lui. Quant au quatrième fils d'Atnéferê et de Ramose, il gardait les troupeaux de bétail de la famille. Senmout le voyait donc chaque jour et entretenait avec lui la plus grande complicité. En outre, le sage Senmout prétendait qu'il restait ainsi éloigné des vanités de l'univers feutré du palais.

Hatchepsout s'arrêta quelques instants devant le domaine de Senmout. La maison, entourée de son jardin planté de multiples arbres et de sycomores centenaires, construite de plain-pied, attira sa curiosité. Ayant refusé de se faire annoncer, elle suivit un vaste et long vestibule jusqu'aux pièces à jarres où étaient alignées des réserves de vin et de céréales. À côté se trouvaient plusieurs chambres, une salle de réception, un bureau et des dépendances, toutes ceintes d'un muret.

Senmout se montra stupéfait de sa visite.

– Venir sans te faire annoncer comme une Égyptienne ordinaire ! se récria-t-il. Mais j'aurais ordonné de préparer à ton intention des pâtisseries et des boissons fraîches !

– Je comprends que tu apprécies cette maison, dit Hatchepsout sans lui répondre.

– Pharaon a permis à mon père de garder ce domaine en excellent état, dit Senmout en levant les yeux vers Hatchepsout et en s'apprêtant à se prosterner devant elle. Il lui a tellement donné d'argent et lui en a si peu prélevé au moment des impôts !

– Rien de plus normal puisque tu as contribué à l'enrichissement et à la défense de l'Égypte avec vaillance, dit Hatchepsout en le priant de se relever.

Bien qu'elle fût partie précipitamment du palais, Hatchepsout avait veillé à revêtir une robe moulante qui laissait ses épaules dorées découvertes et dont le décolleté permettait d'imaginer sa poitrine juvénile et menue. Elle avait également orné ses bras et ses chevilles de chaînettes et de bracelets dorés qui miroitaient sur sa peau bronzée. Elle se tourna vers le rayon du soleil qui pénétrait dans la pièce afin de les mettre en valeur.

– Que me vaut ta visite, princesse de Thèbes ? demanda Senmout en admirant la jeune adolescente au corps délicat et lisse.

Parce qu'elle savait déjà dissimuler ses sentiments, Hatchepsout retint la rougeur qui montait à ses joues. Elle fit une nouvelle fois signe à Senmout de ne pas s'incliner devant elle.

– J'avais encore quelques questions à te poser sur les campagnes de mon père, prétendit-elle en mentant mal. Il est essentiel pour moi de connaître parfaitement quels ennemis s'avéraient les plus redoutables pour l'armée égyptienne, quels pays supportent difficilement aujourd'hui encore le joug égyptien. Je veux y réfléchir avant de prendre le pouvoir.

Tout en parlant, Hatchepsout observait Senmout qu'elle n'avait pas l'habitude de voir sans perruque. Il avait coupé ses cheveux en signe de deuil. Sa tête rasée comme celle des prêtres et de son frère Amen le vieillissait et lui donnait un air austère qu'Hatchepsout n'appréciait guère. Sa peau était très mate. Il ne portait pour tout vêtement qu'un pagne blanc immaculé qui faisait ressortir la couleur sombre de ses jambes et de son torse.

– Digne fille d'Amon, je devais précisément t'entretenir de ton couronnement. La reine Ahmose m'a chargé de t'en parler. Elle m'a confié que tu te montrais réticente à ses conseils. Aussi a-t-elle jugé préférable de m'en faire part pour que je te prépare à un tel événement.

Hatchepsout soupira et prit place sur un tabouret aux pieds en forme de X recouvert d'un soyeux coussin pourpre assorti aux tentures. Sans ces voiles aux couleurs chatoyantes, les murs de pierre auraient paru froids et peu accueillants. Le pan du rideau légèrement relevé qui séparait le bureau de la petite cour carrée et centrale entourée de colonnes papyriformes tomba en plongeant la pièce dans une demi-pénombre.

Hatchepsout, qui regardait sans réellement les voir le ballet des servantes nues arrosant les plantes des vasques en pierre, ne parut nullement gênée par cette soudaine obscurité.

– Je t'écoute, Senmout, dit-elle à mi-voix. Kallisthès a encore dû conseiller ma mère...

Senmout claqua des doigts pour signifier à la jeune Égyptienne qui se tenait devant la porte de relever le rideau mais Hatchepsout l'arrêta d'un geste.

– Laisse ! Nous serons mieux pour parler. Personne n'entendra nos paroles. Assieds-toi près de moi. Tant que je ne serai pas officiellement couronnée, je ne veux pas que l'on colporte des rumeurs surprises par hasard d'une pièce à une autre.

– Comme il te conviendra, honorable Hatchepsout, répondit Senmout en se courbant et en plaçant avec déférence sa main sur sa poitrine en signe de vénération.

– Avant tout, lui dit-elle sur un ton autoritaire, je

souhaiterais que tu cesses de me parler comme à une reine. Je n'arrive pas à m'y habituer ! Tu m'as toujours adressé la parole avec plus de familiarité et ces mondanités m'agacent !

– Je ne crois pas que ce soit une bonne idée, princesse héritière, répondit Senmout. Que penseraient de moi les autres hauts fonctionnaires, les prêtres ou les reines Ahmose et Ahotep ? Je serais châtié à juste titre.

– Certainement pas, par Maât ! La déesse de la justice soutient les décisions des pharaons !

– Hatchepsout, je dois te parler de ton couronnement qui est imminent. Quand un pharaon meurt, son successeur prend le pouvoir aussitôt après. Ce mouvement de mort et de renaissance perpétuel se révèle indispensable pour que l'Égypte continue à vivre et à prospérer ! Les prêtres se disent prêts à te réveiller à l'aube pour te conduire devant le dieu Amon qui proclamera à la face du monde que tu es pharaonne ! Tu recevras tes titres officiels. Il te faudra démontrer que ta santé te permet de prendre le pouvoir...

Hatchepsout éclata de rire.

– Allons donc ! Me faudra-t-il comme les princes héritiers courir devant les Égyptiens réunis et lancer le javelot ?

– Mieux vaudrait respecter la tradition si tu t'en sens capable...

– Voilà des épreuves bien peu féminines qui, toutefois, ne me déplaisent pas.

– Si tu refuses de courir à Thèbes comme les pharaons le faisaient autrefois à Memphis, ancien lieu de résidence des antiques rois, où tu fêteras très régulièrement l'anniversaire de ton couronnement, accepte que ton époux le fasse à ta place.

– Mon époux ? s'étonna Hatchepsout. Mais je serai couronnée seule. Je choisirai ensuite mon mari !

Senmout baissa les yeux.

– Ce n'est pas ainsi que l'entend la reine... répliqua-t-il doucement.

– Et comment l'entend-elle ? clama Hatchepsout.

– Malgré les conseils de Kallisthès, elle veut absolument que tu épouses Thoutmosis.

– Je ne puis le croire !

– Que Maât et Isis me punissent si je mens ! La Grande Épouse royale n'a pas pris cette décision de gaieté de cœur mais les messages qu'elle reçoit des pays alliés de l'Égypte évoquent tous le jeune Thoutmosis. Les Égyptiens eux-mêmes sont inquiets. Ils conçoivent difficilement qu'une femme monte sur le trône d'Égypte, à plus fortes raisons si elle est jeune et célibataire...

Hatchepsout rongeait son frein. Elle demeura silencieuse jusqu'à ce que Senmout reprît la parole :

– Une future reine d'Égypte ne choisit pas son destin, tu l'as dit toi-même, princesse. Laisse tes sentiments et tes volontés en coulisses. Ne tiens compte que de la raison d'État. Il est impossible de retarder le couronnement plus longtemps et il est de loin préférable que tu soies mariée avant qu'il n'ait lieu. Ainsi les pays que ton père a soumis resteront-ils tranquilles. Ils n'espéreront pas reprendre leur liberté ou envahir l'Égypte. Le peuple sera rassuré. Même si tu règnes seule, Hatchepsout, accepte un époux fantoche ! Il t'aidera à t'imposer !

– Mais tu ne comprends pas, Senmout ! Tu ne comprends vraiment rien !

– Que dois-je comprendre sinon qu'il te faut régner le plus longtemps possible et dans les meilleures conditions ?

Comme si elle se reprenait une nouvelle fois, Hatchepsout répondit en se levant :

– Bien sûr, par Amon, tu as raison.

*
**

Quand elle rentra dans sa chambre, Hatchepsout renvoya ses servantes. Elle s'étendit sur son lit la face dans sa couverture. Elle se mit à sangloter doucement. Qu'avait-elle osé espérer ? Senmout le lui avait bien fait comprendre : elle ne maîtrisait pas son destin ! Les dieux décidaient à sa place ! Quelles folles espérances avait-elle nourries ? Ne se voyait-elle pas pharaonne avec Senmout à ses côtés ?

Mais Hatchepsout s'interrogeait bien davantage sur les sentiments de l'Administrateur à son égard. « Il m'a parlé sans ciller. La décision de ma mère ne semblait guère l'émouvoir. Au contraire, on aurait dit qu'il jugeait naturel de m'annoncer la nouvelle de mon mariage avec Thoutmosis alors que je songeais à lui pour régner à mes côtés. N'aurait-il pas compris ? Sa subtile intelligence aurait-elle été en défaut ? »

Hatchepsout ne parvenait pas à comprendre la subite froideur de Senmout alors qu'elle lui avait laissé deviner l'attirance qu'elle ressentait pour lui. Tantôt elle se mettait à réfléchir et à repenser aux propos de Senmout, les disséquant pour mieux les analyser, tentant de trouver une faille dans son sens du devoir, tantôt elle pleurait abondamment.

Elle était si émue qu'elle n'entendit pas la porte de sa chambre s'ouvrir. L'agréable et familier parfum que portait la femme qui venait d'entrer lui fit prendre conscience qu'elle n'était plus seule.

– J'avais ordonné que l'on ne me dérangeât pas ! dit-elle en se retournant et en se mettant debout dans une attitude hiératique.

La tante de Senmout tomba à ses pieds et la salua de ses multiples noms.

– Que veux-tu ? demanda trop sèchement Hatchepsout en essuyant rapidement son visage. Pourquoi me déranges-tu ? Parle !

– Je ne reconnnais pas là le langage habituel de la fille d'Amon, répondit doucement Rêneferê.

– Je suis aujourd'hui très contrariée par une fâcheuse nouvelle...

– Je crois savoir ce qui te préoccupe, Hatchepsout.

La princesse resta stupéfaite.

– Les dieux ne le permettraient pas !

– Je jure, par Isis, que mon cher neveu ne m'a rien dit et qu'il garde secrètes les décisions de la cour mieux que ne le ferait un prêtre ou un jeune officiant du temps d'Amon. Sa langue ne s'agite pas plus que les palmes sous le vent étésien et il préférerait mourir plutôt que de nous révéler la moindre des réflexions de sa Majesté, la reine Ahmose.

– Mais tu es au courant d'un secret, dit Hatchepsout.

Rêneferê se releva en gardant devant Hatchepsout la tête courbée.

– J'ai entendu par hasard qu'Ahmose te destinait au jeune Thoutmosis et que tu allais bientôt être couronnée.

– Tu étais donc présente pendant mon entretien avec Senmout !

– Je venais de terminer mon service auprès de la divine et bonne Ahotep et j'avais décidé de rendre visite à mon neveu. Je lui apportais une corbeille de fruits que mon fils Bekkhy avait cueillis à son intention quand j'ai entendu votre conversation. Rien ne pouvait me laisser deviner que Senmout se trouvait en ta compagnie. Le rideau de son bureau était abaissé et mon cher neveu ne s'enferme que lorsqu'il se repose un moment sur une natte ou qu'il travaille seul. Quelle surprise lorsque j'ai reconnu ta voix ! Je n'ai pas cherché à écouter vos propos. Par Isis, je puis te le jurer ! Mais j'ai entendu par mégarde la fin de votre conversation et j'ai compris au son de votre voix quel malheur se jouait.

– Que veux-tu dire ?

– Quand tu as quitté la maison de Senmout, fille d'Amon bien-aimée, héritière de la double couronne, mon neveu s'est isolé dans le jardin. Je le connais bien et je ne l'ai jamais vu aussi affligé. Depuis que

Pharaon a rejoint Rê au ciel, il n'est plus le même. Tout en continuant de s'occuper attentivement de son travail, il songe souvent à autre chose. Si je lui connaissais une aventure sérieuse, je le croirais volontiers amoureux. Ces derniers jours, je m'interrogeais. J'en avais même parlé à son oncle. Jusqu'à cet instant où Isis m'a éclairée. Je suis donc venue t'entretenir de Senmout...

– Quand tu es arrivée ici, tu as appris que j'avais condamné mes appartements.

– Oui, reconnut Rêneferê. Je crois avoir compris que ce mariage avec Thoutmosis ne t'enchantait guère.

– Je n'ai pas l'habitude de choisir entre mes souhaits et mes devoirs, répondit fermement Hatchepsout. Mon père m'a élevée dans cette tradition que je respecte.

– Par le dieu de Thèbes, cette attitude t'honore et je t'admire. Mais la haine que tu ressens pour ton demi-frère est-elle la seule raison qui te mette dans cet état ?

Hatchepsout arpenta la pièce avec nervosité.

– Tu te montres très indiscrète. Sais-tu que je pourrais te faire jeter aux crocodiles pour une telle insolence ?

– Tu n'agiras pas ainsi, dit tranquillement Rêneferê. Je ne serais pas étonnée d'apprendre de ta bouche que les sentiments de Senmout seraient payés de retour si tu n'étais pas l'héritière du trône, la descendante d'Amon et la future épouse du fils de Moutnéfret...

– Quelle impudence ! Comment oses-tu avancer de tels propos alors que mon jeune âge m'a jusque-là tenue éloignée de l'amour et des hommes ? En as-tu parlé à Ahotep ?

Rêneferê sourit avec bonhomie.

– Je sais garder un secret mais tu as beau te défendre, rien ni personne ne m'ôteront mes convictions.

– À quoi bon réfléchir ou méditer sur une voie que les divinités n'ont pas choisie pour moi ?

– Je n'en suis pas si sûre, resplendissante Hatchepsout, grande de gloire.

Comme si elle oubliait à qui elle s'adressait, Hatchepsout baissa subitement sa garde et murmura, suffisamment fort cependant pour que Rêneferê l'entendît :

– Je voudrais tellement que tu prédises là mon avenir...

Septième partie

XIII

Hatchepsout ne vit pas le jour se lever car elle était encore endormie au moment où Rê blanchit le désert égyptien en répandant ses rayons sur le pays du Nil. Mais alors que seules ses servantes avaient d'ordinaire le droit de pénétrer dans sa chambre à son réveil, quelques prêtres d'Amon parmi lesquels se trouvait Amen, le vénérable frère de Senmout qu'Hatchepsout avait nommé Grand Prêtre de son père Amon, pénétrèrent dans la pièce. Ils entourèrent son lit, écoutant sans rien dire le souffle de la princesse qui allait devenir leur reine en ce jour divin.

Le frère de Senmout commença à la saluer des divers noms de sa titulature, l'appelant « Maâtkarê, Horus d'or et Seigneur de haute et basse Égypte », priant les dieux de guider sa vie en éclairant son chemin, de rendre ses actions aussi utiles qu'un roseau et un papyrus. Il la compara à une abeille prête à bâtir un royaume puissant et savamment organisé, la reconnut digne du haut et bas pays.

– Vie, Force et Santé à notre nouveau pharaon Hatchepsout ! dit-il en s'inclinant tandis que les autres prêtres imitaient ses gestes.

– Que Pharaon vive éternellement comme Rê ! Qu'il rassemble les Égyptiens sous son joug telles des brebis égarées ! Qu'il serve Amon, le dieu de Thèbes, et toutes les autres divinités ! Qu'il bâtisse des temples en leur honneur ! Grâce à Hatchepsout, grande de gloire, le ciel ne tombera jamais sur terre. Grâce à Hatchepsout, les récoltes abonderont ! Comme le vautour, Pharaon veillera sur son peuple. Mais il se transformera en hirondelle pour rejoindre Rê. Que son *ka* symbolisé par le taureau apporte puissance à l'Égypte ! Qu'Hatchepsout soit la première tel le lion rugissant !

La princesse s'éveilla enfin. Elle prit vite conscience de la journée exceptionnelle qui s'annonçait et écouta en silence la fin du discours du prêtre. Celui-ci évoqua le bélier figurant le *ba* indissociable de Pharaon qui inspire crainte et respect ainsi que la tête de chacal liée à la force. Il rappela que l'ancien pharaon Thoutmosis confiait maintenant ses secrets au dieu Anubis dans l'Au-Delà.

– Une naissance est aujourd'hui attendue. Le Nil fertilise les cultures de son précieux limon après chaque inondation puis le blé lève jusqu'à la période des récoltes. Trois saisons rythment notre vie. De même, Pharaon s'est retiré pour que naquît son successeur le roi Hatchepsout ! Crocodile si la nécessité se présente, sauterelle pour rejoindre les cieux ou scarabée pour porter chance à l'Égypte, Pharaon incarne toutes les forces...

Le silence revint dans la chambre. Les prêtres se prosternèrent devant Hatchepsout qui se leva. Elle avait répété des dizaines de fois, les jours précédents, le rôle qu'elle devait tenir, entendu Senmout lui rappeler les détails des cérémonies et des rites qui feraient d'elle le roi d'Égypte. Curieusement, son cœur battait moins vite que lorsque son père l'avait officiellement présentée à la cour comme son héritière. Peut-être avait-elle mûri. Elle avait surtout résolu de se plier à tous ses devoirs.

Hatchepsout avait épousé son demi-frère Thoutmosis huit jours plus tôt. Depuis ce jour historique pour les Égyptiens, elle n'avait pas revu son époux et ne s'en portait pas plus mal. Thoutmosis préférait sans doute la compagnie de la frivole Iset, plus âgée que lui, qui l'initiait à des pratiques plus triviales que l'exercice du pouvoir.

Hatchepsout s'avérait satisfaite de la manière dont débutait son union avec le fils de Moutnéfret. Non seulement le peuple était rassuré et heureux mais elle ne supportait pas le poids de sa présence. Elle priait Amon pour que Thoutmosis restât pareillement éloigné d'elle quand elle serait Pharaon. Un harem le tiendrait sans doute occupé dès qu'il aurait atteint l'âge adulte car Iset ne savait qu'assouvir ses futiles désirs de tendre adolescent.

– Mieux vaut un amour durable et réfléchi qu'une passion effrénée qui n'aboutirait à rien, lui avait sagement dit Senmout. Le soleil de l'aurore et le dieu Kheper apparaîtront pour une nouvelle vie. Tu accompliras alors de nombreux scarabées, des formes de vie multiples sous l'œil perçant d'Horus qui te protégera. Le serpent qui boit l'eau du Nil pour empêcher les inondations se tiendra loin de toi !

Hatchepsout se rappelait sans cesse ces paroles de Senmout. Elle était de plus en plus persuadée d'avoir fait le bon choix. Senmout ne la quitterait jamais. Il resterait Grand Administrateur du palais et deviendrait son conseiller particulier. Elle le verrait en permanence alors que le stupide Thoutmosis vivrait dans ses appartements. Seules les cérémonies officielles les réuniraient dans un semblant de complicité.

– Attendez-moi devant la porte, dit Hatchepsout aux prêtres. Je ne serai pas longue mais vous savez combien la toilette d'un futur pharaon peut se prolonger avant qu'il n'affronte la foule et les dieux.

Les prêtres se retirèrent après l'avoir saluée bas.

– Dieu Rê, tu as encore fait briller la lumière et je t'en remercie ! dit Hatchepsout. Ta lutte contre les ténèbres s'est avérée triomphale. La nuit aurait pu recouvrir la terre pour l'éternité et je n'aurais jamais été pharaon. Les dieux en ont décidé autrement. Toi qui vis dans l'horizon, parfait et resplendissant, je te salue ! Ta beauté illumine l'Égypte ! De même mon père conservait à notre pays toute sa splendeur en combattant l'ennemi qui aurait pu jeter la nuit sur nos terres. Aujourd'hui, j'apparaîtrai donc sur le trône à la face du peuple et de la noblesse comme toi tu émerges chaque matin des collines de sable.

Au moment où Hatchepsout achevait sa prière, la Grande Épouse Ahmose accompagnée de sa mère Ahotep et de la nourrice Shatra entrèrent.

– Je suis venue t'aider, dit Ahmose. Une journée éprouvante s'annonce. Elle sera suivie d'autres aussi harassantes avant que les Égyptiens ne célèbrent ton couronnement. Nous nous rendrons tout d'abord au temple d'Amon pour respecter les antiques habitudes des anciens pharaons. Shatra a déjà préparé tes tenues. Tu porteras ce matin une robe plissée assez simple mais dès que tu auras été saluée Pharaon par le dieu Amon, il te faudra changer de vêtement et porter la double couronne. Senmout t'a appris à tenir ta tête droite sous le poids de cette coiffe. Elle limitera tes gestes et tes attitudes. Pense alors à te redresser et à ne pas trop bouger. Tu dois paraître toujours très digne ! Tous les yeux des Égyptiens seront braqués sur toi !

– Je saurai me tenir face à Amon, maître des Deux Terres, dieu puissant, mon père, répondit humblement Hatchepsout.

Ahmose lui renouvela ses compliments pour l'avoir écoutée dans le choix de son époux.

– Avions-nous seulement le choix ? demanda Hatchepsout en se dirigeant vers sa baignoire.

Ahotep fit aussitôt entrer les servantes qui s'activèrent pour répandre des senteurs dans les cruches d'eau. Hatchepsout fut lavée, parfumée, massée, habillée, peignée.

– Tu ne sembles pas très gaie, mère, remarqua la

princesse en s'adressant plus familièrement à Ahmose. Kallisthès serait-il reparti pour la Crète ?

– Ton arrogance est déplacée, répondit Ahmose. Kallisthès assistera à ton couronnement à mes côtés ! Comment aurait-il pu manquer un tel événement ?

– Je l'ai trouvé bien triste le jour de mon mariage, dit encore Hatchepsout en serrant une ceinture brodée d'or autour de sa taille. J'aurais pourtant juré que cette idée d'union ridicule venait de lui...

– N'as-tu pas entendu le peuple réclamer Thoutmosis ?

Hatchepsout ne répondit rien. Elle se contenta d'observer sa mère.

– Décidément, par Isis, je reste persuadée que quelque chose te tracasse...

Ahotep, elle aussi, demeurait silencieuse.

– As-tu vu ton époux depuis votre mariage ? demanda Ahmose.

– Moins je le vois, mieux je me porte ! Tu n'espérais pas que j'allais mener avec lui une parfaite vie conjugale et afficher mon bonheur dans les pièces du palais ?

– Nous en reparlerons... Mais le temps viendra où il faudra donner un prince héritier à l'Égypte.

– Le Nil aura débordé plusieurs fois et j'aurai trouvé une solution, répondit Hatchepsout avec un total détachement.

– À quoi penses-tu en parlant de « solution » ? demanda Ahotep inquiète.

– À rien de précis, préféra répondre Hatchepsout en tendant ses pieds à une servante. Nous verrons...

Serre moins fort cette lanière sinon je clopinerai avant même l'heure du déjeuner, dit-elle. Mon frère est-il prêt ?

– Il l'est. Moutnéfret attend.

– Que cette femme perverse attende ! Quand je serai pharaon, elle subira bien d'autres supplices... Sa seule bonne idée a été de placer cette Iset dans les jambes de mon frère. J'ai la paix et compte bien en profiter !

– Kallisthès affirme que ce mari n'est pas digne de toi, ajouta Ahmose.

– Tout le monde le voit. Il faudrait être aveugle pour ne pas le constater. Mais Kallisthès avait peut-être une meilleure proposition ? S'il est vraiment le fils d'Aménophis, il aurait tout aussi bien pu m'épouser !

– Hatchepsout !

– Je crois, mère, que tu en as toujours douté. Quant à me faire épouser l'un de ses fils, cela me paraît difficile puisqu'il n'a jamais eu d'enfant ! Qu'il n'ait aucun regret. Tu lui diras que même s'il avait eu les plus charmants enfants, je ne les aurais jamais épousés. Thoutmosis est un sot mais les Égyptiens l'ont vu naître. Pour eux, le seul fils de Pharaon est Thoutmosis !

– Kallisthès a du sang royal dans les veines, Hatchepsout ! Une union entre vous aurait été idéale !

– Pour régner, j'ai besoin d'un époux jeune et sans expérience qui ne cherche pas à s'imposer. Cet élément me paraît essentiel !

– Ta fille a raison, intervint Ahotep, et je trouve qu'elle parle comme un pharaon.

– Tu t'es toujours laissé attendrir par son caractère sauvage et affirmé, dit Ahmose avec agacement.

– Non, par Amon. Réfléchis, ma fille, et tu sauras que les divinités parlent par sa bouche !

XIV

Non loin de là, à peu de distance de Thèbes, les rives du Nil, noires de monde, s'animaient. Face aux Égyptiens joyeux, le temple d'Ipetisit[1] aux façades dorées, bien que construit en pierre, avait revêtu les mêmes couleurs que les maisons thébaines en brique crue. Il étalait sa masse imposante et majestueuse.

Des marchands présentaient sur des nattes, à même le sol, des amulettes du dieu Amon, des signes de vie, représentés par des miroirs censés refléter la lumière de l'existence, des bijoux en forme de chacals, de faucons ou de chats et des têtes des dieux Anubis, Horus et Bastet.

Les enfants nus, les cheveux parfois tressés, excités depuis l'aube, couraient après les oies et les chiens dans la poussière. Des étrangers venus en barque attendaient, assis dans leur embarcation, l'arrivée du couple royal.

1. Louxor.

Pendant cette période d'inondation, seuls les cités ou les temples bâtis en hauteur comme Thèbes ou Ipetisit échappaient aux ravages de l'eau.

On racontait depuis l'aube, jusque dans les villages les plus reculés, que la princesse Hatchepsout n'avait pas renoncé à la tradition et qu'elle voulait montrer sa force dans des disciplines sportives comme le faisaient les pharaons lors de leur avènement ou du renouvellement de leur couronnement.

À cette intention, des bêtes réputées pour être rapides à la course avaient été débarquées sur la rive. L'eau leur arrivait au niveau des cuisses. De robustes Égyptiens les avaient tirées à l'aide d'une corde. Solidement attachées à des troncs de palmiers doum, elles tentaient maintenant d'attraper les feuilles des arbres qui poussaient près du fleuve ou mugissaient en tirant sur leurs longes. Les enfants leur lançaient des morceaux de galette.

Les Égyptiens prétendaient que c'était le jeune Thoutmosis qui avait fait venir ces animaux à moitié sauvages de Nubie mais les femmes soutenaient que seule Hatchepsout lancerait le harpon ainsi que lui avait appris son père. Des querelles s'envenimaient près du marchand de bière qui se hâtait de servir ses boissons pour ne pas perdre de clients. Ses mules avaient traîné jusque-là d'immenses jarres de bière protégées des chutes par des filets et le jeune Égyptien qui l'aidait ne cessait de faire l'aller et retour entre sa boutique et le temple d'Ipetisit.

Les vendeurs de coussins se montraient, eux aussi, satisfaits de leur commerce. Installés depuis la veille à même le sol, ils montaient leurs prix au fur et à mesure que se rapprochait l'événement. Des Égyptiens en place depuis de longues heures commençaient, en effet, à s'impatienter et à trouver le sol plus dur que la pierre. Ils avaient mangé sur place du pain et des galettes de lentilles achetés à un pâtissier crétois.

Les voiles blanches des barques oscillaient, nombreuses et légères, sur le Nil. Les navires arrivaient aussi bien du nord que du sud. À leur bord, les équipages chantaient.

Quelques jeunes femmes, plus délurées que les autres, bousculèrent un couple de Thébains très âgés, installés depuis l'aube, et se placèrent d'office devant eux. Des bruits de mécontentement circulèrent dans les rangs. Faisant fi de ces remarques, les Égyptiennes ôtèrent les voiles qui protégeaient leurs têtes de la chaleur naissante et disposèrent un cône parfumé sur leur chevelure.

La vieille Thébaine s'aida alors de sa canne pour se lever et leur ordonna d'enlever ces cônes qui lui cacheraient le futur spectacle mais les adolescentes, arrogantes, ne voulurent rien savoir.

– Jamais je ne t'obéirai pour tout l'or de la Nubie ! répondit la plus effrontée. Le jeune Thoutmosis va s'asseoir sur cette estrade, là, en face de nous ! Il est beau et svelte. Je l'ai bien détaillé lors des funérailles de Pharaon, son illustre père. Il n'a sans doute pas encore connu les flèches de l'amour, la passion suscitée par la courageuse Isis... Il a épousé Hatchepsout par sens du devoir. Je ne puis douter qu'il me remarquera. Je veux embaumer lorsqu'il s'approchera de moi.

La vieille haussa les épaules en remettant en place le châle qui recouvrait ses épaules.

– Que la jeunesse est stupide ! siffla-t-elle entre ses dents, gâtées pendant des années par l'érosion du sable qui s'infiltrait dans tous les aliments séchant au soleil. Comme si Thoutmosis allait seulement regarder par ici !

– Il sera en face de nous ! Comment ne nous verrait-il pas ? Rê ne l'éblouira pas puisque la cérémonie aura lieu à la mi-journée !

– Les princes et les pharaons ne voient personne. Ils vivent dans d'autres univers que les nôtres, dans un monde qui rejoint celui des dieux. Espérer que Thoutmosis te remarque est non seulement ridicule mais tu insultes là toute la famille royale. Qu'es-tu sinon une fille du peuple ?

L'adolescente rougit de colère. Ses amies lui conseillèrent de ne plus répondre à la vieille femme qui tentait maintenant de mêler son pacifique époux à la querelle. Comme celui-ci lui faisait signe d'abandonner avec ce geste de lassitude des vieillards que les incidents de la vie n'étonnent plus, la Thébaine se rassit à côté de lui en marmonnant bien des remarques sur le manque de respect des Égyptiennes.

Les Égyptiens avaient, en effet, toujours pris soin de leurs parents et il n'était pas désagréable de vivre vieux à Thèbes. Or, la nouvelle génération ne cessait de leur rappeler les vérités du sage Pahhotep qui assimilait la vieillesse à la laideur, au manque de mémoire, à la maigreur et à la perte des facultés.

Des scribes de la cour contrôlaient maintenant l'aménagement de l'estrade, la solidité des trônes et la disposition des musiciens. Au-dessus de l'estrade avait été disposé un ciel somptueux d'où partaient des tentures pourpres miroitant au soleil. Un vautour rouge et or aux ailes largement déployées décorait l'ensemble.

*
**

Quand Rê arriva à mi-course et qu'il brilla très haut dans les cieux, la barque royale parvint lentement aux abords du temple d'Amon. Des acclamations fournies accueillirent le couple royal et la Grande Épouse Ahmose. Le peuple scanda aussi le nom d'Ahotep dont il conservait un souvenir attendri même si l'ancienne épouse d'Aménophis limitait maintenant ses apparitions en public.

Dans les barques qui suivaient, les Égyptiens reconnurent sans peine la mère du pharaon défunt et Moutnéfret. Leurs visages leur étaient devenus familiers. Il y avait toujours des oreilles à l'affût des incidents du palais que l'on racontait sur les places du marché en les déformant et en les édulcorant.

En revanche, les Thébains se demandaient quelle était cette jeune femme frêle et resplendissante qui accompagnait Moutnéfret. Devant les sourires nombreux et les yeux réjouis d'Hatchepsout, ils croyaient au bonheur du couple royal dont ils attendaient des héritiers dignes de la dynastie. Thoutmosis se montrait, lui aussi, plein de joie.

Le cortège emprunta un canal et arriva au pied d'une terrasse. Il monta une rampe d'accès que les gardes avaient eu bien du mal à dégager. Puis il suivit une allée conduisant à la porte principale du temple, là où avait été construite la tribune. Des danseuses accompagnèrent les souverains jusqu'au temple. Elles évoluaient avec leur voile fin, soulevant à peine le sable sous leurs pieds nus. Des tambourins rythmaient leur danse éthérée. Puis des flûtes aux sons si doux qu'ils se perdaient dans les nuées enchaînèrent.

Les jeunes souverains prirent place sur les trônes en robe d'apparat, portant sur leur tête la couronne rouge et blanc de haute et basse Égypte, le pschent royal. Derrière eux, s'élevaient jusqu'aux cieux les pylônes gigantesques du temple.

Ils assistèrent au défilé des prêtres d'Amon. Puis le Grand Prêtre Amen entraîna Hatchepsout dans un recoin aménagé.

– Fille d'Amon, reine puissante, ôte tes vêtements et revêts cette robe courte, lui dit-il en se retirant après l'avoir saluée bas.

Le peuple attendait, tendant le cou. D'où il se trouvait, il ne discernait qu'avec peine le déroulement de la cérémonie. Un taureau sauvage fut alors libéré dans la cour qui précédait le temple. Des exclamations fusèrent. Le corps de la bête était long et musclé. L'animal rua et bava abondamment, grattant le sol de ses pattes.

– Voilà la surprise d'Hatchepsout ! soupira Ahmose qui s'était assise à côté de Kallisthès, non loin de la tribune royale.

– Un taureau, le symbole de la Crète ! s'exclama Kallisthès les yeux fixés sur l'animal.

– Il n'y a rien d'innocent dans ce choix, Kallisthès, dit Ahmose. Hatchepsout veut dominer le taureau et montrer au peuple égyptien qui est le véritable maître de l'Égypte. Mais elle souhaite aussi te donner une leçon et te faire comprendre qu'un Crétois tel que toi ne dirigera jamais notre pays.

– Cette démonstration me paraît inutile et dangereuse. Hatchepsout risque sa vie !

– Rassure-toi. Elle n'affrontera pas cette bête. Elle se mesurera seulement à la course avec lui.

– Me laisserais-tu croire que tu restes sereine dans un moment pareil ? Allons ! Tes épaules tremblent, tes reins frissonnent et tes doigts se nouent...

– Je n'égale pas, il est vrai, la sérénité de Thoutmosis. Regarde-le ! Quand il contemple Iset, on a l'impression qu'il va s'endormir de bonheur béat. Les pouvoirs de cette Égyptienne s'avèrent plus redoutables que le regard fascinant d'un cobra !

– Reconnais qu'elle est belle...

– Thoutmosis hérite du harem de son père. Mon vénérable époux a toujours su choisir ses épouses secondaires et ses simples concubines. Je dois bien te l'avouer, Iset et Moutnéfret m'effraient bien plus que ce pâle époux d'Hatchepsout.

Ahmose se tut car un silence exceptionnel venait d'accueillir la sortie d'Hatchepsout. Debout dans la cour encerclée d'un muret de pierre, semblant encore plus frêle car à peine vêtue face à un si puissant animal, elle avança les mains sur les hanches, la tête haute et les cheveux dénoués telle une amazone sortie de l'imaginaire des conteurs.

Les Égyptiens retenaient leur souffle. Le cœur des femmes battait fort. Les hommes se levèrent, disposés à venir au secours de leur princesse. Mais, dès que le taureau se mit à baisser la tête, les cornes en avant, prêt à se ruer sur elle, Hatchepsout se retourna et courut à toute allure. On aurait dit une biche habile évitant tous les coups, courant en zigzag, allongeant ses enjambées, sautant parfois si haut qu'elle paraissait vouloir s'envoler.

– Voilà ce que Pharaon a fait de sa fille ! dit Ahmose avec admiration. Il a su l'entraîner comme un homme !

Quand Hatchepsout, essoufflée, sortit par la porte, la sueur au front, la tunique si mouillée qu'elle collait à son corps menu, les Égyptiens levèrent les bras vers les cieux et s'adressèrent à Amon.

– Amon protège notre princesse ! répétèrent-ils à l'infini.

– Thoutmosis ne paraît pas jaloux de cette victoire, murmura Ahmose à Kallisthès.

– Ce jeune garçon est aussi fourbe que sa mère.

Il ne montrera aucun sentiment en public mais je doute que cette démonstration lui plaise.

Hatchepsout réclama alors une lance qu'elle jeta aussi loin que possible. Le trait siffla dans les airs, tourna deux fois sur lui-même et alla se planter sur l'échine du taureau qui tenta de s'en débarrasser à grands coups de tête, bavant avec rage.

Assis devant l'ensemble des hauts fonctionnaires installés près de la famille royale, Senmout s'essuya le front et remercia Amon. À sa peur succédait l'admiration. Il avait envie de courir vers Hatchepsout pour la féliciter mais le décorum lui interdisait de bouger.

Il serra fortement les poings et approuva de la tête Hatchepsout en se souvenant des propos de la princesse : « Je ne veux pas être appelée pharaonne mais Pharaon ! »

XV

La première personne dont Hatchepsout croisa le regard après ses divers exploits qui l'avaient confortée dans ses convictions qu'elle seule était prédestinée à guider l'Égypte vers son destin fut Senmout. Tout se déroulait comme si les cris du peuple présent et l'attitude hiératique des fonctionnaires, des membres de la famille royale et des prêtres n'avaient aucune prise sur elle. Elle ne cherchait pas à savoir si la Grande Épouse royale la désapprouvait ou si Moutnéfret ruminait sa vengeance. Sa spontanéité lui interdisait tout calcul. Elle agissait avec l'audace et l'élan des élus d'Amon comme son père lorsqu'il partait autrefois en campagne contre des peuples rebelles.

Elle se dirigeait précisément vers le temple d'Amon lorsque le Grand Prêtre Amen, frère de Senmout, se précipita vers elle pour lui rappeler qu'il lui fallait revêtir de nouveau sa tenue d'apparat.

Hatchepsout éclata de rire.

– Il est vrai ! J'avais oublié ! Il me plairait, pourtant, de me présenter devant mon père divin dans cette tunique avec laquelle je lui ai démontré mes capacités et mon agilité. Après tout, ne m'a-t-il pas fait sauter sur ses genoux quand j'étais petite ?

– Tu n'y penses pas, divine aimée de tous les dieux, toi qui vas aujourd'hui t'adresser à lui et obtenir son consentement pour ton couronnement..., ajouta le prêtre affolé en se pressant devant elle pour l'empêcher d'avancer.

– Ôte-toi de mon passage ! dit fermement Hatchepsout à Amen qui ne sembla soudain qu'un petit homme menu, à la tête rasée et à la robe trop longue, courbant l'échine devant sa maîtresse.

Le desservant d'Amon se précipita devant elle et s'agenouilla pour se prosterner, les bras en avant, la paume des mains effleurant le sol. C'était le seul moyen qu'il avait trouvé pour interrompre la marche décidée d'Hatchepsout.

– Ne soulève pas ma colère, Grand Prêtre, lui dit Hatchepsout en s'arrêtant. Plus tu insisteras, plus je te démontrerai qui dirige dorénavant ce pays !

– Ce sera toi, Vénérable des Vénérables, répondit Amen en s'inclinant encore, mais attends au moins Thoutmosis qui doit se présenter devant le dieu Amon à tes côtés...

Hatchepsout se retourna vers la tribune où elle dévisagea rapidement tous les yeux étonnés qui étaient braqués sur elle.

– Certainement pas ! répondit Hatchepsout. Un seul pharaon gouverne en Égypte. Ce pharaon se tient devant toi ! Apporte-moi plutôt la couronne de haute et basse Égypte car je veux que tu la places sur ma tête lorsque je me serai adressée au dieu. Prends aussi avec toi les croix de vie.

– Bien..., se contenta de répondre le prêtre en courant vers un baraquement construit là pour l'occasion. Je reviens tout de suite.

– Et invite la famille royale et les serviteurs du royaume, les vizirs, les magistrats et les administrateurs des nomes à me rejoindre. Je veux qu'ils restent derrière moi lorsque je parlerai à mon père Amon. La Grande Épouse Ahmose qui s'est autrefois unie au dieu pour me concevoir se placera juste derrière moi. Amon avait été ébloui par sa grande beauté. Sa présence réchauffera son cœur.

– Voilà une excellente idée, grande des grandes, dit le prêtre en s'éloignant.

Quand Hatchepsout s'apprêta à pénétrer dans l'enceinte du temple, d'autres prêtres la précédèrent selon la tradition et se disposèrent à la conduire jusqu'à l'endroit sacré où trônait le dieu Amon.

Hatchepsout contempla avec un émerveillement toujours renouvelé l'obélisque de Thoutmosis au faîte d'or. Entre les deux pylônes qu'il avait ordonné de construire avec art et richesses, le pharaon avait fait édifier une salle décorée de statues.

Hatchepsout traversa cet endroit bouleversant protégé du soleil par un toit en bois soutenu par sept colonnes où son père trônait dans la pierre en robe de jubilé.

Des offrandes avaient été soigneusement disposées en l'honneur du dieu car il ne se passait pas de journée sans que les prêtres ne lui offrissent des dons. Mets et boissons contentaient la divinité sans relâche.

Hatchepsout s'arrêta un instant, prise de vertige devant l'immensité de la demeure d'Amon. Elle qu'aucun prêtre n'aurait pu raisonner, ressentit soudain un profond malaise devant l'Éternel. Alors qu'elle prenait conscience de la médiocrité humaine, Amon lui démontrait combien il restait supérieur aux hommes, fussent-ils pharaons.

L'émotion passée, Hatchepsout tint à faire le tour de la cour entourant l'ancien temple que son père avait fait décorer de colonnes. Le pharaon avait également ordonné la réalisation du mur d'enceinte d'Ipetisit. Hatchepsout longea les chambres et le vestibule menant à un petit monument, œuvres commandées par son père, ainsi que les salles du sanctuaire destinées à d'autres divinités.

Les prêtres ne la guidaient plus. Ils la conduisaient là où elle le souhaitait en se demandant bien quand cette course allait finir. Mais Hatchepsout jugeait naturel de rendre hommage à son père à travers les constructions qu'il avait ordonnées ainsi qu'à l'ensemble des pharaons qui avaient honoré Amon.

Elle traversa de petites cours décorées de statues d'anciens rois et d'importants serviteurs de l'État, modestes ou gigantesques, qui témoignaient souvent de la haute idée que les souverains et les fonctionnaires se faisaient d'eux-mêmes dans leur dangereuse démesure. Tous avaient beaucoup espéré du dieu Amon.

Le trône d'« Horus de Keperkarê », l'un des titres de l'ancien souverain Sinousret, la troubla. Tous les Égyptiens savaient que ce petit sanctuaire avait été érigé sous les ordres de Sinousret à l'occasion de sa fête-sed. Se fondant dans un pilier, une statue du roi Sinousret portant la robe d'Osiris, les bras croisés sur la poitrine et les symboles de vie dans chaque main, la fixait intensément. Sur les différentes faces des piliers, les artistes avaient représenté Sinousret en train de rendre hommage à Amon, « Roi des divinités qui naît de lui-même ». Sur certains socles figuraient les noms et les superficies des nomes et des villes de haute Égypte.

La barque d'Amon reposait à l'intérieur de ce petit temple, dans l'attente de sa promenade sur le Nil. Sa dernière sortie avait salué l'anniversaire du couronnement de Thoutmosis. Son jeune fils y avait été servant, souvenir qui fit sourire Hatchepsout. L'adolescente pria Amon pour que cette fête anniversaire se renouvelât plusieurs fois pendant son règne.

Le Grand Prêtre remarqua combien Hatchepsout observait longtemps certaines statues en pierre travaillées avec art. Leurs traits soulignaient la majesté de ceux qu'ils incarnaient. Il comprit, avec sa perception aiguë des caractères et sa grande expérience de la vie, qu'Hatchepsout imaginait quelles statues, quels pylônes ou quels obélisques elle ajouterait à ce temple qui n'avait cessé de croître depuis ces temps anciens où des murs de terre et de roseaux abritaient la statue d'Amon.

Même lorsque les souverains de la onzième dynastie avaient fait élever une chapelle en brique, au sol et aux murs d'argile, au centre d'une enceinte recouverte de troncs d'arbres, Amon recevait les libations des rois qui venaient résider à Thèbes pour l'honorer.

Quatre cent cinquante ans plus tôt, le dieu habitait un simple temple au seuil de granit. Sur un socle d'albâtre reposait un abri contenant sa divine statue.

Hatchepsout connaissait cet endroit de même qu'elle savait quelles parties le roi Sinousret avait fait construire, donnant au dieu un temple plus digne de sa grandeur.

La salle où avaient été déposées les victuailles, obscure et presque fraîche, s'étendait si profondément qu'Hatchepsout la jugea digne de la grandeur du dieu. Sur les murs, des repères témoignaient des crues annuelles du Nil dont il était fréquent de voir les eaux envahir le temple dès le mois d'octobre. Les Égyptiens prétendaient alors que le moment se révélait propice à une petite promenade d'Amon sur le Nil.

Il n'était pas rare que la statue d'Amon fût également portée autour de son temple lors de réjouissances particulières. À l'occasion de son couronnement, Hatchepsout avait insisté pour que son père divin embarquât sur le fleuve afin de visiter les sanctuaires des dieux Ptah et Rê. Le grand prêtre avait applaudi à cette heureuse idée qui prolongerait les fêtes.

– Mon père a enrichi ce temple pour Amon, roi des dieux, dit Hatchepsout. L'or brille grâce à lui. La tête de bélier aux yeux de lapis-lazuli resplendit. L'électrum, les pierres précieuses, ce haut obélisque dégagé dans les carrières les plus belles pendant des années à l'aide de marteaux en diorite, plus dure que la roche, monté jusqu'au ciel grâce à un gigantesque puits de sable et gravé par les meilleurs ouvriers syriens et libyens, montrent à la face du monde combien Thoutmosis l'aimé d'Amon a honoré celui qui a pris sa place pour m'engendrer. Thoutmosis a fait réparer puis déblayer les ruines des anciennes constructions d'Aménophis pour bâtir de plus beaux édifices.

Le Grand Prêtre approuva un discours si bien léché. Le pyramidion doré de l'obélisque de Thoutmosis jetait ses feux resplendissants sous le soleil. La nuit, il semblait encore briller d'un éclat exceptionnel tel un phare saluant tous les marins descendant ou remontant le Nil. Imeni n'avait pas épargné sa peine pour transporter les pylônes en grès recouverts de calcaire et les obélisques de son pharaon dans des barges de la longueur et de la largeur d'une pièce gigantesque. Comme pour saluer les propos de la princesse, les grandes portes des pylônes plaquées d'électrum rutilèrent pour le prestigieux Amon.

XVI

Hatchepsout s'inclina enfin devant la statue du dieu et lui dit au moment où toute la cour venait se placer derrière elle :

– Tu me donnes aujourd'hui l'Égypte, son territoire, ses champs, ses richesses. Ces biens t'appartiennent ainsi qu'aux autres dieux. Je me contenterai de les gérer, de distribuer des terres à ceux qui le méritent ou qui s'avèrent compétents pour les faire fructifier, afin que le peuple égyptien soit nourri et heureux. Je protégerai ce pays contre les invasions et les hordes de Barbares qui le convoitent pour le détruire ou s'en emparer. Dans la mesure du possible et bien que je sois une femme, je tenterai de l'agrandir ou d'y ramener de précieux butins. Ahmen et Pennethbet m'aideront dans ma tâche car ce sont les meilleurs soldats que je connaisse.

Un profond silence enveloppait maintenant le lieu sacré. Les Égyptiens, eux aussi, avaient été invités à se rapprocher même si les convenances les contraignaient à demeurer à l'écart des façades du temple.

Hatchepsout poursuivit son discours :

– Senmout m'assistera dans l'administration du

royaume. Les principaux magistrats qui ont aidé mon père resteront à mes côtés. Je les connais. Ils n'ont jamais failli à leurs tâches. Si toi Amon, dieu des dieux, y vois un inconvénient, manifeste-toi ! Un devin saura interpréter ton message et je suivrai la voie que tu traces pour moi.

Hatchepsout attendit quelques instants puis elle reprit après avoir consulté le Grand Prêtre :

– On vient de m'indiquer qu'un couple d'oiseaux a survolé ton temple au moment où je te parlais. Certes, les oiseaux sont bavards et ils sont souvent symboles de paroles inutiles. Mais ils n'indiquent que rarement un avis défavorable. Ceux-ci n'étaient pas noirs et lugubres mais leur plumage coloré et leurs cris joyeux figuraient le bonheur et l'amour. En outre, l'hirondelle permet au pharaon de rejoindre les cieux et les dieux. Je ne vois donc dans cette manifestation qu'un présage favorable.

Le Grand Prêtre hocha la tête en signe d'assentiment.

– Dieu Amon tout-puissant, Père bien-aimé qui a choisi ma mère Ahmose entre de nombreuses femmes pour sa beauté et sa grâce, je suis prête à recevoir ma titulature complète. Que les Égyptiens m'appellent dorénavant par l'ensemble des noms que tu m'auras attribués. Qu'aucun ne les ignore sous peine d'être fouetté !

Malgré le recueillement général, Moutnéfret ne parvenait pas à retenir son agitation. Elle se sentait volée, humiliée pour son fils tenu à l'écart. Après avoir fait la démonstration de ses talents physiques, Hatchepsout osait se présenter seule devant Amon ! Ce n'était pas là ce qui avait été convenu ! Mais elle avait beau tenter de parler à l'oreille des prêtres ou de pousser en avant Thoutmosis, personne ne bougeait de peur d'être puni des dieux.

N'y tenant plus, Moutnéfret joua des coudes jusqu'à la reine Ahmose et se retrouva au même rang qu'elle, juste derrière Hatchepsout qui se tenait très droite pour que le Grand Prêtre pût placer sur sa perruque noire aux reflets bleutés le pschent mêlant les deux couronnes de l'Égypte.

Le peuple tendit ses mains vers le ciel. Hatchepsout reçut alors les symboles de vie et croisa ses deux bras sur sa poitrine.

Sans respecter la solennité de l'instant pendant lequel le pharaon Hatchepsout semblait figé dans la pierre pour l'éternité, Moutnéfret invectiva Ahmose en lui reprochant de ne pas avoir respecté le déroulement de la cérémonie tel qu'il était prévu.

La reine la regarda étrangement, un sourire amusé et triomphant au coin des lèvres. Hatchepsout n'avait-elle pas fait la preuve de sa supériorité sur Thoutmosis ? Pourquoi le fils du pharaon défunt n'avait-il pas eu le courage de l'égaler ? Rien ne lui interdisait d'entrer dans la cour où se trouvait le taureau et d'affronter l'animal après sa demi-sœur.

Comprenant les pensées de sa rivale, Moutnéfret se contenta de piaffer et de répondre que son fils montrerait ses qualités le moment venu. Senmout dut s'avancer pour lui ordonner de regagner sa place.

– Ma place est ici ! murmura Moutnéfret.

Mais, comme si Amon rappelait aux humains quelle femme il avait autrefois choisie entre toutes pour s'unir à lui et concevoir l'héritier du trône, un bruit violent et soudain leur parvint, soulevant la crainte des milliers d'Égyptiens réunis devant le temple.

Hatchepsout demeura immobile tandis qu'Hapousneb, le fils de l'ancien Grand Prêtre d'Amon, courait aux nouvelles.

– Un baraquement s'est écroulé, dit-il à Amen qui fit signe à Hatchepsout de continuer sans tenir compte de ce brouhaha imprévu.

Comme si elle avait entendu les propos susurrés de Moutnéfret (ce qui n'était pas impossible), Hatchepsout dit à Amon :

– Quiconque osera discuter ton choix ou ne pas honorer ma mère, la reine Ahmose, sera immédiatement châtié !

Moutnéfret recula d'un pas puis de deux. Elle resta discrète jusqu'à la fin de la cérémonie mais elle soupirait toutes les fois qu'elle voyait Thoutmosis croiser le regard langoureux d'Iset. « Se pourrait-il que mon fils soit assez stupide pour se réjouir de la situation présente alors qu'Hatchepsout est en train de se présenter à la face des dieux et du monde comme le seul pharaon d'Égypte ? »

La journée se termina dans les réjouissances. Hatchepsout ordonna de distribuer au peuple des galettes de pain, des pâtisseries, de la bière, du vin importé de Grèce et des fruits gorgés de soleil.

La pharaonne redescendit le fleuve dans son embarcation d'apparat avec le frêle Thoutmosis. Debout sous un baldaquin rutilant, au milieu du bateau, elle observait les Égyptiens en train de l'applaudir et de lancer des fleurs sur le Nil dans sa direction. Des pétales de toutes les couleurs venaient mourir à la surface de l'eau en transformant le fleuve en un tapis gai et original. La nouvelle reine évaluait ainsi sa popularité et celle de son pâle époux. Mais elle n'entendait que son nom scandé par les enfants et chanté par les femmes.

Devant elle, le fleuve grisâtre et calme absorbait les teintes claires et poétiques du ciel, univers de Rê. Comme dans un infini miroir scintillant sous les rayons, les cieux si bleus sous un soleil si violent qu'ils en devenaient blancs, se reflétaient sur l'eau. Et le navire, qui avait la forme de ses yeux, avançait lentement mais imperturbablement en fendant les flots, laissant derrière lui le sillon royal de son passage et des milliers d'Égyptiens heureux de l'avoir vue.

*
**

Alors que Thoutmosis paraissait s'impatienter, changeant sans cesse de position, se tenant sur un pied puis sur l'autre, tel un enfant ennuyé par un trop long spectacle, Hatchepsout demeurait impassible et digne. Elle portait toujours la double couronne comme Thoutmosis mais elle ne s'en plaignait pas.

Senmout avait insisté pour monter dans la barque royale afin de veiller au déroulement de cette courte descente du Nil que la pharaonne voulait faire pour plaire aux Égyptiens. Les embarcations des autres membres de la famille, moins décorées, suivaient la voie tracée par le couple royal au milieu du fleuve qui tantôt s'élargissait, tantôt se rétrécissait, semblant aussi tracer des méandres à travers les terres.

Des champs inondés à l'entour se multipliaient les acclamations des paysans qui s'approchaient en barque pour saluer leurs souverains. Senmout veillait à ce que chacun se tînt à bonne distance. Il surveillait les gardes qui formaient une barrière maritime à l'ouest et à l'est.

Dès que le soleil déclina à l'horizon, Hatchepsout donna le signal du retour. Elle ne put s'empêcher, en revenant aux abords de Thèbes, de tourner le regard sur la droite là où dormait son père. Au centre de ces monts ocre et sauvages qu'aucune vie n'avait jamais franchis, dans la « Vaste Prairie », reposaient ses célèbres ancêtres. Ils veillaient maintenant sur son travail. Car elle considérait que le rôle de Pharaon représentait un métier de tous les instants. Mais, du haut de ses treize ans, son devoir ne lui paraissait nullement insurmontable.

Aux approches de Thèbes, le Nil avait à peine commencé à inonder les cultures. Le temple d'Amon, couleur sable, lançait vers le ciel ses colonnes et ses pylônes couverts d'hiéroglyphes à la gloire des pharaons et des dieux.

À l'inverse du dieu Soleil accomplissant sa course nocturne dans la barque sacrée des dieux pour reparaître à l'aube, Hatchepsout avait réalisé son voyage diurne avant de regagner sa demeure.

Senmout s'inquiéta d'une éventuelle fatigue d'Hatchepsout.

– Tout va bien, répondit-elle en souriant. Mais je suis contente de rentrer au palais.

– Et moi donc ! rétorqua Thoutmosis.

– Sans doute préfères-tu les minauderies de cette stupide Iset aux acclamations du peuple, répondit Hatchepsout. Voilà ce qui nous différencie.

– Tes persiflages ne me touchent guère.

– Un conseil, cependant, ajouta froidement Hatchepsout. Limitons, comme nous l'avons fait jusque-là, nos rencontres au strict minimum. Tu pourras ainsi t'occuper d'Iset.

Comme Thoutmosis s'apprêtait à descendre de la barque royale qui venait d'accoster, Hatchepsout se contenta de rappeler son frère.

– Pharaon quitte toujours le premier l'embarcation royale, répondit Thoutmosis.

– Il est vrai ! Senmout ! Que les habitudes soient respectées selon les désirs d'Amon ! dit Hatchepsout.

Les Égyptiens qui avaient assisté à la cérémonie du couronnement, puis aux pérégrinations du dieu Amon sur le Nil, embarqué, lui aussi, sur son bateau sacré, attendaient le retour du couple. Aussi Senmout jugea-t-il plus opportun d'arrêter Thoutmosis dans son élan et de lui demander d'attendre quelques instants. Puis il fit appliquer contre le bord du navire des planches en bois solidement jointes et invita les souverains à quitter la barque ensemble aux sons des crécelles et des flûtes.

Hatchepsout hésita avant de s'exécuter. Senmout avait encore sauvé les apparences.

XVII

Tôt le lendemain matin, Hatchepsout convoqua Senmout. Comme celui-ci tardait à venir, elle s'inquiéta puis s'impatienta. Était-ce bien raisonnable que le principal conseiller de la reine habitât en dehors du palais et qu'il se rendît tous les deux jours dans son petit village natal d'Armant situé au sud de Thèbes ? Quand il arriva enfin, essoufflé d'avoir trop couru, la mèche en bataille et les joues plus rouges que les fruits mûrs qui s'étalaient à satiété dans des corbeilles aux quatre coins de la pièce royale, Hatchepsout le sermonna gentiment en lui laissant entendre qu'il devait maintenant obéir à ses ordres.

– Mais cela a toujours été le cas, Vénérable parmi les Vénérables ! s'exclama Senmout en retenant, toutefois, l'élan de sa voix devant les domestiques présents. J'étais juste en train de dédier la statue que Sa Majesté avait réalisée à mon effigie à Rennoutet, déesse des moissons d'Armant. Dès que j'ai reçu ton message, je suis aussitôt monté dans ma barque et ai ordonné aux rameurs d'activer la cadence pour ne pas te faire attendre.

– En abandonnant la déesse ? s'étonna Hatchepsout. Ne retournera-t-elle pas sa colère contre moi ?

– Rassure-toi, Reine des Deux Pays, j'avais terminé. Je l'ai si grassement servie en nourriture et en vin grec qu'elle nous assistera dans toutes nos entreprises !

– Bien, Senmout, dit Hatchepsout. Écoute très attentivement ce que je vais te dire. Je connais ton attachement à ton hameau qui a vu naître tes frères et tes deux sœurs Ahhotep et Nofretor. Ton père a reposé dans la nécropole de ce village avant de rejoindre ta chère mère dans la magnifique tombe que tu lui as fait construire à Gournah. Tu dois gérer le domaine familial. Mais n'oublie pas que tu es également l'Administrateur suprême du palais et que tu es responsable de la gestion de ma terre. Quand j'aurai un héritier, tu seras également l'administrateur de son domaine. Par conséquent, je veux que tu résides en permanence au palais. Confie ta maison à tes frères ! Ils en prendront soin. L'aîné de Ramose qui a procédé à l'ouverture de la bouche sur les momies de tes regrettés parents est le mieux placé pour assumer ce rôle.

– Mais il n'habite pas chez nous en permanence. En outre, j'ai mon bureau dans notre maison et ne quitte le palais que le soir très tard. Si je me rends parfois dans notre petit jardin d'Armant, un paysan mettrait plus de temps à lier une botte de roseaux que je n'en mets pour venir d'Armant jusqu'au palais de Thèbes !

Hatchepsout fronça les sourcils. Elle n'appréciait

guère que l'on discutât ses volontés. Senmout semblait oublier en cet instant qu'elle était la reine d'Égypte.

– Tu viens de me faire une promesse et tu transgresses déjà mes ordres, dit-elle avec autorité. Si j'ai besoin de toi pendant la nuit, s'il survient un incident, si des envahisseurs étrangers ravagent soudain Thèbes, pourrai-je te joindre au moment opportun ? Souviens-toi de ce complot qui a échoué contre notre famille il y a quelques années. Ma mère a été informée en pleine nuit qu'il se tramait quelque chose contre nous. Comment aurait-elle fait, alors que mon père était parti guerroyer, si ses conseillers ne s'étaient trouvés auprès d'elle ?

– Je suis sûr que la Grande Épouse royale a pris seule les décisions qui s'imposaient. N'a-t-elle pas réglé la question avant même que ton père le pharaon ne revînt de campagne, auréolé de gloire ?

– Tu as décidément réponse à tout, Senmout ! répondit Hatchepsout. Reconnais, cependant, que je n'ai pas encore l'expérience du pouvoir que ma mère avait alors !

Senmout admit que la reine avait raison.

– Encore un détail, ajouta la jeune femme. Je trouve dangereux que mon plus proche conseiller déambule dans les rues sans escorte. Tu cours du palais à ta demeure ou à ta modeste barque sans prendre la moindre précaution. Or, tu partages les secrets de tes souverains et tu seras amené à les connaître tous. Tu dois être protégé !

Senmout s'inclina sans rien ajouter.

– Que vas-tu faire de ta maison ? ajouta Hatchepsout. Souhaites-tu qu'un fonctionnaire royal la mette en vente ? Il en tirera un bon prix !

– Certainement pas, fille d'Amon, reine entre toutes les reines, s'empressa de répondre Senmout. Cette demeure appartient aussi à mes frères et sœurs. Ils la maintiendront en état et continueront à l'habiter.

– Bien ! Isis nous a permis de régler cette question rapidement. J'ai ordonné de préparer à ton intention les appartements qui jouxtent les miens...

Senmout la regarda avec surprise.

– Mais ce sont habituellement des pièces royales !

– L'épouse de Pharaon, la Grande Épouse royale, ma mère, les a occupées. Mon frère Thoutmosis devait les habiter mais sa mère a refusé. Elle prétend que son fils n'est pas une fillette qui vient d'épouser Pharaon. Il est donc exclu qu'il soit logé dans les appartements d'une femme. En réalité, Thoutmosis préfère s'endormir chaque soir près du harem...

– Es-tu sûre, reine divine, que jamais tu ne voudras...

– Habiter ces pièces ? Senmout, n'oublie jamais que je suis Pharaon en ce pays. Mon arrière-grand-père, mon grand-père et mon père ont médité, dormi, réfléchi dans ces appartements où je viens ce matin même de m'installer. Je ne les quitterai que lorsque je passerai devant le tribunal d'Osiris !

Senmout lui répondit qu'il acceptait dès lors d'emménager là où vivait autrefois Ahmose quand Thoutmosis régnait sur l'Égypte.

– Ma mère préfère la chambre qui donne sur les vieux arbres du parc. Elle prétend que l'ombre y est bénéfique et qu'ils gardent la pièce au frais toute la journée. Ma grand-mère Ahotep a choisi, elle aussi, les pièces situées de l'autre côté. Sans doute craint-on plus la chaleur en vieillissant. Moi, j'adore voir Rê pénétrer ici de tout son éclat dès mon réveil. Sa présence me rassure. Un jour viendra peut-être où sa course nocturne sur le Nil ne s'achèvera jamais. Le monde demeurera alors dans l'obscurité pour l'éternité. Les boutons de fleurs mourront, les arbres perdront leurs feuilles, les champs ne donneront plus de cultures. Voilà pourquoi je veux ouvrir les yeux chaque matin sous la tiède caresse de ses rayons et lui adresser une prière pour le remercier d'éclairer et de chauffer la vie.

– Tous les Égyptiens redoutent, en effet, l'instant où Rê n'apparaîtra plus mais ils le vénèrent suffisamment pour le contenter et obtenir de lui ce qu'ils souhaitent, la chaleur et la lumière.

– Précisément, dit Hatchepsout en prenant place sur un fauteuil aux bras ornés de pierres précieuses. Ma première tâche de Pharaon va être d'honorer les dieux et en tout premier lieu le dieu Amon. Je veux agrandir et embellir son sanctuaire. Je souhaite aussi que l'on commence la construction de mon temple dans la Grande Prairie où mon père a été enterré. Qu'il soit dissimulé dans la montagne ! Je te montrerai l'endroit exact que j'ai choisi... Mon temple réclamera, sans doute, de longues années d'effort. Il faudra faire venir des pierres de l'étranger et organiser des expéditions. Autant commencer le plus tôt possible !

– Très bien, répondit Senmout. Je vais prévenir Imeni et Kallisthès.

– Il n'en est pas question ! l'interrompit aussitôt Hatchepsout. Tu concevras seul cet édifice et tu choisiras tes propres hommes. Je te fais confiance.

Senmout s'inclina devant l'adolescente au port de reine. Il s'aperçut alors qu'Hatchepsout avait revêtu la robe d'apparat de son père et qu'elle s'était habillée comme un homme. Son visage poupon et rond sortant tout juste de l'enfance disparaissait sous l'imposante perruque qu'elle portait.

Il la savait fragile sous son masque de reine. Quand il voyait ses yeux noisette pétiller de vivacité, ses pommettes se soulever et ses lèvres épaisses sourire comme une enfant qui n'a pas encore perdu ses fossettes, Senmout avait envie de continuer à lui donner des leçons. Mais le port altier et la grande dignité d'Hatchepsout lui interdisaient désormais de se risquer à pareille attitude. La reine n'admettait plus que des conseils.

En l'observant, en l'écoutant, en l'admirant, Senmout perdait chaque jour de sa superbe mais son destin lui paraissait irrémédiablement lié au sien.

– Tu diras aussi à Thoutmosis de venir me voir, ajouta Hatchepsout en se levant. Les Égyptiens réclameront d'ici peu un héritier et je souhaite dès maintenant mettre les choses au point avec lui.

Senmout blêmit. Ce mariage lui déplaisait. Il lui était inconcevable d'imaginer Hatchepsout dans les bras de cet adolescent moins épais qu'un roseau qui ne savait que folâtrer avec les filles du harem. Son regard fermé n'échappa pas à Hatchepsout.

– Ma mère prétend que le peuple a toujours raison et qu'il faut prêter une oreille attentive aux désirs de ses sujets, dit Hatchepsout en s'asseyant de nouveau avec nervosité.

Elle attendait une suggestion de Senmout.

– L'esprit de la Grande Épouse royale est rempli de sagesse, se contenta-t-il d'avancer sans enthousiasme.

Un long silence accueillit ces paroles. Senmout maintenait la tête baissée. Ses pensées semblaient ailleurs. Persuadée qu'il allait ajouter une réflexion personnelle, Hatchepsout lui laissa toute latitude de s'exprimer librement mais l'Administrateur suprême resta muet.

– Sais-tu pourquoi j'ai accepté d'épouser Thoutmosis ? demanda alors Hatchepsout.

– Parce que tu allais devenir pharaonne et que des responsabilités t'incombent.

– Tu me l'avais conseillé.

– Je le reconnais et ne le regrette pas.

– Cependant, ajouta Hatchepsout, tes conseils n'ont pas suffi à me décider tout à fait.

– Tu paraissais, pourtant, déterminée à accomplir ton devoir sans réfléchir davantage, Heureuse Fille d'Amon.

– Comme la différence est grande parfois entre l'apparence et la réalité..., murmura Hatchepsout.

– Je ne t'ai pas vue une seule fois remettre ce

mariage en question à partir du moment où tu l'avais décidé, dit Senmout avec un ton de regret dans la voix.

– Je te repose donc ma question. Sais-tu pourquoi ?

– À l'exception des réponses que je viens de te donner, je ne vois pas d'autres raisons qui aient pu te pousser à t'unir à Thoutmosis. Ni l'amour ni l'attirance ne te guidaient.

– Te souviens-tu de ce jour précis où tu m'as annoncé froidement que je devais épouser Thoutmosis pour le bien-être des Égyptiens ?

– Cet instant restera gravé dans ma mémoire jusqu'à ce que mon corps se refroidisse et que mes sens aient quitté mon enveloppe charnelle.

– Ainsi donc ta tante avait raison..., murmura Hatchepsout. Je ne regrette pas de l'avoir crue.

– Ma tante ? Mais que t'a-t-elle dit ?

– Elle m'a parlé de son neveu.

Senmout se montra contrarié.

– Sans doute n'a-t-elle rien dit de passionnant !

– Au contraire... répondit Hatchepsout. Ta tante te connaît bien. Elle observe. Elle entend parfois sans le vouloir des propos déterminants !

– Je ne comprends pas où tu veux en venir, Reine des Deux Pays.

– Rêneferê que l'on apprécie tant au palais m'a appris qu'elle te croyait amoureux et que tu présentais tous les symptômes habituels des jeunes gens pris de passion.

Senmout ne put s'empêcher de rougir.

– N'ai-je pas été suffisamment occupé ces derniers mois avec le deuil de Thoutmosis, l'achèvement du temple de Pharaon, ton mariage et le couronnement pour songer à autre chose ? Voilà qui ne laisse guère place à la bagatelle !

– Ai-je évoqué des bagatelles ? dit malicieusement Hatchepsout. D'après ta tante, tes sentiments ne sont pas sans lien avec mon mariage.

– Il serait indécent d'en parler, Hatchepsout, répondit Senmout.

– Combien de jours Rê a-t-il ensoleillé cette ville depuis que tu ne m'as plus appelée par ce doux nom d'Hatchepsout Maâtkarê ?

– Permets-moi de me retirer, Seigneur de haute et basse Égypte, supplia Senmout.

– Puisque tu le désires, Senmout, dit Hatchepsout, fais comme tu l'entends. Je vois que le moment n'est pas venu pour toi de parler. Mais ta reine se révèle patiente quand il le faut... N'oublie pas, cependant, de prévenir Thoutmosis que je l'attends. Que Moutnéfret ne se fasse pas d'illusions ! Elle n'obtiendra que ce que je voudrai bien accorder à son fils ! Senmout, rappelle-toi mes paroles le jour où tu m'as conseillé d'écouter ma mère Ahmose et d'épouser Thoutmosis. Ferme les yeux pour que les dieux redessinent la scène devant tes paupières closes. Si tu doutes encore de ce que tu devines ou si tu crains de trop bien comprendre, va trouver ta tante. Dis-lui que je l'encourage à te révéler ce qu'elle sait et que tu ignores encore.

Senmout hésita à formuler sa question.

– Puis-je connaître ta décision au sujet d'un éventuel héritier ?

– Je me trouve trop jeune pour avoir un enfant. Je veux prendre en main les rênes de l'Égypte, rencontrer nos alliés et nos ennemis, établir un bilan de la situation. Afin d'envisager des réformes ou d'embellir mon pays, ses temples et ses villages, je dois m'informer de tout. Tu as déjà commencé à me mettre au courant mais il est des secrets que ma mère ne m'a jamais révélés et dont elle souhaite maintenant me parler. Seul Pharaon et elle les connaissaient. À mon tour de les garder dans un coin de mon âme plus précieusement qu'un bijou dans son écrin.

– Tu n'as décidément plus besoin de conseils de sagesse, Hatchepsout. Tu as progressé si rapidement ! Ta maturité étonnera tous ceux qui te rencontreront, qu'ils viennent des quatre coins du monde !

– Je les inviterai ou les convoquerai à la cour. Les alliés de l'Égypte seront aussi bien reçus que les ambassadeurs des rois jusque-là ennemis de notre pays. Peut-être gagnerai-je ainsi à ma cause des souverains hostiles. Mais je dois me préparer à ces rencontres. Je veux démontrer à ces rois étrangers que je connais leur pays et leur civilisation, que l'Égypte est capable de les aider ou de contribuer à leur développement s'ils acceptent de devenir ou de rester nos amis.

– De bien belles ambitions ! siffla Senmout. Je te soutiendrai dans cette voie car je suis persuadé qu'il vaut mieux limiter les conflits tant que tu régneras. Tu ne pourras jamais revêtir une tenue de guerre ni lancer tes troupes dans une bataille.

– S'il le faut, je m'exécuterai, Senmout !

– Joue la carte de la diplomatie. Ton père a montré sa puissance. Il suffit de faire savoir autour de toi que cette force existe toujours et que tu es entourée des meilleurs soldats.

Senmout baissa de nouveau la tête.

– Cependant, ajouta-t-il. Tu es une femme et un jour viendra où les Égyptiens réclameront un héritier avec tant d'insistance qu'il ne te sera plus possible de rester sourde à leurs prières.

– Je me suis mariée par devoir, répondit Hatchepsout. J'aurai un enfant avec le même état d'âme.

Senmout semblait douter d'une telle prouesse.

– Je dois, cependant, regarder la réalité en face et ne pas laisser prise aux femmes du harem, ajouta Hatchepsout en nuançant sa réponse. Ma mère a trop souffert de ne pas avoir d'héritier. C'était sa seule faiblesse. Je ne dois en avoir aucune. Une rivale attend. Elle a pour nom Moutnéfret. Un homme désire le trône pour lui seul. Il s'appelle Thoutmosis. Une jeune femme ambitieuse et caressante se verrait bien déambuler au bras de Thoutmosis en tant qu'Épouse royale pendant les fêtes d'Opet. Il s'agit d'Iset. Nul obstacle ne doit donc entraver mon parcours. Nulle faille ne ternira mon image en Égypte ni au-delà du pays. Ma politique, mon commandement, ma vie de femme et de Pharaon s'accompliront à la perfection. Sinon, trop d'ambitieux en profiteront pour me voler ma place. Je te l'ai dit cent fois et te le répète, Senmout : je ne réussirai qu'avec ton aide ! Que nous importe mon époux et mes futurs enfants... Pharaon s'élève au-dessus des simples mortels pour diriger avec les dieux.

Senmout lui prit les mains avec affection, ce qu'il n'avait pas fait depuis des mois.

– Tes paroles me touchent mais ne me rassurent pas. Tu n'as jamais été mère. Tu parles comme une jeune fille pleine de fougue et de santé, de talent et de courage mais comment réagiras-tu quand un petit être se blottira contre toi en réclamant ton affection ? Le rejetteras-tu ? Le renverras-tu vers sa nourrice ? Or, cet enfant sera celui de Thoutmosis et la déesse de l'amour Isis ne m'a pas encore donné de recette pour chasser cette affreuse perspective de mes pensées.

XVIII

Les habitants de la ville de Wasugana située dans la région entre les fleuves de l'Euphrate et du Tigre étaient loin de se douter qu'un événement égyptien allait perturber leur vie.

Depuis que des envahisseurs venus du nord leur avaient imposé leur présence, menaçant les plus récalcitrants de pillages et de massacres, les roitelets des différentes cités dépendaient de l'autorité du souverain Sauztata, installé dans le palais de Wasugana. Ils s'adaptaient aux souhaits des Barbares dont la majorité avait choisi d'habiter provisoirement la Babylonie.

Si le pharaon Thoutmosis s'était naguère aventuré dans ces régions éloignées, il avait également redouté une éventuelle invasion de ces bandes de soldats assoiffés de conquêtes qui avaient déboulé sur les villes assyriennes désormais peuplées d'Hourrites et d'étrangers. Ces hommes sans loi ni pitié avaient envahi le pays des Hittites, comme l'Euphrate et le Tigre descendant des monts à la vitesse d'un torrent, en emportant avec violence la roche sur leur passage, recouvraient les champs dès la fonte des neiges.

S'il avait compris que ce danger menacerait un jour l'Égypte, Thoutmosis n'avait pu l'estimer dans le temps. Il espérait seulement que le règne de sa fille Hatchepsout serait épargné et avait foi dans les dieux protecteurs.

En cette matinée pluvieuse, les Assyriens préféraient rester chez eux, dans leurs zarifés en roseaux situés au pied des murailles du palais ou dans leurs maisons à terrasses plus élaborées.

Le bois des coffres et des tables sembla s'éclaircir sous le soleil filtrant par les claires-voies du bureau de Séti, responsable du Trésor royal. Les dossiers des sièges en roseaux tressés ou en bois de palmier craquèrent. Comme toutes les autres pièces palatiales consacrées au travail, celle-ci se trouvait au second étage.

– Montre-moi cette lettre, dit Bêlis à son mari avec impatience. Vite ! Je veux la lire tout de suite. Par qui a-t-elle été dictée ? Par la reine Ahmose ?

– Cesse de cancaner, Bêlis, lui répondit son époux en enroulant le papyrus pour lui cacher le contenu du message envoyé au roi Sauztata. Le souverain m'a confié la tâche de la recopier pour nos paniers d'archives et il m'a formellement interdit d'en parler à qui que ce soit.

– Je suis ta femme, c'est différent, répondit Bêlis avec impatience. Allons montre !

Séti lui retira des mains le rouleau dont elle avait réussi à s'emparer.

– Respecte les volontés du roi ! répliqua-t-il.

– Mais dis-moi au moins de qui vient cette lettre !

– De la reine des Deux Pays, Hatchepsout, fille d'Amon et de Thoutmosis.

– D'Hatchepsout ! Cette adolescente a donc été nommée reine des Deux Pays !

– Oui. Elle a également épousé le troisième fils de Thoutmosis qui porte le même nom que son père. Mais je ne t'en dirai pas plus. Inutile d'insister !

– Ainsi donc, nous tenons bientôt notre vengeance, marmonna Bêlis. Il nous a fallu fuir l'Égypte après le complot contre le pharaon Thoutmosis qui a échoué lamentablement ! Quelle idée tu as eue de te laisser impliquer dans cette affaire ! La situation se présente bien différemment aujourd'hui. Le roi Sauztata souhaitait mettre la main sur l'Égypte. Il attendait un moment propice pour le faire. C'est pour cette raison qu'il t'a donné un poste important au palais. Tu lui as fourni de précieux renseignements sur la cour de Thoutmosis et tu lui sers de traducteur officiel. Hatchepsout ne saura pas se battre contre des peuples courageux et entraînés ! Ces derniers mois, tu as convaincu le roi d'augmenter la production d'arcs et de haches pour les soldats assyriens. Les roitelets qui préféraient autrefois conclure des alliances avec l'ennemi faute d'équipement efficace peuvent maintenant compter sur l'appui du roi...

– Ne commence pas à inventer l'histoire, Bêlis, l'interrompit Séti. Tu ne sais pas ce que contient cette lettre.

– Qu'importe ! Je connais les volontés du souverain. Jamais il ne laissera passer une telle opportunité ! Le jeune Thoutmosis ne fera pas le poids face aux Hittites !

– Maintenant, laisse-moi travailler, lui dit Séti. Il me faut recopier et traduire cette missive avec le plus de précision possible. Le roi souhaite connaître toutes les nuances, tous les sous-entendus d'une telle correspondance.

Comme Bêlis tournait encore autour de lui en espérant lire un extrait de la lettre, Séti se leva et la raccompagna à la porte du bureau. Puis il prit un calame et de l'encre qu'il ramollit avec de l'eau à la manière des scribes égyptiens.

– Les temps ont bien changé, murmura-t-il tout en recopiant chaque caractère avec minutie et en dessinant sur un support de papyrus les formes hiératiques. Qui aurait pensé qu'Hatchepsout régnerait un jour sur l'Égypte alors que le pharaon avait trois fils ?

Il ne parvenait pas à imaginer la petite princesse courant dans les couloirs du palais sur le trône royal, entourée de sa cour et de ses fonctionnaires.

– Comment est-elle ? Possède-t-elle le caractère de son père ou celui d'Ahmose ? Les Égyptiens se montrent-ils satisfaits de cette situation ou craignent-ils le pire ?

Séti méditait tout en écrivant. Il imaginait aussi quelle situation serait celle de l'Égypte si le complot contre Thoutmosis avait réussi. Le roi lui avait demandé de réfléchir à l'invitation de la reine Hatchepsout, objet du message de la souveraine d'Égypte. Pour se prononcer, il lui était indispensable de consulter ses espions, ceux qu'il avait soigneusement choisis parmi les commerçants parlant la langue égyptienne et qui avaient accepté de venir lui rendre compte des événements thébains à intervalles réguliers.

Un homme se présenta précisément à la porte de son bureau au moment où il achevait de recopier la lettre et de la traduire en akkadien, dessinant maintenant les caractères cunéiformes avec application, insistant sur les courbes auxquelles il donnait, tout comme aux hiéroglyphes, une épaisseur particulière les remplissant d'encre jusqu'à ce que le papyrus fût parfois sévèrement égratigné par le calame. Afin que cette correspondance ne fût pas endommagée par les ans, il devait aussi en reporter le texte sur le support d'écriture des actes officiels, une tablette d'argile cuite et inaltérable.

– Il insiste pour te voir, dit un garde en s'excusant. Il a menacé de forcer ta porte si je ne t'informais pas de sa présence. Je lui ai pourtant assuré que tu étais très occupé...

Le garde qui durcissait en parlant le son de certains mots était d'origine babylonienne. Son visage rond au crâne plat demeurait impassible. Il semblait réciter une leçon répétée plusieurs fois par jour.

– Je ne reçois personne, répondit Séti sans lever les yeux de son travail. Qu'il parte et s'il a quelque requête à adresser au roi, qu'il l'écrive, nous lui répondrons.

– Ainsi donc, tu refuses de recevoir un ami ? dit l'homme en entrant.

Séti leva les yeux, étonné, croyant avoir affaire à l'un de ses espions.

– Kay ! Osiris t'aurait donc rendu aux vivants ou la reine Ahmose t'a-t-elle autrefois pardonné d'avoir comploté comme moi contre le pharaon Thoutmosis ?

– Sa bonté n'a pas d'égale et nombreux sont les conjurés qui ont été épargnés grâce à sa grande bonté, dit le nouveau venu en donnant une accolade à Séti. Les femmes du harem complices du complot n'ont pas été exécutées. Certains artistes ont pu rester à Thèbes et poursuivre leurs travaux dans la « Vaste Prairie ». Pour ma part, j'ai été condamné à l'exil avec ma compagne Thémis qui avait tant fait pour nous aider !

– Et où se trouve aujourd'hui Thémis ? L'aurais-tu abandonnée ?

– Dans cette affaire, elle avait beaucoup plus à perdre que moi. Quand elle faisait partie du harem d'Aménophis, le roi lui avait donné un domaine et des domestiques.

– Je le sais, dit tranquillement Séti. Mais tu ne réponds pas à ma question. Où est-elle ? Te connaissant, je ne puis croire que tu l'aies laissée en plein désarroi.

– Tu as raison, Séti. Je ne l'aurais jamais quittée après les sacrifices qu'elle a faits pour moi.

Il ajouta au bout de quelques instants de réflexion :

– Je dois reconnaître qu'elle m'est chère et que sa beauté me subjugue.

– Je te comprends, répondit Séti en souriant.

– Nous avons eu de la chance de nous en sortir si facilement...

– D'autres ont été condamnés à mort ! répliqua Séti. Des Égyptiens m'en ont informé ici même !

– Aucun roi ne nous aurait absous, reconnais-le.

– Peut-être, répondit Séti. Mais comment m'as-tu retrouvé ?

– Par hasard. J'ai erré de ville en ville, exercé maints petits travaux et mes pas m'ont conduit jusqu'ici. Ce matin, au tout début de la journée, j'ai entendu un marchand parler de toi avec admiration sur la place du marché. Imagine mon étonnement ! Je ne savais pas ce que tu étais devenu ! J'ai appris que Bêlis et toi travailliez pour le roi.

– Si on veut, Kay, dit Séti en rangeant soigneusement le rouleau qu'il tenait devant lui afin que le Thébain ne le voie pas. Mais tu parles de « début de journée ». Qu'entends-tu par là ? Pour les Hittites, une journée commence au coucher du soleil. J'imagine qu'il s'agissait de la cinquième période de la journée...

Kay le regarda, interdit, comme s'il ne comprenait pas le langage de son ami thébain.

– Sache que le Hittite divise sa journée en douze périodes de deux heures, estima bon d'expliquer Séti. L'année débute, pour lui, au printemps et les mois comptent trente jours. Cet an, « deuxième année du règne de Sauztata qui a reçu le bon nom » et qui aura donc un heureux destin, sera augmenté d'un mois supplémentaire. Il en est ainsi tous les six ans afin que l'année assyrienne comporte le même nombre de jours que l'année égyptienne.

– Je vois... se contenta de répondre Kay, amusé.

– Je m'étonne cependant qu'un homme ait parlé de moi en ville...

– Il venait de Thèbes. Aussi ai-je tendu l'oreille à ses propos.

– De Thèbes, dis-tu ? Il arrive donc à point ! Et toi, quand as-tu quitté l'Égypte ? T'es-tu aussitôt exilé loin de ton pays ? Hatchepsout était-elle déjà au pouvoir quand tes pas t'ont conduit jusqu'ici ?

– Je n'ai jamais remis les pieds à Thèbes. Quelle imprudence de tenter le dieu des châtiments en retournant vivre près de la famille royale ! Mais j'ai longtemps travaillé près de Memphis avant de suivre une caravane jusqu'ici.

Comme il s'interrompait, Séti l'invita à poursuivre.

– En réalité, lorsque Thoutmosis l'a emporté sur les Mitanniens, Thémis a tout fait pour rentrer à Thèbes. Elle voulait voir ses frères prisonniers qui devaient défiler, les pieds et les mains liés, lors du triomphe de Pharaon. Elle pensait pouvoir intervenir en leur faveur. Je l'en ai dissuadée. Finalement, Thémis a accepté de me suivre. Elle a survécu en se louant pendant des mois comme musicienne et danseuse dans des banquets. Mais elle était lasse de se livrer ainsi à des tâches peu valorisantes. Aussi m'a-t-elle vivement encouragé à quitter l'Égypte. Son rêve était de revenir chez elle au Mitanni. Elle en connaît parfaitement la langue et espère convaincre le roi de cette région de lui donner une terre en échange du lien de parenté qu'elle avait avec l'ancien souverain du Mitanni. Quand le pharaon Aménophis l'a prise autrefois dans son harem, elle était apparentée au roi de ce pays...

– Je m'en souviens, répondit Séti.

– Lorsque nous sommes partis d'Égypte, Hatchepsout était déjà mariée avec son frère, poursuivit Kay. Les fêtes du couronnement venaient de s'achever.

Séti l'invita à s'asseoir.

– Alors, raconte-moi ce que tu as entendu, lui dit Séti. Les Égyptiens sont-ils heureux ? Comment réagissent les autres peuples ? Les Nubiens s'agitent-ils encore ? Des nomades menacent-ils de s'installer le long du Nil ? Le peuple ne redoute-t-il pas une guerre ?

– Voilà de très nombreuses questions ! Je dois reconnaître que l'Égypte est prospère et que le peuple semble content. La mort de Thoutmosis l'a plongé dans une grande tristesse mais la reine Hatchepsout a su lui redonner confiance. On dit qu'elle a un caractère bien trempé et qu'elle sait ce qu'elle veut !

– La princesse n'a donc pas changé... murmura Séti. Et son frère ?

– Le couple paraît profondément uni. En outre, Hatchepsout a conservé les meilleurs conseillers de son père. Malgré l'âge tendre de leur reine, les Égyptiens réclament déjà un héritier !

– Voilà qui ne va guère plaire à Sauztata.

Kay regarda autour de lui et contempla la tenue de Séti. Sur un bas-relief de la pièce étaient représentées des files de prisonniers de guerre, les mains attachées, le dos fouetté, suivis de leurs familles avançant la tête baissée. Des Assyriens les encadraient en portant des torches allumées. D'autres scènes aquatiques ou pastorales s'avéraient plus poétiques.

Deux lampes en forme de soucoupe, pleines d'huile de sésame, avaient été posées de part et d'autre de la table de Séti. Il s'en dégageait encore une odeur peu agréable.

Kay avait aussi remarqué l'encadrement rouge de la porte du bureau de Séti semblable à celui de la plupart des maisons assyriennes. Il avait ainsi appris que, selon les Assyriens, la couleur pourpre éloignait les puissances du mal.

– Si tu savais combien j'ai regretté de m'être laissé entraîner dans ce complot contre Thoutmosis ! dit-il à Séti. Mais toi, comment en es-tu arrivé là ? Je t'ai connu moins riche et moins sûr de toi ! Tu parais nanti. Au palais, tout le monde te craint et te respecte.

Séti lui raconta brièvement comment il était venu se réfugier en Assyrie avec sa famille et pourquoi le roi l'avait employé.

– Si je n'avais pas eu cette chance, nous aurions pu tout aussi bien devenir esclaves ou appartenir à la classe des *mushkinu*, ces pauvres qui tendent leur coupe en argile devant les portes du palais. Être un *amêlu*, un homme libre dans ce pays, est un grand privilège ! Le roi ne sait pas que nous avons fui l'Égypte, Bêlis et moi. Mais je lui ai expliqué que je travaillais autrefois pour le pharaon. Il m'a aussitôt demandé de le renseigner sur le roi égyptien. Comme je ne montrais aucune réticence, il a vite compris qu'il pouvait me faire confiance.

– Le roi voulait savoir ce qui se passait à la cour égyptienne... répéta Kay. Ses intentions ne sont sans doute pas innocentes. Lui sers-tu aussi d'interprète ?

– En effet. En échange, nous sommes royalement logés non loin du palais et nous avons droit aux plus grands honneurs.

– Tu t'es montré habile.

Kay hésitait à formuler sa question.

– Sauztata a-t-il des visées sur l'Égypte ?

Séti se fit prudent.

– Je lui apprends tout ce qu'il souhaite savoir sans trop connaître ses intentions.

– Thoutmosis prétendait que l'Égypte serait un jour sérieusement menacée par les hordes sauvages qui avaient envahi l'Assyrie et la Babylonie. Il l'avait pourtant emporté haut la main face aux Mitanniens et avait traîné leurs chefs militaires à Thèbes. Certains servent aujourd'hui dans l'armée égyptienne.

– Les soldats venant des régions du Nord se sont installés dans les villes mésopotamiennes avant même le passage de Thoutmosis dans l'Au-Delà. Le pharaon les redoutait plus encore que les rois hittites. Le souverain de cette ville à qui tous les roitelets rendent des comptes est de cette race et impose ses conditions à chacun. Aucun pays n'a échappé à ses carnages ou à ses actes de vandalisme. Sans doute convoitera-t-il l'Égypte quand il aura pris ici tout ce qui l'intéresse.

– On dit que ces soldats viennent des mêmes régions que ceux qui se sont autrefois imposés en Égypte.

– Ils en ont l'assurance et parfois la cruauté, répondit Séti. Mieux vaut tenter de traiter avec eux. Mais, Pharaon ne ressemble pas aux rois hittites. Pharaon se veut Tout-Puissant, aidé d'Amon, Roi entre les rois. Le souverain d'Égypte ne discutera pas avec de tels Barbares. Il ne les acceptera pas dans son pays. Il ne traitera pas avec eux en faisant fi de son honneur et de sa fierté. Si l'Égypte est menacée, Pharaon ne proposera aucun traité ! Il se défendra et luttera en rassemblant dans la bataille toutes ses forces !

– Même s'il s'agit d'Hatchepsout ? demanda Kay. Une jeune adolescente si fragile...

– À toi de me le dire, Kay. Qu'en penses-tu ?

Kay réfléchit.

– Hatchepsout ne cédera jamais devant une menace ennemie.

– Je savais que tu me répondrais cela.

– Penses-tu que le roi Sauztata pourrait avoir besoin de moi ? demanda Kay avec quelque hésitation. Crois-tu que Thémis a des chances de le convaincre de nous aider ?

– Patiente un peu. Ne demande pas audience au

roi tout de suite. Il ne te recevrait peut-être pas. En revanche, je vais tenter de trouver un moyen...

La visite de Kay laissait Séti circonspect. Jusque-là, il s'était avéré le Thébain indispensable au roi de ce pays, celui qui lui apportait les renseignements qu'il désirait sur la cour et les événements égyptiens. Or, Kay était suffisamment malin pour lui démontrer, lui aussi, de quoi il était capable. Le seul fait que Thémis fût originaire de la région risquait de s'avérer un facteur essentiel pour que le roi cédât à ses désirs.

« Cependant, si le roi souhaite renverser la famille d'Ahmosis, il nous faudra des alliés, se dit Séti. Kay ne tardera sans doute pas à le comprendre. Hatchepsout ne restera pas reine longtemps ! »

– En attendant, reprit Séti, je puis te faire prêter une maison agréable. Un comptable du palais l'habitait mais il a rejoint Osiris sans héritier. Le roi avait mis cette habitation à sa disposition. Je puis plaider ta cause en disant que je dois héberger un ami thébain en visite dans cette ville. Sinon, notre demeure est suffisamment grande pour t'accueillir.

– Je vais de ce pas en informer Thémis, lui dit Kay. Tu m'ôtes un grand souci. Je crois que Thémis préférerait retrouver une maison à elle...

– Laisse-moi achever ce travail, dit Séti en ressortant la lettre de la reine Hatchepsout, et j'en parlerai au roi.

XIX

Quand Kay eut quitté le bureau, Séti ordonna à l'un des gardes de venir chercher ses directives.

– Va en ville et ramène-moi mes amis égyptiens. Ils sont revenus d'Égypte et je dois dès aujourd'hui les interroger. Le roi, ton maître, attend une réponse urgente. Tu les trouveras sans doute sur la place du marché ou dans une taverne. Dis-leur que je les somme de se présenter devant moi dès que possible sous peine d'être fouettés par les soldats du roi !

Le garde se retira rapidement.

– Il me faut vérifier si Kay a dit la vérité. Avant de donner un conseil au roi, je veux tout savoir sur la situation égyptienne. Ces maudits Thébains auraient dû venir me trouver dès leur arrivée au lieu de se précipiter dans les lupanars ou les tavernes !

Séti réfléchit encore, la tête entre ses mains.

– Dois-je conseiller au roi d'envoyer un ambassadeur à Thèbes pour laisser croire à la reine Hatchepsout que les Hittites sont soumis à l'Égypte et qu'ils redoutent son armée ? Faut-il, au contraire, montrer dès maintenant notre dédain à cette reine de pacotille et à son avorton de frère et se préparer à envahir l'Égypte ? Nous serions supérieurs en nombre !

Séti parut soudain décidé.

– Agissons comme l'ancien pharaon Thoutmosis ! dit-il. Quand il a attaqué le Mitanni, il n'a prévenu ni le roi ni les soldats ennemis comme la règle militaire l'exige. Il utilisait l'effet de surprise sous prétexte que ses adversaires procédaient de même. Eh bien ! Envoyons un messager et des cadeaux à Thèbes afin d'endormir la pharaonne ! Et, pendant ce temps, rassemblons notre armée !

Séti sourit à cette perspective.

– Je ne serais pas mécontent de me venger de cette famille même si ma situation de trésorier me plaît. Mais le roi finira bien par agir avec ou sans moi. Autant que j'en tire des honneurs !

Séti se leva et décida de faire un brin de toilette pour se rendre chez le roi. Il recouvrit son corps et sa chevelure d'huile afin de soigner sa peau irritée par le vent chaud et chasser les parasites de ses cheveux. Puis il se lava les mains avec de la cendre végétale mêlée à de l'huile et de l'argile. Il appela le barbier, le laissa patiemment faire son travail et dénoua la ceinture de sa tunique courte dont les manches lui arrivaient au coude. Il l'ôta pour enfiler une tunique de lin qui descendit jusqu'à ses pieds et qu'il recouvrit d'une robe en laine. Une esclave l'aida à enfiler ses sandales plates qu'elle fixa à ses chevilles par une lanière avant d'entourer son front d'un turban. Une masseuse répandit enfin du parfum sur son cou et lui tendit une hampe sculptée d'une tête de bélier.

– J'attends juste le rapport de mes hommes et je cours chez Sauztata !

Ses espions égyptiens ne se firent guère attendre. Ils lui racontèrent en tout point ce que Kay lui avait déjà dit. Aussi demanda-t-il audience au roi pour lui conseiller d'envoyer au plus vite un message de sympathie à la reine Hatchepsout.

*
**

Avant de pénétrer dans la salle du trône où s'étaient succédé depuis l'aube de nombreux tributaires et ambassadeurs, Séti réfléchit une dernière fois à la manière dont il allait présenter son idée au roi. Son regard fixait le seuil en pierre sculptée dont les cercles et les lotus rappelaient le décor d'un tapis. Il triturait malgré lui l'amulette chargée d'amadouer le roi qui pendait autour de son cou.

Des esclaves défilèrent devant lui en emportant les redevances des tributaires : vases précieux, étoffes, bijoux. Ceux-ci s'inclinèrent profondément devant lui.

– Le roi vous attend, dit le garde.

– Très bien, se contenta de répondre Séti.

Le roi avait revêtu une tunique ouverte en coton pourpre embellie de franges et de broderies multicolores. Il avait serré sa ceinture en cuir sur un bandeau plat et large maintenant son poignard bien en place.

Tandis qu'il achevait de distribuer ses ordres, Séti observait l'animal fabuleux à queue de paon, le monstre ailé et le lion mordant sa proie dessinés sur le ceinturon royal. Des lotus et des palmiers divisaient chaque scène.

La coiffe du souverain, recouvrant ses cheveux frisés et épais, était nouée derrière sa nuque. L'anneau de ses sandales entourant chaque orteil resplendissait d'or. Sa barbe postiche, calamistrée, brillait elle aussi.

Chacun de ses doigts était enrichi de bagues en cornaline et en agates. Des oreilles royales pendaient de longues boucles d'oreilles en forme de grappes de raisin. Ses bracelets épais ornés de rosaces s'achevaient par deux têtes de boucs rappelant le manche de son poignard. Un collier de grosses perles en pâte de verre habillait le haut de sa tunique.

Séti crut le moment venu de s'exprimer enfin mais le roi lui fit signe de patienter encore un peu. Il s'étendit nonchalamment sur un lit de repos assez haut aux côtés recouverts d'ivoire et ordonna à une esclave de chasser les mouches qui l'importunaient. Ses cheveux s'étalèrent sur ses épaules.

Un domestique déposa alors des mets sur une table aux pieds en forme de pommes de pin. Volutes et dessins circulaires décoraient les barres transversales de toutes les petites tables de la pièce.

Le roi se rinça les mains dans un rhyton en forme de tête de lion tandis qu'une jeune esclave apportait des brochettes de sauterelles.

– Je déteste manger couché, dit-il à Séti, mais je

suis très las aujourd'hui. Et puis, il ne s'agit que d'une collation.

Le roi montra à son fonctionnaire son arc et son carquois.

– Grâce à toi, je possède enfin des armes dignes de ma majesté, dit-il en tendant sa main vers un tabouret au plateau en ronde bosse représentant deux béliers qui se faisaient face.

Non loin de l'arme se trouvait le damier du roi.

Séti s'inclina en attendant que le roi lui indiquât là où il devait s'asseoir.

– Tu fais moins de manière lorsque nous conversons dans le jardin à l'ombre des vignes et des conifères qui recouvrent la tonnelle, dit le roi en riant.

Des musiciennes entrèrent. Elles jouaient très discrètement d'une cithare en forme de trapèze, de la harpe et de la mandoline au manche long et fin. Une seconde file d'instrumentistes suivit avec des tambourins de toutes dimensions, des flûtes et des sistres. Des danseurs entrèrent en sifflant et en bondissant et se placèrent face à face. Ils avancèrent en tapant des pieds bruyamment puis reculèrent en cadence. Le roi se mit à frapper dans ses mains avec ardeur.

Les danseurs s'emparèrent alors de bâtons qu'ils maniaient avec dextérité et qu'ils entrechoquaient parfois pour rythmer leurs pas. Ils s'accroupirent et se tinrent par la main puis l'un des danseurs s'avança au centre de leur ronde et mima une scène guerrière avant de reprendre sa place.

– Viens à côté de moi et fais-moi part de tes conclusions, dit enfin le roi à Séti.

Le responsable du Trésor précisa son plan.

– Une réponse agréable à la reine Hatchepsout nous permettra de nous organiser et de gagner du temps, suggéra Séti. Les Égyptiens nous croiront soumis.

– Je pense que c'est une excellente idée ! lui répondit le roi en le chargeant de la rédaction de la lettre. Je vais encore refréner mon impatience à fondre sur l'Égypte.

– Cette campagne contre les Égyptiens ne tardera plus, promit Séti.

– Mais le jeune Thoutmosis ? N'a-t-il pas été entraîné au combat par son père ? Ne commande-t-il pas une armée efficace ?

Séti se retint de rire.

– Seigneur, Thoutmosis n'est qu'un enfant chétif.

– Voilà une excellente nouvelle.

Séti hésita à lui parler de Kay. Il jugea, cependant, préférable d'anticiper la démarche de Thémis.

– J'ai reçu aujourd'hui une visite inattendue, avoua-t-il au roi. L'ancien pharaon Aménophis possédait un harem magnifique à Thèbes...

– Comme les autres pharaons !

– Il est vrai. L'une de ses femmes, la belle Thémis, était apparentée à l'ancien roi du Mitanni. Quand il la répudia, Aménophis lui laissa le domaine qu'il lui avait offert. Elle se lia avec un jeune Thébain du nom de Kay qui l'aida à gérer cette terre. Eh bien, tous deux sont venus me trouver aujourd'hui en ce palais.

– Thémis ne doit guère me porter dans son cœur, dit le roi. J'ai envahi son pays...

– Le pharaon Thoutmosis avait, lui aussi, vaincu les Mitanniens et il avait traîné ses prisonniers jusqu'à Thèbes. Parmi eux se trouvaient les frères de Thémis...

– Je vois. Mais pourquoi me parles-tu d'elle ?

– Parce que Kay souhaiterait habiter à Wasugana et travailler au palais.

Le roi observa Séti en réfléchissant tandis que de jeunes femmes apportaient la collation qu'il avait réclamée.

– Que penses-tu de ce Thébain ? Tu sembles bien le connaître. Je m'étonne qu'il ait traversé le désert pour venir jusqu'ici alors que l'Égypte est prospère...

– Kay et Thémis ont été exilés pour avoir comploté contre la vie de Pharaon, Vie, Santé, Force. Pour cette raison, maître de cette terre, je crois qu'ils peuvent nous être utiles. Kay s'est toujours montré courageux, habile et intelligent.

– Un emploi de scribe lui conviendrait donc mieux qu'un travail d'ouvrier.

– Je n'en suis pas si sûr, reprit Séti. Kay œuvrait dans la « Vaste Prairie » où sont enterrés les derniers souverains égyptiens.

– Connaît-il l'akkadien ?

– Je ne le pense pas. Il ne parle avec son épouse qu'en hiératique.

– Un nouvel interprète nous serait pourtant d'une grande utilité ! Je pourrais choisir Thémis...

Séti exprima une grimace. Il préférait rester le seul interprète du roi. En outre, il se méfiait de la curiosité des femmes, la sienne cherchant toujours à fureter dans ses affaires.

– Seigneur de ce pays, laisse les femmes s'occuper des enfants et des ateliers de tissage, répondit Séti. De nouveaux canaux doivent être aménagés dans cette ville et ses environs. Pourquoi Kay ne réfléchirait-il pas à un plan ? Ces travaux demeurent prioritaires et nécessaires. Or, Kay me paraît tout à fait capable de concevoir un projet dans les meilleurs délais. Je comptais moi-même m'y atteler. Voilà qui me soulagerait car j'avoue que le travail ne manque pas au palais...

– Tu as sans doute raison, répondit le roi. La reine apprécie ton aide précieuse même si elle tient encore à garder le contrôle de secteurs importants. Après tout, il vaut peut-être mieux que nous tenions pour le moment ce Kay à l'écart des secrets de la cour.

Une porteuse de corbeille de fruits proposa des figues au roi.

– Déguste avec moi ces fruits juteux, dit le souverain à Séti. Nous allons maintenant nous entretenir de sujets essentiels. Tu écriras à la reine Hatchepsout que nous nous souvenons avec émerveillement des exploits de son père Thoutmosis, que nous le vénérons au-delà de la mort et que nous lui souhaitons un règne long et heureux ainsi qu'à son demi-frère. Réclame aux artistes du palais leurs plus belles pièces, celles qu'ils viennent d'achever ou qu'ils sont sur le point de terminer. Rassemble-les et faisons-les porter à Hatchepsout en gage de notre bonne foi. Tu multiplieras dans ta lettre les plus beaux compliments. Toi seul trouveras les mots justes pour flatter une Égyptienne ! Quand tu auras terminé, viens me traduire ton texte et portons-le-lui au plus vite !

Le roi mangea aussi des fruits secs et étendit ses jambes.

– Quand crois-tu qu'il serait bon de faire partir l'armée ? demanda-t-il à Séti.

– De nombreux ennemis de l'Égypte ont tenté d'envahir ce pays protégé des dieux, répondit le Thébain. Quand ils arrivaient au moment du débordement du Nil, ils repartaient bredouilles, décontenancés par les inondations.

– Notre région connaît les inondations. Le débordement d'un fleuve ne nous arrêtera pas.

– J'en suis convaincu. Mais certaines saisons me paraissent plus propices que d'autres.

Après que Séti eut fait au roi un rapport détaillé sur les périodes qui lui semblaient les plus favorables pour attaquer, le roi lui donna des ordres précis.

– Je veux que tu écrives à chaque roitelet de la région située entre les deux fleuves. Que tous me fassent un compte rendu détaillé de leurs forces et du nombre de leurs soldats ! Qu'ils se tiennent prêts à les rassembler et à me les envoyer ! Tu ne leur révéleras pas, pour l'instant, la raison de ce rassemblement. Je les en informerai plus tard car il serait désastreux que la nouvelle se répande. Tes espions sont-ils efficaces ?

La question surprit Séti.

– Ne me regarde pas ainsi parce que je sais que tu as des espions, répondit le roi en riant. Tu es étonné que je sois au courant de tout. Mais ne suis-je pas le roi ? On me renseigne sur chacun.

– Je me porte garant de ces hommes qui travaillent quelquefois pour moi, dit Séti.

– Bien ! Alors, dis-leur, puisqu'ils sont en ville, que tu as une mission importante à leur confier. Je veux savoir très exactement qui a pris la tête de l'armée égyptienne et quel intérêt Hatchepsout attache à ses soldats. Si l'Égypte se sent démobilisée, si les farouches militaires égyptiens préfèrent cultiver des terres plutôt que de s'entraîner, le moment me paraît bien choisi pour attaquer ce pays. En revanche, si les Grandes Épouses Ahotep et Ahmose ont su conseiller habilement la jeune souveraine et si l'Égypte est prête à se défendre efficacement en cas d'attaque, nous devrons aviser.

– Jamais une femme aussi jeune n'a dirigé l'Égypte ! dit Séti. Son époux est maladif et peureux. Il sort à peine de l'enfance ! Une occasion pareille ne se représentera plus !

– Séti, nos hordes ont avancé jusqu'ici sans connaître de défaite. Nous avons pillé, tué, volé sur notre passage sans subir les moindres représailles tant nous sommes redoutés ! Depuis que nous nous sommes installés d'office dans cette région en soumettant tous ses habitants, aucun pharaon n'a osé nous braver. Si nous partons aujourd'hui même pour l'Égypte, je suis convaincu que notre avancée provoquerait de telles frayeurs qu'il nous suffirait de nous baisser pour ramasser les lauriers. En apprenant notre arrivée, les Égyptiens s'enfuiraient dans le désert en abandonnant leurs maisons et leurs champs !

– Alors, pourquoi ne pas partir tout de suite ? insista Séti. Les étrangers tremblent en prononçant ton vénérable nom. Ils racontent comment tu rases tout sur ton passage ! Que redoutes-tu ?

– Rien, tu l'as compris. Cependant, j'ai entendu les Mitanniens raconter les victoires de Thoutmosis et surtout d'Ahmosis, l'aïeul d'Hatchepsout. Il a, dit-on, repoussé les envahisseurs qui s'étaient autrefois installés sur le trône d'Égypte. Tous ces récits m'ont fait réfléchir à la chance de ce pays aimé d'Amon. Procédons comme je te l'ai indiqué et prends garde de respecter mes volontés !

– Qui enverras-tu en Égypte comme messager auprès de la reine Hatchepsout ? demanda encore Séti.

– Mais toi, bien sûr ! répondit le roi.

Séti blêmit.

– Je serai plus utile ici ! protesta Séti.

– Ma décision est prise, répondit le roi en lui faisant signe de se retirer. J'attends dès ce soir le résultat de ton travail.

XX

Les mois passaient et Hatchepsout n'avait pas encore reçu tous les rois avec lesquels elle comptait rester en bons termes. Son sens de la diplomatie étonnait tous les hauts personnages de la cour. Elle semblait conquérir les cœurs les plus retors.

Le seul souverain qu'elle refusa de recevoir fut Minos, le roi de Crète. Il lui était impossible d'oublier sa duplicité. Elle ne pouvait lui pardonner d'avoir autrefois aidé les traîtres thébains qui avaient comploté contre la vie de son père et la famille royale. En revanche, elle ne se montra pas hostile à l'allégement des taxes qui frappaient tous les marins crétois venant faire du commerce avec les Égyptiens. Kallisthès avait déjà plaidé leur cause auprès de la reine Ahmose.

Le palais de Thèbes connut donc, après une pénible période de deuil puis de solennités, plusieurs mois de joie. Il ne se passait guère de jours sans que la souveraine d'Égypte ne reçût un vizir ou un ambassadeur étranger. Les salles, illuminées très tard dans la nuit, d'où jaillissaient des éclats de voix et des chants qui allaient mourir au bord du Nil ou dans la « Vaste Prairie » à peine troublée par les cris stridents des faucons et des hirondelles étaient, au matin, le théâtre d'un bataillon de domestiques qui lavaient, astiquaient, frottaient en petite tenue avant de préparer les festivités du dîner.

Quand elle parvenait à s'isoler, Hatchepsout songeait parfois, avec une mélancolie qui ne demandait qu'à se transformer en fierté, à son vaillant père. Il lui arrivait de revoir en songe les grands moments de son départ pour son sanctuaire royal et de pénétrer dans son bureau fermé à tous, vide de ces meubles qui entouraient aujourd'hui son sarcophage. La lumière filtrant avec difficulté par les petites fenêtres, miroitant d'une poussière d'or, fouillait les moindres recoins comme si Pharaon allait reprendre forme sous les rayons de Rê.

Hatchepsout revoyait les coffres en cèdre, nombreux, qui avaient été débarqués sur l'autre rive et portés par les domestiques, les récipients d'offrandes en albâtre, les vases canopes contenant les viscères de Pharaon. Mais elle se souvenait aussi du regard arrogant de Moutnéfret et de l'audace de son demi-frère encouragé par sa mère alors qu'elle-même retenait ses larmes en entendant les plaintes des pleureuses et en fixant le bas de la robe du prêtre qui marchait à pas lents devant elle.

Sur le passage du cortège, tous les officiants se prosternaient, s'agenouillant à tour de rôle comme des roseaux pliant sous la brise tiède. Les prêtres avaient beau rappeler que son père vivait maintenant dans l'Au-Delà tout en procédant aux libations et en balançant des encensoirs d'où s'échappait une fumée peu épaisse et odorante, elle avait senti ses mains se glacer. Les robes des prêtres battaient au faible vent avec un bruit de voilure. Alors que tout semblait mort dans cet endroit sec, elle avait cru discerner un taureau sur la crête d'un mont. Ce ne pouvait être qu'un lion mais elle y avait vu un signe divin.

Comment aurait-elle oublié ce moment bouleversant où elle avait pénétré dans la galerie creusée dans la roche en compagnie de ses grands-mères, d'Ahmose et de ce pitoyable Thoutmosis jusqu'à la chambre funéraire de son père ? Le silence était trop parfait dans cette obscurité où brillaient les bijoux rutilants du mort. En réalité, Thoutmosis avait-il réellement perdu la vie ? Plus les mois passaient, plus Hatchepsout se disait : « Mon père bien-aimé, tu es encore bien vivant. Je le sens au fond de mon cœur. »

Quand elle ne se déplaçait pas elle-même au temple de son père ou qu'elle n'y accompagnait pas sa mère, Hatchepsout envoyait le frère de Senmout, le Grand Prêtre Amen, offrir des sacrifices en son nom. Mais il ne se passait pas un jour sans qu'elle ne choisît un cadeau pour son père.

*
**

En dehors de ces instants de recueillement, Hatchepsout n'avait jamais été aussi joyeuse. Elle se plaisait à recevoir les cadeaux innombrables de ses visiteurs qui tous la flattaient et l'honoraient comme la plus prestigieuse des reines. Ahotep et Ahmose s'en montraient très fières. Seule la mère du pharaon défunt, trop fatiguée par son grand âge, évitait ces festins bruyants, agrémentés de musique, de danses et de démonstrations acrobatiques réalisées par des troupes crétoises que Kallisthès avait embauchées.

Mais plus sa gloire s'affichait au détriment de son époux, plus la jalousie de Moutnéfret croissait. Ahmose et Hatchepsout faisaient surveiller l'ancienne femme de Thoutmosis. Les gardes royaux avaient reçu des instructions précises pour rendre compte à la reine de son emploi du temps et des ordres qu'elle distribuait toute la journée.

Jugeant que le moment était venu de contenter le peuple et d'anticiper une éventuelle grossesse d'Iset ou de toute autre femme du harem que le jeune Thoutmosis fréquentait de plus en plus assidûment, Hatchepsout profita d'une période plus calme pour convoquer son époux.

Bien que celui-ci se montrât fort mécontent d'être distrait de ses plaisirs, habitué qu'il était à terminer chaque soirée dans les bras d'une ancienne captive de haute lignée, il obéit aux ordres de la reine et de sa propre mère.

Ne sachant ce que sa sœur attendait de lui, Thoutmosis se présenta devant elle, la mine chiffonnée et le regard vitreux. Hatchepsout avait revêtu une tenue légère faite de voiles transparents qui embaumaient.

– Tu as encore bu, lui dit-elle en l'observant avec

mépris. Tu ne passes pas souvent la nuit dans tes appartements.

Thoutmosis ne lui répondit pas. Il se laissa tomber dans un fauteuil et ferma les yeux. Il dodelinait de la tête comme si les sons de la harpe charmaient encore ses oreilles.

– Réveille-toi et écoute-moi, dit Hatchepsout en remplissant une coupe de vin. Si tu n'ouvres pas les yeux, je t'arrose de ce breuvage divin !

Thoutmosis haussa les épaules. Il laissait pendre ses bras de chaque côté des accoudoirs avec la plus grande indifférence.

– Bien ! dit Hatchepsout en posant si brutalement sa coupe sur une table que le contenu se répandit sur les tapis. Servantes ! Portez mon époux sur le lit, déshabillez-le et conduisez-le dans la salle de bains ! Répandez sur son corps de l'eau froide qui tonifie la peau et atténue le contour des veines ! Faites couler sur lui des fleuves de senteurs et massez-le comme les hommes aiment à l'être. Quand il sera prêt, couchez-le de nouveau sur le lit et disparaissez...

Les suivantes approuvèrent de la tête et s'inclinèrent devant la reine. Puis elles déshabillèrent Thoutmosis ainsi que la pharaonne le leur avait commandé. Le fils de Moutnéfret prenait plaisir à voir toutes ces femmes nues s'occuper de lui. Il les contemplait dans un demi-sommeil en chantonnant, les flattait d'une caresse sans égard pour Hatchepsout. Puis il se laissa conduire dans la baignoire titubant à chaque pas.

En le voyant nu, Hatchepsout détourna la tête. Emportée par son sens du devoir, elle n'avait pas songé jusque-là à son inévitable union avec ce frère qu'elle détestait. Que savait-elle de l'amour ? Rien qui ne fût pas lié aux palpitations du cœur ou à l'émotion. Mais ce n'est pas ainsi qu'elle ferait un enfant. « J'aurais dû en parler avec ma mère Ahmose ou mieux avec ma tendre Inyt », se dit-elle soudain effrayée. Puis elle se ressaisit. « Les femmes du harem ont eu le temps d'éduquer Thoutmosis. Laissons les dieux me guider dans la nuit. » Elle pria alors le dieu Amon de voler à son secours et de lui apporter son aide. « Permets que je m'unisse à cet homme comme tu t'es autrefois uni à ma mère Ahmose et fais que de cette union naisse un héritier. »

Les femmes vinrent bientôt allonger Thoutmosis à côté de la reine. Elles avaient enveloppé sa taille d'une serviette de lin, douce et parfumée. Alors qu'Hatchepsout l'observait en se demandant comment elle procéderait, les servantes la saluèrent et s'éclipsèrent. Thoutmosis n'avait guère repris ses esprits. Il attira sa sœur contre lui en l'appelant Iset et en s'étonnant qu'elle ne fût pas dévêtue.

Hatchepsout crut bon d'ôter ses voiles. Elle s'étendit auprès de son frère qui se montra très empressé.

– Les dieux ont placé en toi le désir mais non la patience, lui dit-elle, révulsée par ses mains haïes qui se posaient sur son corps. J'ai très soif. Prendras-tu une coupe de bière avec moi ? Je vais nous servir. Ma chère Inyt a eu l'excellente idée d'en verser de la fraîche dans un récipient profond.

– Je veux du vin pur légèrement miellé, murmura

Thoutmosis en cherchant de nouveau à l'attirer contre lui.

Hatchepsout se leva et remplit les coupes de bière.

– Je n'ai pas de vin, hélas. Mais cette bière est excellente.

Elle-même but cinq coupes pleines alors qu'elle n'avait l'habitude de se désaltérer qu'avec de l'eau fraîche. Puis elle apporta la boisson à Thoutmosis qui en profita pour l'attraper par le bras au moment où elle lui tendait sa coupe. La bière se répandit sur son cou, déclenchant par là-même son hilarité.

– Ah ! Que c'est frais ! s'exclama Thoutmosis en ouvrant les yeux comme s'il se réveillait.

Prenant soudain conscience que sa sœur se tenait nue devant lui, il s'assit et la regarda avec effarement.

– Les dieux m'envoient un songe étrange, dit-il. Je vois Hatchepsout à la place de la belle Iset debout devant moi.

Gênée, la jeune fille se pencha sur le lit pour saisir sa robe et s'en couvrir le corps. Mais Thoutmosis fut plus prompt qu'elle. Il la fit basculer sur la couche et l'immobilisa. Hatchepsout ressentit une douleur à l'épaule.

– Tu me fais mal, dit-elle sèchement en le repoussant.

Thoutmosis éclata de rire.

– Décidément, Iset, je ne te reconnais plus ! Toi qui es d'habitude si avenante, si sensuelle ! Je vais finir par croire que les dieux t'ont vraiment transformée et que cette teigne d'Hatchepsout a pris tes traits et ton tempérament !

« Il n'a pas véritablement conscience de l'endroit où il se trouve, se dit Hatchepsout. Je préfère qu'il en soit ainsi ! »

Comme elle cherchait à se relever Thoutmosis resserra son étreinte. Elle détourna la tête pour ne pas sentir son haleine.

– Même un gargarisme de plantes n'a pas suffi à faire disparaître cette odeur insupportable d'ail et de vin ! dit-elle tout bas.

Thoutmosis lui demanda de se taire. Il se montrait entreprenant et, malgré sa faible constitution, Hatchepsout ne parvenait pas à l'éloigner d'elle. La serviette qui cachait sa nudité glissa sur le sol. Ses gestes devinrent alors plus osés.

Hatchepsout était indignée qu'il pût la traiter comme une simple courtisane, sans égard pour son rang. Elle s'apprêtait à saisir une statue de pierre d'Hathor qui veillait la nuit sur son sommeil et qui ornait l'un de ses chevets en bois sculpté afin d'en frapper son demi-frère quand la raison guida encore ses actes.

« Allons ! Contrôle-toi ! se dit-elle. Je me trouve là dans une situation inespérée. Thoutmosis est saoul. Il me prend pour Iset. Quoi de plus simple que de le laisser faire et d'aboutir à mes fins ? » Elle supplia une nouvelle fois Amon :

– Guide-moi, père divin, dieu des dieux. Fais-moi un signe.

Alors, comme si Amon avait entendu la prière de sa fille, une étoile brilla si nettement dans la nuit qu'Hatchepsout l'aperçut par la minuscule fenêtre de sa chambre.

– Que cherches-tu à me dire ? murmura-t-elle en s'efforçant de supporter les caresses fébriles et maladroites de Thoutmosis.

Dans le ciel noir, la reine crut alors déceler la couronne de basse et haute Égypte dessinée par la disposition étonnante des astres. Tandis que les baisers et les caresses de son demi-frère se multipliaient et devenaient plus hardis, elle laissa échapper entre ses lèvres closes :

– Un prince héritier... Tu réclames un prince héritier...

Légèrement grisée par la bière qui agissait maintenant sur ses sens, elle s'abandonna malgré elle aux désirs de l'adolescent qu'elle méprisait en priant Amon de faire de cette nuit la seule où elle fût contrainte de se plier à son devoir d'épouse. « Qu'un fils héritier naisse bientôt de la semence de mon frère, dit-elle, et que cette expérience ne se renouvelle jamais ! »

Son frère, au souffle bruyant et court, lui semblait plus ridicule encore qu'à l'ordinaire. Elle ne put s'empêcher de penser à l'homme qu'elle avait choisi et qui était sans doute penché à cette heure tardive sur la correspondance des princes étrangers. Comment réagirait-il à la nouvelle de sa grossesse ? Dès lors, Senmout ne quitta plus ses pensées jusqu'à ce que Thoutmosis s'endormît à ses côtés après l'avoir honorée comme une fille du harem.

XXI

Six semaines plus tard, alors que la reine l'avait accompagné avec une importante escorte jusqu'à sa demeure, Senmout lui annonça qu'un messager du roi Sauztata était en route et qu'il arriverait bientôt à Thèbes.

– Je m'étonne que le roi Sauztata ait accepté de s'entretenir avec toi par l'intermédiaire d'un ambassadeur, lui dit Senmout en vérifiant si le jardinier avait correctement entretenu ses plantations en son absence. Après les défaites cuisantes que Pharaon avait infligées aux Mitanniens, je croyais qu'il ne répondrait même pas à ta lettre. Cela tient sans doute au pouvoir de persuasion que t'insuffle Amon. Je ne vois pas d'autres explications à cet étrange comportement.

Hatchepsout le réconforta.

– Tu te montres souvent soupçonneux à bon escient mais reconnais que j'ai fait l'unanimité en invitant tour à tour les rois de tous les pays.

– Méfions-nous, cependant, du Nil endormi qui peu bouillonner et faire chavirer les barques, répondit sagement Senmout en se dirigeant vers la pièce d'eau où s'ébrouaient deux canards aux pattes noires.

Hatchepsout sourit sans écouter vraiment les avertissements de son conseiller. Elle n'avait pas passé de nouvelles nuits avec Thoutmosis depuis la première où elle avait prié Amon que ce fût aussi la dernière et elle attendait patiemment que la nature décidât de son destin.

Elle se persuadait qu'un petit être croissait déjà en elle et les jours qui passaient semblaient lui donner raison.

Hatchepsout ne s'était confiée à personne excepté à Inyt. Elle lui avait raconté comment s'était déroulée cette soirée passée avec son époux en soulevant ses frayeurs et ses désapprobations.

– Hatchepsout, tu sais combien je t'aime et tu me racontes froidement ce que tu as décidé sans même demander conseil à ta mère ou à ta nourrice ! lui avait dit sa nourrice. Quel souvenir affreux tu garderas de cette nuit sans plaisir dans les bras d'un frère égrillard qui ne t'a même pas reconnue ! Si tu attends un enfant, il n'avouera pas qu'il est de lui puisqu'il ne s'en rappellera plus !

– Rassure-toi, Inyt, lui avait répondu Hatchepsout, les servantes qui l'ont préparé à cette union royale étaient nombreuses et la situation n'avait rien d'équivoque. Certaines d'entre elles ont veillé devant la porte comme je le leur avais demandé jusqu'à ce que Thoutmosis sortît de ma chambre. En changeant les couvertures de ma couche, elles ont pu constater ce qui s'était passé et elles en témoigneront si nécessaire.

Inyt s'était inquiétée de la fureur d'Iset quand elle apprendrait la situation.

– Que m'importent les états d'âme d'une courtisane ! lui avait rétorqué la reine.

Hatchepsout songeait à ces propos en regardant Senmout se pencher pour arracher une herbe, tâter un fruit sur un arbre, remuer la vase et les nénuphars avec un long bâton fourchu. Comment réagirait-il en apprenant qu'elle s'était enfin unie à son frère et qu'elle attendait un prince héritier de cet adolescent sans envergure ? Elle redoutait sa réaction et craignait de provoquer sa peine, une douleur bien plus intense que celle qu'il avait ressentie à leur mariage.

Une autre sensation jusque-là inconnue s'emparait aussi de son corps quand elle se trouvait alors en présence de Senmout. Une attirance indomptable et envahissante la poussait à se montrer plus hardie avec cet homme réservé depuis qu'elle avait osé manigancer cette nuit avec Thoutmosis. Peut-être avait-elle mûri... Peut-être quittait-elle les hésitations de l'adolescence pour devenir une femme...

Elle avait envie de connaître dans les bras d'un homme qu'elle aimait la passion et la délicatesse qui avaient manqué à Thoutmosis. Mais alors qu'elle se suffisait jusque-là de mots tendres et de sous-entendus, de regards langoureux volés au hasard d'une conversation ou d'une séance de travail, la reine s'interrogeait sur cette tendresse envahissant l'être dont lui avait parlé Inyt et qui s'emparait d'une femme lorsqu'elle s'unissait à un homme qu'elle chérissait. Inyt lui avait même donné des exemples. Elle lui avait rappelé combien sa propre mère Ahmose avait ressenti de bien-être en se donnant à Pharaon et à Amon au point d'appeler sa fille « Hatchepsout », un nom rappelant cette union divine *appréciée et supérieure* aux autres où le plaisir d'Ahmose et du dieu avait été également partagé.

– Si je puis me permettre un conseil, digne fille d'Amon, Reine des Deux Pays, enfant de Maât et de Rê, poursuivit Senmout en la sortant de ses agréables pensées et en l'invitant à s'asseoir sur un banc de pierre légèrement recouvert de mousse ; je te trouve, en ce moment, rêveuse et peu vigilante, ce qui ne correspond guère à ton caractère...

La reine suivit des yeux les oiseaux qui quittèrent bruyamment les quelques roseaux bordant la pièce d'eau pour venir se poser sur l'eau. Contre toute attente, elle lui répondit en souriant, les yeux pétillants de malice :

– J'en conviens. Vois-tu, je me disais que mon enfance était derrière moi et que mon adolescence fuyait comme un daim sur la cime des collines de la Vaste Prairie. Je me sens une femme maintenant. Une vraie femme et le véritable chef de ce pays.

– À n'en pas douter, dit Senmout en s'inclinant et en rougissant légèrement. Mais que veux-tu me laisser entendre par ce discours ?

– Senmout, je me rends compte que tu ne m'as jamais parlé de ta vie d'homme. Tu es plus âgé que moi. Tu as dû avoir des aventures... Peut-être as-tu aimé des femmes. Quand tu partais en campagne avec Pharaon, sans doute t'es-tu entiché de filles de passage, d'étrangères à la peau brune ou, au contraire, au visage plus blanc que ne le sont ceux des Égyptiennes...

Senmout se contenta de balancer la tête.

– Tu ne réponds pas à ta pharaonne ? poursuivit Hatchepsout. Pourtant, lorsque je réfléchis, je me rends compte que je connais parfaitement ta famille. Tes parents étaient d'excellents serviteurs. La famille royale les a honorés jusque dans la mort et ordonne régulièrement de porter à leurs sanctuaires dominant la plaine et le Nil des victuailles et des dons magnifiques. J'ai moi-même déposé dans leurs tombeaux ainsi que l'ont fait ma mère, la Grande Épouse royale, mes grands-mères et mon père, alors Pharaon tout-puissant, des meubles magnifiques. Afin de ne pas être en reste, Moutnéfret a envoyé son fils offrir à ta mère un présent du plus bel effet. Tu reposeras peut-être un jour au-dessus de cette chambre creusée dans la roche, là où ta mère Atnéferê a été placée dans un cercueil de bois aux décors magnifiquement peints.

Hatchepsout s'arrêta un instant de parler, émue par les yeux soudain attristés de Senmout qui s'embuaient de larmes comme la surface de l'eau se recouvrait d'un fin brouillard au fur et à mesure que la chaleur devenait plus accablante.

– Ta mère est heureuse, crois-moi, reprit-elle. Sa momie a été drapée dans une étoffe de lin confectionnée dans les ateliers de mon père. Son masque funéraire en or, son scarabée en serpentine placé dans un chaton en or témoignent de l'affection que nous lui portions. Ses biens sont aujourd'hui auprès d'elle, de la plus petite cruche d'argent à ses perruques tressées et à ses produits de beauté disposés dans de charmants paniers.

– Et j'en serai toujours reconnaissant à la famille de Thoutmosis, répondit Senmout en se jetant à ses pieds.

– Ton père Ramose repose maintenant à ses côtés avec six autres fillettes de ta famille. Voilà un tombeau plus digne d'eux que celui du hameau où vous habitiez autrefois ! Tes frères Senmen et Minotep qui travaillent au palais, le Grand Prêtre Amen et le chef du bétail Pêri demeurent de fidèles serviteurs des descendants d'Ahmosis. Tes sœurs sont discrètes et charmantes. Ta tante sert toujours précieusement Ahotep et j'apprécie sa présence, sa douceur et sa grande sagesse. Mon père avait également récompensé ton oncle Kouat. Quant à tes cousins, Bekkhy et Roui, dès qu'ils seront plus âgés et qu'ils auront mûri tels des épis de blé sous les rayons de Rê, je les gratifierai de titres honorifiques et leur donnerai des fonctions royales.

– Je te remercie, Reine puissante et vénérée, dit Senmout en restant à ses pieds et en entourant ses genoux de ses bras. Veux-tu que je fasse appeler tes suivantes pour qu'elles t'éventent ? Rê brûle la peau dorée de tes épaules délicates.

– J'apprécie tes marques d'attention, Senmout,

répondit Hatchepsout, mais je préfère discuter en tête à tête avec toi. La nuit m'apporte des songes tellement faciles à interpréter que je n'ai pas besoin de devin pour les comprendre. Je te sens à mes côtés. Tu me conseilles. Tu t'adresses à tes frères et à tes parents. Mais ces rêves s'interrompent brutalement. Je te vois alors partir avec Pharaon loin de l'Égypte. Tu sembles m'échapper comme ces oiseaux qui viennent de s'envoler vers l'Autre Rive et que nous chercherions en vain à caresser.

– Ma vie s'est déroulée sans réelle importance jusqu'à ce que Pharaon lie mon sort au tien, Divine d'entre les divines, avoua humblement Senmout en se relevant.

– Je ne puis te croire, sinon comment expliquer que Pharaon t'ait honoré, toi et ta famille, de tant de récompenses quand il prenait plaisir à célébrer ses triomphes ?

Senmout baissa les yeux avec modestie et s'assit à côté de la reine pour éviter de la dominer de sa hauteur, attitude peu digne d'un haut fonctionnaire du palais.

– Que représentent ces exploits guerriers comparativement à la chance de servir la Pharaonne de ce pays ? dit-il.

Comme le jardinier tirait des branches mortes pour les débiter dans un coin du jardin, Senmout lui fit signe d'approcher et lui transmit ses ordres.

– Maître, je ne t'avais pas vu ! s'exclama le Thébain.

En reconnaissant la reine, il se courba devant elle et n'osa plus relever le visage.

– Reine des Deux Pays, Fille d'Amon, je te salue et t'honore.

Hatchepsout sourit et encouragea le jardinier à écouter attentivement Senmout.

– Crois bien que je te servirai le mieux possible, maître, répondit le petit homme qui soignait chaque plante et chaque fleur mieux que s'il s'agissait de son propre parc. Chacun de tes augustes frères me donne des instructions précises et surveille mon travail. Il ne s'écoule pas une journée sans que je ne voie l'un d'eux. Même le Grand Prêtre et le chef du bétail veillent à la bonne tenue de cette maison. Hier, ta vénérable tante a vérifié si le repas de tes frères était prêt.

– Bien, se contenta de répondre Senmout. Allons faire un tour aux cuisines et dans la maison puisque ici tout est parfait.

Il leva les yeux vers les branches qui commençaient à les ombrager. Cet arbre n'a jamais porté autant de fruits et ces palmes n'ont jamais été aussi vertes ! D'habitude, elles sèchent dans le bas. Tu as dû les arroser abondamment...

– Juste comme il faut. Mes aides se montrent efficaces.

– J'augmenterai leurs rations de céréales, dit Senmout en invitant Hatchepsout à se lever.

Le jardinier se prosterna devant la reine, bouleversé par sa présence.

– Ce soir, je vais m'accorder une merveilleuse soirée, dit la reine quand ils furent de nouveau seuls. Dès mon retour au palais, je préviendrai la reine Ahmose que je la passerai dans un kiosque du jardin. Je ferai venir les plus belles danseuses, celles que je cherchais à imiter lorsque j'étais plus jeune car je voulais devenir aussi souples qu'elles. Des harpistes et des flûtistes joueront uniquement pour nous. Des acrobates crétois exécuteront des sauts périlleux et des exercices d'adresse avec des cerceaux pour nous distraire. Mes cuisiniers prépareront les mets que tu préfères. Fais toi-même ton menu ! Je le donnerai aux cuisines. La bière sera fraîche ! Le pain croustillera en sortant des fours ! Nous serons entourés de mes animaux, de mon pauvre chat qui vieillit et qui ne part plus chasser les loriots dans le parc.

Comme s'il avait compris qu'on parlait de lui, Djetou, qu'une servante avait apporté dans un panier, vint se frotter contre la robe d'Hatchepsout tandis que le singe Snen s'agrippait à ses jambes pour ne pas être en reste.

– Ces animaux n'ont aucun respect pour la souveraine d'Égypte, dit Hatchepsout en riant. La nuit sera douce. Les astres brilleront au-dessus de nous pour nous éclairer. Tu me raconteras alors toute ta vie sans omettre un détail en me promettant de tout me confier. Et moi, la reine d'Égypte, la divine fille d'Amon, je t'offrirai, si tu es sincère, le plus vénérable des dons.

Comme Hatchepsout refusait d'en révéler davantage, Senmout dut promettre de s'exécuter. Tandis que les domestiques se précipitaient vers eux à leur approche, la reine le laissa à ses occupations, désemparé. Son char, conduit par un robuste Égyptien tenant un fouet très long dans la main, s'avança. Elle y monta, suivie d'une servante qui l'éventait et d'une autre qui lui tendait des friandises. Son collier d'or, ses bracelets de pierres précieuses, sa coiffe resplendissante auréolant ses cheveux lui donnèrent soudain un éclat incomparable. Puis elle partit dans un nuage de poussière, laissant les domestiques de Senmout émerveillés et le maître de maison ébloui mais sceptique.

XXII

Hatchepsout se fit reconduire au palais, le cœur rempli de joie. Elle distribua aussitôt ses ordres pour que le plus agréable kiosque du parc royal fût aménagé avec goût. Bouquets de fleurs, vasques de branchages arrangés avec harmonie furent préparés en hâte et disposés autour et à l'intérieur du kiosque.

Les serviteurs sortirent des endroits abrités du soleil les jarres de bière et de vin et les placèrent à proximité, prêts à puiser avec leur louche les boissons rafraîchissantes. Les cuisiniers se mirent au travail, allumant les fours et choisissant les moules à pâte pour les gâteaux et le pain. Les pots à céréales furent apportés. Des hommes trièrent les grains, les nettoyèrent et les écrasèrent dans un mortier en pierre à l'aide de lourdes masses tandis que les femmes lavaient les moules puis tamisaient les grains pilés, mettant de côté les céréales destinées aux animaux.

Les tamiseuses placèrent les grains choisis sur un premier plateau et les roulèrent sous une grosse pierre. Peu à peu, la farine s'égrena sur le plateau inférieur. Afin d'obéir à la reine et d'obtenir les galettes et le pain les plus fins, les travailleuses, courbées sur leurs tâches, n'hésitaient pas à récupérer cette farine un peu grosse pour la tamiser de nouveau jusqu'à ce qu'elle fût si fine qu'elle glissa entre les doigts, s'écoulant comme les grains d'un sablier.

– Pas de grumeaux pour Sa Majesté ! chantaient les courageuses Thébaines en s'encourageant au travail. Vie, Santé et Force pour nos souverains bien-aimés !

Les moules, soigneusement astiqués, furent déposés sur les foyers. Certains avaient des formes rondes ou ovales, d'autres carrées ou rectangulaires. Tous les pains ne réclamaient pas la même cuisson. Les flammes crépitèrent et une épaisse fumée monta dans la nuit. Les hommes s'essuyaient le front du revers de la main tandis que les femmes s'emparaient maintenant de larges éventails pour les rafraîchir. Les servantes se placèrent devant les foyers et activèrent le feu avec des soufflets tout en se protégeant les yeux de leurs voiles.

Bientôt, les femmes mêlèrent du miel, du lait, des jus de fruits, des œufs et de la graisse aux farines provenant de l'orge, de l'amidonnier et du froment. Elles pétrirent la pâte et attendirent que les moules chauds fussent disposés par les boulangers dans les trous d'une planche prévue à cet effet. Juste avant de verser la pâte, elles ajoutèrent du levain. Puis elles contrôlèrent l'épaisseur de leur préparation en la tournant avec une louche, la goûtèrent et la firent enfin couler dans les moules qui furent immédiatement bouchés.

D'autres domestiques alignaient les poissons crus qui avaient séché au soleil pendant toute la journée. Des bouchers découpaient des cuisses de bœufs avec ardeur, chantant pour s'encourager. Leur visage rougissait sous l'effort ; leur carrure impressionnante et leur ventre rond se musclaient.

Les hauts fourneaux en forme de cylindre, les réchauds et les brasiers furent allumés. Un aide-cuisinier commença à éventer la fumée. Un autre alla chercher le charbon de bois et la braise. Marmites, brocs, jarres s'entrechoquaient dans la précipitation générale. Des femmes assises en tailleur triaient des fruits sur une table basse. D'autres préparaient des boulettes de viande ou agrémentaient des sauces de graisse d'oie, de crème ou de beurre.

Les cuisiniers remuaient lentement les ragoûts. Avec une dextérité remarquable, ils plumaient et vidaient des canards, coupaient leurs têtes, les embrochaient et les faisaient griller au-dessus des brasiers.

Hatchepsout avait réuni toutes ses suivantes.

– Mais que se passe-t-il ? demanda Shatra en entrant précipitamment dans sa chambre. Rê va disparaître derrière les monts et j'apprends que tu révolutionnes les cuisines ! Quel ambassadeur peut encore arriver à Thèbes à cette heure ?

– Calme-toi, répondit Hatchepsout. J'ai tout simplement décidé de faire un petit dîner intime loin de la cour et de son décorum.

– Mais tu es Pharaonne ! Comment pourrais-tu organiser un dîner intime ? À en juger par la préparation de ce repas, je doute qu'il s'agisse d'une simple collation !

– Tu l'as dit, ma bonne Inyt, je suis Pharaonne. Je fais donc ce qu'il me plaît. Tout ce qu'il me plaît... et il m'est agréable de dîner ce soir dans le parc. Promets-moi d'en parler à la Grande Épouse Ahmose. Je comptais lui adresser un message mais je préfère que tu lui rapportes tout cela en personne.

– Et qui donc va participer à ce dîner ? demanda encore Shatra, l'air dubitatif.

Hatchepsout chantonna.

– C'est mon secret, répondit la reine. Que personne ne me dérange et ne vienne contrarier mes désirs ! Maintenant, laisse-moi. Je vais me préparer.

– La divine Ahmose multipliera tes gardes. Tu ne pourras pas l'en empêcher...

– Très bien ! Que toute l'armée égyptienne me protège ce soir du moment qu'elle se tient à l'écart !

Shatra quitta la pièce en jetant des clins d'œil vers la salle de bains où s'activaient une dizaine d'Égyptiennes. Hatchepsout se laissa laver, parfumer, masser, coiffer et habiller avec gaieté, rectifiant une initiative lorsqu'elle ne lui convenait pas, proposant une idée.

– Ces peignes en pierres précieuses en forme d'œil oudja me porteront bonheur, dit Hatchepsout. Placez-les dans mes cheveux et trouvons l'équivalent de ces magnifiques motifs sur des broches en or.

Elle-même aida ses servantes à répandre sur un meuble le contenu de ses petits coffres à bijoux, triant les bracelets, les colliers et les pendentifs qui lui plaisaient.

– Lesquels choisir ? demanda-t-elle. Aidez-moi...

Shatra revint en lui rapportant la réponse d'Ahmose et en profita pour lui conseiller quelques bagues.

– Je t'avais pourtant dit de me laisser, marmonna Hatchepsout. Ta curiosité ne te laisse donc jamais en repos.

Shatra tomba à ses pieds.

– Je reconnais que je suis revenue parce que ce dîner m'intrigue, avoua la nourrice, mais je suis surtout inquiète à ton sujet...

Hatchepsout déposa un baiser sur son front.

– Eh bien, Isis va t'apporter le repos de l'âme. Fais-moi confiance et va te coucher tôt. Je ne veux plus te voir ici !

Shatra se retira, les yeux baissés, tandis que les servantes riaient de son air contrit. Quand sa nourrice fut sortie, Hatchepsout tourna sur elle-même en emportant sa robe légère dans sa ronde.

– Ces voiles sont si transparents et si légers que je sentirai la brise vespérale caresser mon corps. J'ai l'impression d'être entièrement nue comme lorsque je courais enfant derrière mon singe bleu !

Les jeunes filles éclatèrent de rire.

– Vous êtes si belle ainsi ! dirent-elles en chœur en fléchissant la jambe pour la saluer. Et personne ne résisterait à votre bonne humeur. Amon a rempli votre âme d'une joie communicative.

– Tant mieux ! répondit Hatchepsout. Voilà exactement ce qu'il fallait me dire pour m'encourager ! Tout doit être parfait ! Je sens déjà l'odeur du pain sortant du four et des moules. Comme disait mon cher père lorsqu'il revenait de campagne, rien ne vaut le pain cuit dans le sable du désert ! Mais il est moins présentable que les galettes qui dorent sur nos réchauds ! Les musiciennes s'exercent déjà dans le jardin. Les sons de leurs instruments arrivent jusqu'à nos oreilles. Entendez-vous ces accents joyeux ? Je leur ai demandé d'exécuter ce soir des airs populaires et entraînants !

Hatchepsout tourna une dernière fois sur elle-même et se baissa pour que l'on ajustât sa coiffe sur sa perruque. « N'ai-je pas choisi une coiffure trop sophistiquée ? se dit-elle soudain. Senmout doit se sentir à l'aise. Lui rappeler qu'il dîne avec la pharaonne de ce pays n'est pas une bonne idée. »

– Non ! Ôtez cette couronne trop imposante, dit-elle finalement.

– Imposante ? osa la responsable des suivantes de la reine. Mais cette coiffe est la moins travaillée de toutes !

– Je n'en porterai donc pas.

– La Pharaonne recevra-t-elle sans parure royale ?

– Oui.

Comme Hatchepsout se regardait dans son miroir en hésitant encore.

– Quoi d'autre, Majesté ? demanda la jeune femme.

– Si je dénouais mes cheveux ? Si je laissais ma

chevelure recouvrir mes épaules ? Pourquoi porter cette perruque inutile ?

– La reine des Deux Pays n'y pense pas ! Ce serait indécent ! Cette perruque courte d'un noir de jais met tellement en valeur les beaux yeux étirés de la fille d'Amon !

– Tu as raison, conclut Hatchepsout en observant le ciel. Place maintenant ce cône parfumé sur ma tête pour qu'il fonde lentement pendant toute la soirée. Par Isis, Hathor et tous les dieux, il est tard. Senmout doit m'attendre dans le kiosque et s'interroger. Accompagnez-moi et veillez à ce que mon maquillage et ma toilette soient parfaits pendant tout le dîner. Si vous découvrez un défaut, n'hésitez pas à intervenir discrètement mais ne me dérangez pas à chaque instant !

Les jeunes filles la suivirent avec des exclamations de joie et beaucoup de respect. Tous les animaux familiers de la reine se joignirent avec curiosité au cortège. On eût dit une bande d'adolescentes complices partant danser pendant la nuit plutôt qu'un dîner donné par Pharaon en personne. Comme si la nature voulait favoriser leurs ébats, une brise se leva et les sauterelles se mirent à chanter en chœur, frottant leurs ailes de concert. Leurs mélodies stridentes s'intensifièrent et s'élevèrent vers les cieux qui rougissaient à l'horizon.

XXIII

Senmout était très intrigué par l'invitation de la reine. Lui aussi avait passé beaucoup de temps à se frictionner avec de l'encens d'excellente qualité, à se raser et à se parfumer. Ses cheveux, qu'il avait coupés en signe de deuil au moment du décès du pharaon, avaient enfin repoussé.

Dès son arrivée au palais, des servantes nues l'avaient accueilli, les bras chargés de fleurs, avant de le conduire jusqu'au kiosque.

Senmout n'en finissait plus de contempler les mets alignés sur les trépieds, les poireaux, les concombres, les pastèques, les melons, les *ioua*[1] bien engraissés dont les morceaux étaient décorés de plumes d'autruche et de banderoles multicolores, les cuisses d'antilopes, de gazelles ou de porcs, les jarres de boisson, les compositions florales de mille couleurs ornant l'entrée du kiosque et le sol jonché d'une mosaïque de pétales odorants blancs, pourprés et bleus. Les fleurs blanches des sycomores se mêlaient aux lotus et aux pétales rouges des grenadiers.

1. Bœufs.

Des bouchers continuaient d'apporter des petits récipients remplis de pigeons et de sarcelles délicatement présentés. L'odeur des oies qui rôtissaient à la broche envahissait tout le jardin. La graisse crépitait. Des éclats giclaient dans l'herbe.

De nombreux moules avaient été disposés les uns sur les autres près d'un foyer. Les boulangers sortaient encore de la « fraîche » qu'ils faisaient saisir dans l'un des moules brûlants avant de l'émietter, à peine cuite, et de la mêler à un jus de dattes très sucré. Ils brassaient, filtraient le liquide obtenu puis l'enfermaient dans des cruches.

Dans des compotiers en argent et des corbeilles tressées, les fruits avaient été disposés en pyramides avec une subtile recherche d'harmonie. De jeunes filles veillaient à ce que la poussière ne souillât aucun des mets. La vaisselle d'albâtre devenait presque transparente à la lueur des lampes. Les dessins peints sur les pots en terre, plus ordinaires, semblaient s'animer et vouloir participer à la fête.

Des paniers pleins de grenades et de raisins étaient destinés à accompagner les boissons réalisées avec ces fruits appréciés qui enivraient plus vite que la bière.

– Du paour et du chedeh [1], du vin cuit... Mais que se passe-t-il ici ? Où est la reine ? demanda Senmout à l'une des suivantes au nombril rutilant de turquoise.

Celle-ci plaça son doigt sur ses lèvres pour lui signifier qu'elle ne savait rien ou qu'elle n'avait pas

1. Sortes de vins.

le droit de parler. Elle se contenta d'emporter une petite cruche sur laquelle était gravée en hiératique une inscription précisant l'année du vin qu'elle contenait.

Un homme servit cependant à Senmout un gobelet de bière amère préparée en Nubie et l'invita à s'asseoir sur une natte agrémentée de coussins moelleux, bien rembourrés et recouverts de broderies luisantes. Les lampes en forme de nénuphars argentés étaient alimentées en permanence par une femme âgée mais également nue qui versait de l'huile d'olive à l'aide d'un récipient en or. Senmout détailla la beauté de l'anse unique figurant un serpent enroulé autour d'une branche. Des mèches enduites de graisse venaient d'être allumées dans de petites coupes en terre cuite ovales au bord légèrement relevé disposées à divers endroits du kiosque.

Deux adolescentes lui ôtèrent ses sandales et lui baignèrent les pieds dans une bassine pleine d'eau salée qui le détendit. Puis elles l'essuyèrent et l'enduisirent de myrrhe. Une sensation de fraîcheur puis de bien-être monta jusqu'à ses chevilles. L'odeur de viande grillée lui ouvrit l'appétit. Il s'étendit et se laissa bercer par les chants mélodieux des musiciennes.

– Quel plaisir de respirer les senteurs des arbres au crépuscule ! murmura-t-il. Il fait bon. Je crois rêver...

Il songea alors à la modeste condition de son père quand ce dernier avait épousé sa mère. « Qui aurait pensé que notre famille serait chérie et appréciée de notre roi ? Thoutmosis et Hatchepsout ont donné à mes frères les plus hautes fonctions. Quant à moi, qu'aurais-je pu espérer de plus ? » Une ombre traversa, cependant, ces joyeuses pensées. Que lui voulait donc la reine Hatchepsout, elle qui était devenue l'épouse du fils de Moutnéfret ?

– Lui reprocherais-je ce que je lui ai moi-même conseillé ? murmura Senmout.

– À qui dois-tu adresser des reproches ? demanda Hatchepsout en se plantant devant lui.

– Reine des Deux Pays ! s'exclama Senmout en se redressant pour mieux se prosterner à ses pieds. Je ne t'avais pas entendue arriver ! Qu'Amon illumine ton cœur ! Qu'il t'accorde la plus heureuse des vies ! Ton discours est sain, tes forces intactes, ton regard perçant, ton vêtement fin et beau, tes équipages et tes chars de chevaux syriens rutilants, leurs fouets étincelants d'or. Des nègres accompagnent chacun de tes pas. Ton magnifique bateau en sapin t'attend en permanence à l'embarcadère. Ton palais s'embellit chaque jour pour toi, Reine. Tu dégustes du vin doux, des gâteaux qui fondent dans la bouche et de la viande. Tous les endroits qui t'accueillent retentissent de sons mélodieux. Le jardinier vient d'entourer ton auguste cou de guirlandes de fleurs. Ton parfumeur t'a baignée de senteurs. Le maître des oasis t'a apporté ce matin des cailles et des oiseaux comme chaque jour tandis que le responsable des poissons t'a fait choisir entre le mormyre, le chromis ou le latès[1]. Ton boucher t'a proposé pour ce soir des bœufs à cornes, maigres ou solides. Des femmes filent le lin dans tes ateliers pour vêtir les prêtres et les fonctionnaires. Les ambassadeurs te vénèrent et tombent à tes pieds comme ils se prosternaient autrefois devant Pharaon. Mais tu les tiens sous ton joug en pleine paix. Que ta prospérité se prolonge et que tu conserves tout ce que je viens d'énumérer pour l'éternité !

Hatchepsout ordonna à ses suivantes de s'asseoir à l'écart du kiosque.

– Senmout, je veux que Seth et Nephtys ainsi que toutes les douces déesses t'accordent la santé et la vie pour que je puisse te contempler longtemps. Ce soir, je souhaite que tu oublies que je suis la reine de ce pays. Parle-moi comme à une amie intime. Allonge-toi de nouveau et bois cette bière. Je vais t'accompagner.

La reine s'assit, les pieds repliés sous elle, sur une seconde natte et réclama une coupe de bière. Elle ordonna que l'on enlevât les encombants sièges à haut dossier aux boiseries incrustées d'or, de cornaline, de turquoise et de lapis-lazuli ainsi que les tabourets en X.

Des acrobates firent des démonstrations de leurs talents tout autour du kiosque. Mais Senmout ne voyait déjà plus qu'Hatchepsout dont les yeux agrandis par le khôl brillaient à la lumière des lampes vacillantes.

1. Variétés de poissons.

– Que tu es belle, fille d'Amon ! dit-il en s'excusant de parler sans détour.

– Je te permets de m'adresser des compliments, répondit Hatchepsout en riant et en découvrant ses dents très blanches.

– N'est-il pas indécent de me trouver ainsi avec la reine d'Égypte, moi qui ne suis qu'un modeste fonctionnaire ? Tu es assise sur une simple natte comme la moins riche des Thébaines alors que tu es notre souveraine. Ces coussins en cuir ne sont guère confortables...

– Ne m'as-tu pas entendue ? Ou tes oreilles restent-elles sourdes à mes propos ? Si tu t'obstines à me donner ce soir mes titres officiels ou à m'appeler « reine », je te laisserai passer seul cette soirée sans boire ni manger !

– Je crois que je le regretterais toute ma vie, répondit Senmout en se détendant. Mais par quel nom consentirais-tu à ce que je t'appelle ?

– Hatchepsout, tout simplement !

Un serviteur leur apporta du raisin, des olives, des figues, des dattes et des noix de coco puis il disposa devant eux de petites tables sur lesquelles il déposa des plats appétissants. Il versa dans un bol du lait conservé dans un vase ovoïde, obstrué jusque-là avec de l'herbe, et le tendit à la reine. Puis il plaça devant Senmout les pots de miel et les grains de caroubier sucrant les aliments.

– Mange, Senmout ! dit Hatchepsout tandis qu'une de ses suivantes venait lui tendre une fleur de lotus pour embellir sa chevelure. Et n'oublie pas ta promesse...

Senmout la regarda étonné alors que la suivante glissait un compliment à l'oreille de la souveraine qui se montra satisfaite.

– Je n'ai rien promis, répondit-il.

– Certes, par Amon. Mais tu n'as pas refusé non plus de venir jusqu'ici et de me raconter tout ce qui fait que Senmout soit aujourd'hui étendu sur cette natte royale.

Hatchepsout attrapa un coussin qu'elle serra contre son ventre et le regarda manger. Comme Senmout s'interrompait, elle l'invita à continuer tout en écoutant les sons des luths à long manche munis de quatre cordes, des cithares à cinq cordes, des doubles flûtes en roseau et des hautbois. Tambourins, sistres et crotales en ivoire ajoutèrent des notes gaies et populaires à la langoureuse mélodie.

– Rassasie-toi... Qu'Hathor, la déesse des festins, se réjouisse de ce repas. Mange donc la plante du dieu Min avec de l'huile et du sel. Ces laitues fraîches donnent de la vigueur aux hommes et rendent les femmes fécondes ! Rê est parti naviguer toute la nuit sur le Nil. Nous aurons tout le temps de parler ensuite. D'ailleurs, j'ai faim moi aussi ! Je ne vais pas me contenter de t'observer !

Hatchepsout ordonna qu'on lui servît un poisson sorti de la saumure et des cailles crues et salées. Elle avala des entrailles de mormyres [1] bouillies et mordit

1. Poissons.

à pleines dents dans une cuisse de bœuf saucée. Ses prunelles vives et perçantes reflétaient l'éclat de la lune. Elle s'allongea pour mieux déguster les plats qu'on lui tendait, goûtant à tout, mangeant de belle humeur. La boutargue préparée avec des œufs de muges [1] coulait dans les plats, relevant les mets de son goût fort et épicé.

Tout d'un coup, Hatchepsout s'interrompit et claqua des doigts. Senmout se retourna et vit s'avancer vers lui l'une de ses suivantes qui ajusta sur sa tête un cône parfumé. L'odeur entêtante d'encens qu'il dégageait, se mêlant aux parfums des sauces, l'écœura un peu mais il n'osa le refuser.

Hatchepsout ramassa une fleur de lotus et la piqua dans sa chevelure après l'avoir longuement sentie. On apporta une harpe gigantesque ornée d'une tête en bois doré dont la hampe était agrémentée de dessins floraux et mythologiques. Les danseuses nues se mirent à genoux et renversèrent leur chevelure en arrière. Celles-ci se répandirent bientôt sur le sol tandis qu'elles remuaient les hanches nerveusement aux rythmes de plus en plus rapides des crotales. Un chanteur à la voix chaude et charmeuse interpréta un poème amoureux en rappelant combien il était bon que l'homme engendrât, que la femme conçût, que les sens s'emplissent, oubliant les maux, ne songeant qu'aux plaisirs, que la reine soulageât la misère du peuple et se souvînt des bienfaits de ses ancêtres en restaurant les pyramides et les temples.

1. Poissons.

– Oins-toi d'essences divines. Suis ton destin tant que la terre portera tes pas. Répands de l'encens sur tes cheveux. Écoute tes sujets qui t'implorent, divine, notre reine ! poursuivit le chanteur en lui tendant une figurine en bois peint représentant Thoutmosis défunt.

La reine passa la figurine à Senmout.

– Regarde-la bien et bois ! Amuse-toi et réjouis-toi sans réserve car tu n'y penseras plus quand tu seras mort ! dit-elle, les yeux brillants.

Puis elle éclata de rire.

– Je n'ai jamais eu aussi faim ! s'exclama-t-elle. À croire que ta présence m'ouvre l'appétit !

– J'en suis heureux, Hatchepsout, répondit Senmout en riant lui aussi.

Le domestique qui portait un plateau et se tenait derrière lui se pencha pour le laisser choisir un accompagnement. La bière commençait sans doute à faire son effet car Senmout eut soudain une envie irrésistible de rire pendant toute la nuit, de raconter des histoires drôles, de danser et d'admirer les musiciennes qui remuaient lascivement les hanches en jouant du luth.

Une ribambelle de danseuses syriennes aux cheveux défaits ondulant jusqu'à la chute de leurs reins entra dans un crescendo de castagnettes, rappelant Senmout à la raison.

On n'entendit plus que le bruit de leurs bracelets qui s'entrechoquaient puis elles disparurent comme des nymphes apeurées, laissant place à un artiste qui jonglait avec des fruits et qui s'arrêta soudain pour narrer en mimant une histoire de magiciens.

Des domestiques revinrent servir Senmout et la reine en portant des coupes à godrons quand un bruit de chaise brisée les fit tous sursauter. Le singe d'Hatchepsout venait de se libérer des liens avec lesquels il avait été attaché. Pour montrer son mécontentement, il vola des figues dans un couffin et se sauva en entraînant dans sa fugue le chat et les chiens de la reine assis sur une natte non loin de leur maîtresse.

– À ton *ka,* dit Senmout à Hatchepsout en éclatant de rire. Ces mesures de vin vont m'enivrer pour plusieurs jours !

– Trêve de plaisanteries, dit Hatchepsout une fois que les domestiques eurent eux aussi disparu. Maintenant que le silence est revenu, tu vas me raconter qui est Senmout.

La reine tripotait les pions noirs et blancs de son damier et les boules rouges de son jeu du serpent comme si elle redoutait le récit de Senmout. Elle ouvrait et fermait le coffret en ivoire qui contenait les lions et lionnes, les rois et les maisons aux toits pointus de son jeu favori. L'Administrateur suprême s'exécuta aussitôt. Il raconta l'enfance d'un garçon calme et appliqué dont les notes contentaient les parents, son engagement et sa loyauté envers Thoutmosis et s'arrêta quand il jugea qu'Hatchepsout connaissait la suite.

– Es-tu déjà tombé amoureux, Senmout ? demanda Hatchepsout à brûle-pourpoint.

– Oui, avoua-t-il en rougissant et en baissant les yeux.

Hatchepsout exprima une moue.

– Comment était cette femme que tu aimais ? T'aimait-elle aussi ? Portait-elle des perruques brunes ? Maquillait-elle sa peau et ses yeux ? Soulignait-elle ses lèvres avec un rouge ardent ? Vivait-elle à Thèbes ?

Hatchepsout n'en finissait plus de poser cent questions auxquelles Senmout n'avait pas le temps de répondre.

– Son charme, son intelligence, son caractère, son esprit hors du commun m'ont attiré. En réalité, tout me plaît en elle.

– Me plaît ? reprit Hatchepsout, vexée. Tu la rencontres donc toujours. Peut-être vit-elle dans ta maison ? Travaille-t-elle au palais ?

– Je la vois chaque jour, répondit Senmout.

Hatchepsout demeura un instant silencieuse.

– Cette femme est-elle donc la seule que tu aies jamais aimée ? demanda-t-elle finalement. Tu as dû séduire de nombreuses autres filles.

– Certaines m'ont charmé par leurs discours et leur bonté d'âme, je le reconnais, répondit Senmout, mais aucune n'a troublé mes sens.

– Sauf cette femme dont tu viens de parler. Décris-la-moi...

– Elle porte les plus belles perruques de la cour. Elle aime s'habiller de couleurs gaies. Il lui arrive de se montrer intransigeante mais je sais que son cœur est d'or. Elle embellit souvent son cou d'un pectoral rutilant d'or représentant un faucon aux ailes déployées surmonté de l'œil d'Horus bienfaisant dardant sa prunelle turquoise sur ses interlocuteurs et...

Senmout s'interrompit.

– Tu me troubles, Senmout, avoua Hatchepsout dont les joues avaient pâli, car il me semble que tu décris là ma mère, Ahmose ! Qui d'autre qu'elle porterait aujourd'hui un pectoral en forme de faucon ? Mes grands-mères préfèrent des colliers moins lourds et moins volumineux. Quant aux simples sujets, ils ne se hasarderaient pas à imiter leurs princes. À moins...

Hatchepsout regarda soudain Senmout avec des yeux horrifiés.

– Ne me dis pas que tu es amoureux de Moutnéfret ! s'exclama-t-elle en renversant sa coupe.

Senmout éclata de rire.

– Non, Hatchepsout, rassure-toi. Moutnéfret est trop âgée pour moi. Quant à la Grande Épouse Ahmose, j'éprouvais trop de respect envers ton père Thoutmosis pour oser la convoiter bien qu'elle ait encore beaucoup de charme et que ses traits resplendissent de beauté.

– Mais alors...

– La femme que j'aime porte aussi au-dessus de sa chevelure le cobra et le vautour, emblèmes de la haute et de la basse Égypte, ajouta Senmout.

– Senmout ! Il s'agit de...

L'Administrateur lui fit signe de se taire. Trop de serviteurs les entouraient.

– Cette nouvelle me remplit d'une immense joie, répondit-elle les yeux brillants.

S'ils n'avaient été en public, Hatchepsout se serait sans doute jetée dans ses bras. Dominant à grand-peine ses impulsions, elle se remit à manger.

– Tu t'es exprimé avec franchise, Senmout, dit-elle. Du moins je l'espère. À mon tour de te donner ce que je t'avais promis.

Hatchepsout se leva et tendit la main à Senmout.

– Suis-moi, lui dit-elle. Accompagne-moi au palais. N'attendons pas d'avoir la langue pâteuse, les paupières lourdes et les sens endormis. Les prêtres seront ravis d'honorer les dieux avec ces poissons fendus et ces oiseaux séchés et salés. Je les ferai porter demain aux temples.

Senmout se leva et la suivit sans dire un mot. Les yeux rouges et fatigués, il lui semblait vivre un rêve. Les suivantes rentrèrent, elles aussi, dans les appartements de la reine en se tenant à bonne distance tandis que les musiciennes esquissaient des pas de danse en laissant s'échapper des notes gaies et feutrées qui se perdaient dans les buissons du parc.

– Où m'emmènes-tu, divine Hatchepsout ? demanda Senmout.

– Que tu es curieux ! Laisse-toi guider et imagine que, ce soir, Amon a décidé d'exaucer tes désirs les plus fous.

Dès qu'ils franchirent le seuil de la chambre royale, Hatchepsout renvoya ses suivantes. Le kiosque brillait encore dans la nuit. Mais le cuisinier, les acrobates et les danseuses avaient débarrassé la place avec une telle rapidité que le silence revenu laissait croire qu'aucun dîner ne s'était donné en ce lieu.

Senmout se retrouva seul face à Hatchepsout. En toute autre occasion, il aurait hésité à seulement parler le premier mais comme si les dieux lui avaient insufflé une audace dont il ne se serait jamais cru capable en temps normal, il ne considéra plus la jeune fille qui était en face de lui comme sa reine mais comme la femme qu'il aimait.

Huitième partie

XXIV

Le mois de juillet avait apporté ses nouvelles inondations. Les champs égyptiens s'étaient transformés en lac gris dans lequel se reflétaient les rayons solaires écrasant de chaleur. Les animaux s'aventuraient parfois sur les endroits où ils paissaient d'habitude, surpris d'avoir les pattes dans l'eau.

Séti termina sans enthousiasme son lait caillé et laissa le moule dans lequel il avait été versé nappé de son contenu à la saveur aigre et à l'odeur forte. Afin d'ôter de son palais le goût piquant de ce fromage qui achevait son petit déjeuner, il croqua une confiserie au sucre de palmier frite dans une huile de sésame et lança dans sa bouche renversée en arrière une datte fraîche. Puis il quitta sa tente en crachant le noyau à terre. Saisi par la suffocante température du désert, il respira avec difficulté. Il avait l'impression que Rê s'appesantissait de tout son poids sur ses épaules nues. Un léger vent tiède asséchait sa gorge. Il observa les dunes qui se succédaient à perte de vue et se laissa tomber à genoux.

– Dieu Rê, aide-moi. Me voilà aux portes de Memphis. Il m'est interdit de me rendre à Thèbes sous peine de perdre la vie. Kay, qui m'accompagne, doit m'attendre ici. Mais comment apporter tous ces cadeaux et ce message du roi Sauztata à la reine Hatchepsout sans réveiller la colère de la famille de Thoutmosis ?

Séti se tint longtemps prosterné dans le sable, les mains à plat sur le sol, malgré les brûlures qui endolorissaient ses genoux et ses paumes. Comme le vent paraissait s'éloigner en soulevant des nuages de sable à la surface des dunes, Séti releva la tête et fixa le sommet des monts mouvants. Figé comme une statue, il attendit dans le silence. Des vautours tournoyèrent au-dessus de lui, prêts à fondre sur une proie. Mais il eut beau patienter dans le calme étrange du désert, aucune aide ne lui fut apportée.

Il lui sembla que les soldats du roi étaient partis en campagne. Sauztata avait rassemblé les hommes de sa ville et tous ceux que les villages hittites lui avaient envoyés. Des auxiliaires et des mercenaires, légèrement armés, à la recherche d'un butin, avaient même rejoint les soldats du roi. Séti contrôlait difficilement ces Hittites sans vergogne qui volaient volontiers de la nourriture ou des biens sous les tentes des nomades et des caravaniers, maltraitant parfois les femmes. Il redoutait que l'un d'entre eux ne profitât de son absence pour semer le trouble à Memphis.

Malgré la mauvaise réputation de ces mercenaires, Séti avait tenté en vain de dissuader le roi Sauztata d'embaucher ces êtres vils attirés par l'argent qui n'hésitaient pas à déserter les champs de bataille en temps de guerre. Ces soldats, simplement armés d'une fronde, n'avaient rien de comparable avec la garde personnelle du souverain constituée de fidèles *quradu* ni avec les archers, les lanciers ou les artilleurs habiles devant une muraille.

Tout en se dirigeant vers la tente de Kay, Séti buta contre une botte, un casque au bout pointu et un bouclier imposant de la taille d'un militaire fait en cuir et recouvert de plaques de métal. Le Thébain marmonna quelques mots inaudibles sur la négligence des soldats et porta lui-même ces objets indispensables à tout bon combattant sur la pile des armes déposées à l'entrée du camp. Là se trouvaient pêle-mêle des arcs, d'autres boucliers d'une telle hauteur qu'ils ne pouvaient être portés que par un homme chargé de protéger un soldat, des lances de cavaliers longues et fines, des dagues plates que les archers avaient l'habitude de placer à leur ceinture et des boucliers plus petits d'une forme allongée.

Non loin de là, des cavaliers, fourbus, avaient abandonné, la veille, les tapis qui leur servaient de selle devant leur tente.

– Ces hommes sont parfois stupides, dit Séti. Leur selle va être si brûlante quand ils devront remonter dessus que je ne donne pas cher de leur peau !

Séti jeta les tapis sous les deux chars qu'ils avaient emportés. Lui-même avait fait la route dans l'un d'entre eux en compagnie d'un lanceur, d'un cocher et de deux porteurs de boucliers ronds chargés de le protéger d'un éventuel ennemi. « Sauztata a préparé notre départ comme si nous allions au combat alors que je viens juste rendre visite à la reine d'Égypte, se dit Séti. Comme si nos sapeurs allaient être contraints de poser des bombes pour faire des brèches dans la muraille qui entoure le palais de Thèbes ! Si je n'étais pas intervenu, nous aurions également transporté des béliers pour défoncer les remparts ! Nous aurions embarqué des bouées en peau pour traverser les canaux et le roi aurait consulté pendant plusieurs jours les augures ! Il nous a déjà fallu attendre un mois favorable répertorié dans les hémérologies et les livres des prêtres pour enfin nous mettre en route ! »

Par mesure de sécurité, Séti et Kay avaient, cependant, écouté le général qui les accompagnait et qui avait recommandé d'entourer le camp d'une enceinte constituée de tours.

– Éteins donc ce feu et cesse de découper ce mouton ! dit Séti à l'un des cuisiniers qui s'affairait avant la forte chaleur de la mi-journée. Nous ne mangerons pas de viande aujourd'hui alors que nous en avons déjà dégusté hier !

– Mais les soldats ont faim après ce long et éprouvant voyage, répliqua le cuisinier sans s'interrompre. Ils doivent reprendre des forces ! Ce mouton sera bon à jeter si je ne le cuis pas ce matin.

Séti le laissa faire. De jeunes gardes du roi qui ne quittaient que très rarement leur souverain lavaient les flancs et le cou de leurs chevaux dont la longe était fixée à un anneau profondément enfoncé dans le sable. Ils brossaient leur queue et leur crinière puis s'interrompaient pour leur apporter des seaux d'orge en bois.

Les chevaux piaffèrent à l'approche de Séti.

– Il ne faudrait pas qu'un de ces maudits Égyptiens tente de pénétrer dans notre camp, dit l'un des gardes. Je le transpercerai sans pitié de ma lance !

– Ce ne sera pas nécessaire, lui dit Séti. Nous venons ici en amis de la reine Hatchepsout. Les Égyptiens n'ont jamais été belliqueux. N'oubliez pas que Kay et moi sommes thébains et conseillers du roi Sauztata !

– Les Égyptiens n'ont pas hésité à ravager nos champs, à tuer nos femmes et à emmener nos amis à Thèbes pour les faire défiler lors des triomphes de Thoutmosis. Qui nous dit que la reine désire la paix ?

– Le conseiller du roi ! répondit Séti froidement.

Un auvent protégeait la tente de Kay de la brise et de la chaleur. Séti appela celui-ci de l'extérieur et lui demanda s'il pouvait entrer.

– As-tu pris une décision ? lui demanda le Thébain qui somnolait sur une natte bariolée placée à même le sol.

– Non, reconnut Séti. J'aurais sans doute dû révéler au roi pourquoi j'ai autrefois quitté l'Égypte.

– Il est trop tard pour avoir des regrets, dit Kay en se levant et en mettant sa ceinture. Nous n'approcherons pas davantage du Delta. Le messager qui doit offrir ces présents à la reine égyptienne partira demain avec des mules. Il embarquera sur le Nil et le remontera jusqu'à Thèbes. Ce héraut ne peut être que toi.

Séti soupira profondément.

– Si la reine me reconnaît, je serai jeté aux crocodiles !

– À moins de te déguiser habilement, il te sera impossible d'échapper à Ahmose ou à Hatchepsout... Mais ces deux femmes te connaissent-elles vraiment ? Combien de fois t'ont-elles vu ?

– Jamais, répondit Séti, tu as raison. Ahmose connaissait Thémis parce qu'elle avait fait partie du harem de son père et qu'elle l'a épargnée après l'échec du complot. Elle te reconnaîtrait également puisque tu as habilement plaidé la cause de Thémis et qu'elle t'a tout autant condamné à l'exil. Mais Bêlis et moi sommes des étrangers pour elle. Nous nous sommes enfuis avant même d'être arrêtés !

– Eh bien, voilà qui résout l'affaire ! Tu peux donc partir pour Thèbes sans crainte.

Séti se servit une coupe de vin.

– Hélas, ce n'est pas si simple. Nombreux sont les architectes, les sculpteurs, les peintres qui me connaissent et qui travaillent toujours pour la reine. Me rendre à la cour relèverait de la folie ! Le seul Kallisthès, qui a fait échouer notre complot, serait trop content de mettre aussitôt la reine en garde.

– Je vois que le vin ne t'ôte pas encore le jugement, lui dit Kay. Les Assyriens s'en méfient pourtant comme nous de la déesse Pakhet.

– Rassure-toi, j'ai pris hier, à l'approche de Gula, la divinité du soir, une potion efficace mêlée de vin et d'huile qui permet de boire plus que de raison.

Tout en écoutant Séti, Kay se rinça le visage à

l'aide d'une cuvette remplie d'eau et d'une huile végétale mêlée à de l'argile. Puis il se frictionna les cheveux et le corps d'onguent parfumé propre à détruire les lentes et à rendre à sa peau desséchée par le soleil toute sa souplesse. Il laissait pousser sa barbe qu'il portait carrée comme les Babyloniens réfugiés à Wasugana, soulevant l'étonnement des jeunes soldats de l'armée à la peau glabre.

Les deux Thébains discutèrent longuement avant de convoquer un scribe assyrien.

– Il ne sait que quelques mots d'hiératique et s'avère incapable de lire ou d'écrire les hiéroglyphes, dit Séti, mais les Hittites qui savent écrire sont si rares ! Ils appartiennent à la classe des privilégiés qui enseignent les connaissances. À l'exception des prêtres, personne d'autre ne sait écrire en Assyrie, tu as pu t'en rendre compte...

– Ce scribe est-il fils de gouverneur ?

– Non. Il est de basse extraction mais il a dû se lever pendant des années en même temps que le soleil pour apprendre l'écriture et avoir été choisi par le roi. Il brille maintenant au firmament des savants et il n'en est pas peu fier ! Il raconte partout que les dieux l'ont pourvu de grandes oreilles, expression qui signifie en hittite qu'il possède une intelligence et une mémoire hors du commun ! S'il connaît mal les hiéroglyphes, il sait jongler, comme le disent les Hittites, avec les taches des cunéiformes.

Kay se dérida en voyant Séti sourire bien que la situation lui parût très préoccupante et dénuée de solution satisfaisante.

– Est-ce que tu tentes de m'expliquer que ce scribe d'affaires se révèle meilleur qu'un scribe-prêtre ou qu'un scribe de temple ? demanda Kay.

– Il a commencé ses études très jeune, plus tôt qu'un scribe employé dans la médecine, si bien qu'il a retenu de très nombreuses phrases après les avoir répétées par cœur pendant des années. Il possède un tel répertoire de maximes et il les a si bien assimilées qu'elles surgissent quand il en a besoin avec une aisance remarquable.

– Et comment expliqueras-tu au roi Sauztata que tu ne t'es pas rendu toi-même au palais ? demanda Kay. Il a tellement insisté pour que tu y ailles en personne qu'aucune excuse ne l'a contraint à y renoncer ! Je crains que tu ne sois puni à ton retour ou que tu ne puisses revenir dans la région d'entre les deux fleuves...

– Je retarderai donc la sentence.

XXV

Un jeune homme aux cheveux assez longs, petit et rasé de près, entra. Il portait sa tenue habituelle comme s'il ne se fut pas trouvé au milieu des soldats du roi. Sa tunique de lin descendant jusqu'au sol dépassait de sa seconde tunique en laine. Ses sandales rutilaient de pierres. Un turban entourait sa tête. Il s'avança vers Séti, d'un air suffisant, le sceau et le bâton sculpté d'un lis à la main.

Séti l'observa, un sourire en coin. Même lui qui était pourtant devenu le conseiller du roi ne portait pas de bâton. La tunique simple et courte de Kay, dont les manches s'arrêtaient au-dessus des bras, paraissait bien pitoyable à côté du vêtement bordé d'une frange à glands du scribe assyrien. Quant aux sandales de Kay, elles étaient, comme les siennes, attachées à ses chevilles par un modeste lien qui passait entre le pouce et l'index.

Séti fit signe au scribe de s'asseoir près du plateau garni de mets qui avait été déposé à terre. Celui-ci ne se fit pas prier. Il sortit sa tablette et son stylet en roseau minutieusement taillé puis il s'apprêta à imprimer dans l'argile tendre des lettres en forme de clous et de chevrons.

– Si tu souhaites garder ce que je vais inscrire sur cette tablette, précisa-t-il à Séti, je devrais la cuire au four. J'ai apporté avec moi une feuille d'argile qui servira d'enveloppe. On peut y écrire l'adresse du destinataire et y apposer ton cachet. J'ai pris des tablettes de dimensions diverses, des rectangulaires, des grandes, des bombées selon que tu veuilles me dicter un contrat, une missive ou un texte sacré...

Séti l'arrêta d'un geste.

– Que tu es donc bavard pour un scribe ! lui dit-il. Je ne te demande ni de réfléchir ni d'écrire. Pour l'instant, profite des mets disposés devant toi.

Le scribe se montra tout d'abord étonné. Comme il entrouvrait les lèvres pour obtenir des explications, Séti lui fit de nouveau signe de se rassasier. Il prit alors place sur un tabouret bas et posa le plateau sur ses genoux, mordant à pleines dents dans une galette de pain à peine cuite sur les grains de sable brûlants du désert.

Kay, qui n'avait rien mangé depuis la veille, s'assit en face de lui et détacha avec ses dents l'un des oignons constituant une guirlande avant de croquer dedans tout en observant attentivement le scribe. Celui-ci mangeait son pain avec de l'ail et des concombres crus. Quand il eut fini, il avala d'un trait une coupe de bière de palmier préparée avec la sève de l'arbre.

– Cette bière est encore sucrée, dit-il en crachant à terre. Elle n'a pas suffisamment fermenté.

Séti lui tendit un bol de liquide sucré et blanc extrait de la tige d'un agave prêt à fleurir mais le scribe détourna la tête avec dégoût.

– Je ne supporte que le vin fort de l'Ouest assyrien, dit-il sans tenir compte de la bienséance.

– Je doute qu'il te fasse autant chanter que ce suc blanc qui trouble l'esprit ou le discours et rend les yeux fixes en quelques instants.

– Pour parler ainsi, vous n'avez sans doute jamais vu les magnifiques grappes gorgées de soleil de l'Ouest assyrien qui présentent une peau lisse et tendre légèrement bleutée, renchérit le scribe en se levant et en s'étirant.

– Tu as raison, dit Kay en mangeant sa bouillie de millet, de haricots et de lentilles tout en picorant dans une pyramide de sorgho. Je connais très mal le pays des Hittites. Dussé-je l'avoir visité, je n'aurais jamais le savoir d'un savant tel que toi.

– Il est inutile d'ironiser, répliqua le scribe avec hauteur. Mon père savait déjà écrire. Il m'a appris l'alphabet dès le plus jeune âge et j'ai recopié des phrases jusqu'à mon adolescence pour maîtriser parfaitement les ouvrages hittites. J'ai fréquenté toutes les bibliothèques pour parfaire cet enseignement.

– Kay ne se moquait pas de toi, répondit Séti en jugeant plus malin de ménager la susceptibilité du Hittite, fier de ses ascendants et de son propre fils à qui il enseignait l'écriture en forme de clous.

Kay sourit sans rien ajouter. Il poursuivit son repas avec une tranche de melon, du poisson séché, un cou de canard et une brochette de sauterelles. Puis il repoussa son assiette et son gobelet en terre et referma la jarre que Séti avait ouverte pour le scribe, à l'aide d'un linge et d'un sceau d'argile. Il replaça son vase à boire au fond pointu sur un support rond en paille étroitement tressée.

– Il est temps que je t'explique pourquoi nous t'avons fait appeler, dit Séti en s'asseyant en tailleur sur une natte.

Le silence devint si pesant qu'on entendit une boisson filtrant goutte à goutte d'une passoire couler dans un vase en terre.

– Voilà un vin qui me plairait, dit le scribe tout en sentant que le moment n'était guère opportun pour plaisanter.

Son regard rencontra les yeux froids de Kay. Séti raconta au scribe comment il devait agir dans les moindres détails.

– Si tu te montres discret et si tu ne te vantes pas à ton retour d'avoir rencontré la reine Hatchepsout, je m'engage à t'octroyer une terre. Tu recevras également des bijoux et de l'or.

Astucieux et rusé, le scribe assyrien laissa parler Séti et conclut :

– En résumé, je dois accomplir ta propre mission et ne jamais en faire cas devant le roi Sauztata.

– Tu as parfaitement compris, répondit Séti en rougissant.

– Les hommes qui vont m'accompagner s'engageront peut-être à garder le secret mais je doute qu'ils y parviennent. On parle beaucoup sur les places du marché. Un mot en entraîne un autre et la rumeur va vite. Si Sauztata apprend par hasard que tu l'as trompé, je ne donne pas cher de ta peau !

Bien qu'il fût agacé par les remarques déplacées du scribe, Séti n'en laissa rien paraître.

– Je ne reçois pas d'ordre mais j'en donne, répondit-il cependant. Tous les Hittites resteront ici. Je vais embaucher des Égyptiens pour te guider jusqu'à Thèbes.

– Il ne manquera pas de soldats pour remarquer que tu es resté au camp...

– Voilà pourquoi je n'y demeurerai pas. Me prendrais-tu pour un novice ? Je viendrai avec toi jusqu'aux portes de Thèbes et je t'attendrai. Tu feras exactement ce que je te dirai de faire, Sabutu ! Tu observeras la reine afin de me la décrire le mieux possible. Tu mémoriseras les habitudes de la cour et me rapporteras chaque détail du dîner qui sera donné en ton honneur. Sauztata voulait m'envoyer personnellement à la cour égyptienne pour que je pusse espionner et lui établir un rapport complet du pouvoir des uns et des autres. Tâche de savoir si la Grande Épouse Ahmose, si la vieille reine Ahotep ont encore leur mot à dire dans les décisions du pharaon.

Sabutu l'écoutait maintenant avec la plus grande attention, un peu effrayé par l'importance de sa mission. Lui qui ne pensait qu'apporter des cadeaux au palais, se voyait chargé de cent détails plus considérables les uns que les autres.

– Observe bien Thoutmosis, le demi-frère et l'époux de la reine. Dis-moi s'il décide du sort de l'Égypte ou s'il est trop jeune pour s'exprimer. Raconte-moi à ton retour comment Hatchepsout est considérée par ses sujets, ses courtisans et les prêtres. Je veux aussi savoir qui l'entoure et la conseille, quels généraux et quels hauts fonctionnaires elle a choisis pour diriger et défendre son pays.

– Mais je reste si peu de temps à Thèbes... murmura Sabutu, anéanti par les exigences de Séti.

– Le roi Sauztata m'a tenu ce discours avant de partir. Ne quitte pas la place avant d'avoir obtenu toutes ces informations.

– Je me crois incapable de remplir une telle tâche, dit finalement Sabutu en soulevant le pan de la tente pour sortir.

– Trop tard ! répondit Séti en se plaçant devant lui. Tu es maintenant au courant de tout. Tu t'es engagé et moi aussi. Kay est témoin de notre arrangement. Si tu renonces à obéir à mes ordres, tu seras exécuté ! Jamais plus tu ne retourneras dans la région des deux fleuves !

Sabutu blêmit.

– Je ferai mon possible, dit-il en plantant ses yeux dans ceux de Séti et en le repoussant. Mais je ne garantis pas les résultats. Par Shamash, j'aurais préféré rester dans mon pays !

XXVI

Sabutu partit au crépuscule embaucher une vingtaine d'Égyptiens dans l'oasis la plus proche. Ceux-ci se montrèrent enjoués et le reçurent avec du pain et de la bière. La somme qu'on leur proposait pour un tel travail leur semblait inespérée. Comme Séti n'avait qu'une confiance limitée en Sabutu, il fut finalement décidé que Kay l'accompagnerait et qu'un chef hittite surveillerait les soldats du roi.

Le convoi quitta le camp le lendemain matin avant même que Rê n'eût rosi les monts sablonneux encore noirs à l'horizon. Les mules qui transportaient les filets pleins de bijoux, de vêtements et de petits meubles peinaient dans le sable, n'avançant que très lentement. Dès que le terrain devint plus ferme et boueux, la marche s'accéléra. Le cortège gagna le Nil et s'embarqua à Memphis sur des navires solides et rapides.

Kay se rappela alors la joie que ses parents éprouvaient quand ils l'avaient emmené pour la première fois à Memphis honorer le dieu Apis, le taureau sauvage. Les enfants jetaient des fleurs de grenadiers sur l'allée conduisant au sanctuaire. Le pharaon avait été reçu par le vizir. Les commerçants approvisionnaient leurs échoppes. Les écoliers confectionnaient des guirlandes de fleurs. Lui-même s'était infiltré au premier rang des spectateurs massés sur tout le parcours pour acclamer le souverain et contempler la Grande Épouse royale Ahotep. Celle-ci portait une perruque simple constituée de fines tresses. Le pectoral de Pharaon présentait en son centre, sur son vêtement or et bleu, l'œil d'Horus et la double couronne et sur les côtés des serpents d'or et de turquoise.

Comme il s'était senti modeste, lui, le petit Kay, face aux portes du temple de Memphis ouvertes sur le parc et les obélisques tutoyant le ciel ! Comme le Grand Prêtre de Memphis lui avait paru soumis aux volontés de Pharaon ! Le cortège avait rendu hommage au véritable taureau qui piaffait sur sa paille, dans un enclos peu éloigné du temple. Les prêtres avaient promené devant la barrière leur encensoir tandis qu'Ahotep jetait sur son cou des fleurs et des feuilles odorantes.

Que les appels de la foule, le remue-ménage des marins qui accostaient, les roulis des chars, les bruits multiples de la ville lui avaient autrefois semblé fatigants comparativement à ceux de Thèbes, plus paisible mais non moins grandiose. C'était pourtant à Memphis que vivaient les anciens pharaons, et ces champs fertiles, ces palmeraies, cette verdure qui s'étendait jusqu'au pied de la falaise désertique soulevaient encore son cœur.

Kay se rappela alors les récits qu'on lui avait faits

du couronnement d'Hatchepsout. Elle avait vaincu Apis, l'avait mis à genoux et lui avait, racontait-on, caressé la tête entre les deux yeux sans que la bête ne la mordît. Au contraire, des Égyptiens rapportaient même que le taureau avait léché la main bienveillante qui s'avançait vers lui, provoquant la terreur des prêtres et des serviteurs habitués à le nettoyer chaque jour.

Pendant ces longs moments de silence où Kay songeait, presque malgré lui, à son passé, Séti se souvenait lui aussi de son père qui l'avait emmené à Saqqarah, nécropole de Memphis, lorsqu'il était enfant. Il avait marché sous le soleil ardent après avoir gagné la rive gauche du Nil. Il se rappelait ses pieds écorchés, son front bouillant, la sueur qui coulait sur ses joues comme si ce sacrifice allait rendre sa vision de Saqqarah plus mémorable, comme s'il rendait ainsi hommage à Imhotep, Grand Administrateur, Grand Prêtre d'Héliopolis et architecte divinisé de la pyramide à degrés du roi Djoser.

Jamais plus depuis, Séti n'avait oublié la majesté de la pyramide au sommet pourtant abîmé qui se fondait dans la plaine de sable s'étalant à l'infini devant ses yeux. Sa vocation s'était alors révélée : il avait décidé ce jour-là de travailler à l'élaboration du tombeau de son pharaon et de contribuer à le rendre immortel, dût-il y perdre la vie comme les ouvriers qui emportaient dans la mort le secret des accès aux tombes pharaoniques ! Et maintenant il méditait la perte de la reine ! Mais que s'était-il donc passé pendant toutes ces années pour qu'il en arrivât à cette extrémité ? N'aimait-il pas son pays ? Ne vénérait-il pas son pharaon ?

Une bande de conjurés avait eu raison de sa loyauté en éveillant son ambition. Il s'était imaginé devenir vizir pour les avoir aidés. Combien il aurait alors aimé dire à Bêlis qu'il était l'un des hommes les plus puissants d'Égypte !

Mais la réalité était tout autre pour Kay et Séti et aucun d'eux ne communiqua à l'autre ses regrets ou ses sentiments.

*
**

Séti et Kay ne revirent pas non plus les bords inondés du Nil sans un pincement au cœur. Les bateliers évitaient de s'en rapprocher et choisissaient par sécurité de naviguer au milieu du fleuve. Par endroits, le Nil serpentait au milieu des palmeraies envahies d'eau. Le désert lointain où se trouvaient les hommes de Séti se nimbait d'une auréole de brume. Plus il faisait chaud, plus un léger brouillard paraissait recouvrir l'eau du fleuve.

– Le vent s'est levé et nous naviguons face à lui, remarqua Séti pendant la première journée de navigation. Nous arriverons plus tard que prévu.

La voile se mit à battre dangereusement.

Ils croisèrent les pyramides de Gizeh que Séti et Kay contemplèrent avec émotion. Leur aspect grisâtre ne leur ôtait aucune majesté même si elles resplendissaient autrefois d'or éclatant. Les deux

Thébains se turent en regardant leurs cimes se détacher du ciel bleu trop lumineux et restèrent muets d'admiration en contemplant leurs formes parfaites, blanchies par l'apparition de Rê. Ils saluèrent au passage les pharaons Khéops, Khéphren et Mykérinos.

Kay n'avait-il pas couru enfant autour du sphinx gigantesque, représentation du pharaon Khéphren gardant là son tombeau pyramidal ? N'avait-il pas lu les inscriptions gravées sur son corps ? Ne s'était-il pas assis sur ses pattes pour se cacher de ses amis ? Combien de fois avait-il admiré la tête rosie, auréolée de soleil couchant, de ce monument dardant ses yeux fixes sur l'éternel ?

Tout au long du voyage qui dura une dizaine de jours, Séti et Kay s'étonnèrent des travaux entrepris dans les lieux sacrés qui bordaient le Nil. La reine Hatchepsout paraissait poursuivre la politique de reconstruction et d'embellissement des temples de son père. Leurs souvenirs se multiplièrent aussi à l'approche d'Héliopolis où tous deux avaient chassé en compagnie de leurs pères. Les rencontres de Pharaon avec le dieu Amon-Rê demeuraient historiques. Aujourd'hui, les jeunes Égyptiens apprenaient ces événements dans leurs écoles. Hatchepsout portait maintenant les titres que la divine Ahotep puis la Grande Épouse Ahmose avaient assumés pendant des années.

Juste après la ville d'Abydos dont le temple était manifestement en réparation, Séti s'assit et plaça une couverture au-dessus de sa tête. En croisant Thèbes, il ne voulait pas prendre le risque d'être reconnu.

Quand les marins eurent dépassé la plus prestigieuse cité d'Égypte, il attendit quelques instants et donna des ordres pour qu'on l'aidât à débarquer dans un village constitué de quelques huttes en bois et d'une vingtaine de maisons modestes.

– Kay et moi, nous t'attendrons là, dit-il à Sabutu. L'un de mes cousins habite dans l'une de ces demeures blanches au toit plat. Il sera étonné de me voir ! Mais je connais son honnêteté et puis compter sur son amitié. Demain soir, juste avant que Rê ne disparaisse derrière cette montagne au loin, nous embarquerons de nouveau avec vous ! Demain soir, entends-tu ?

Séti tendait le bras en direction de la montagne.

– J'ai compris, répondit Sabutu qui était encore impressionné par les majestueux monuments qu'il avait entr'aperçus pendant tout le voyage. Nous serons là.

XXVII

Senmout ne quittait guère la couche de la reine depuis cette nuit magique où il s'était laissé emporter par ses désirs. Le soir, lorsque le palais dormait, il lui était facile de passer de ses appartements à ceux de la pharaonne et il comprenait mieux pourquoi la reine avait tant insisté pour qu'il habitât au palais.

Cette situation lui convenait tant qu'il en avait oublié sa demeure et ses visites à Armant. Mais il avait tant habitué la déesse des moissons à lui donner très souvent des offrandes depuis sa plus tendre enfance qu'il craignait de soulever l'ire de la divinité. Les villageois la jugeaient, en effet, susceptible et capricieuse.

Hatchepsout se leva à l'aube pour recevoir l'ambassadeur du roi Sauztata. Elle redoutait cette rencontre et avait longuement prié Amon pour que la lettre du roi étranger fût un message de paix et non une déclaration de guerre.

Tout en se laissant laver, elle exigea le plus grand silence afin de ne pas réveiller Senmout.

– Il travaille tant ! dit-elle à ses suivantes avec tendresse. Ce repos mérité lui redonnera des forces et de l'inspiration. Il en a besoin pour établir les plans de ma dernière demeure.

Senmout ne ménageait pas ses efforts pour répondre aux désirs de la reine. Il se rendait le plus souvent possible dans cet endroit impraticable qu'Hatchepsout avait choisi pour sa vie dans l'Au-Delà. Il s'agissait d'une falaise inaccessible située dans un lieu raviné d'où l'on pouvait contempler toute la vallée du Nil. Senmout avait fait de savants calculs pour que les rayons couchants de Rê pénétrassent à l'intérieur de la tombe au quatrième mois de l'année.

Il en avait dessiné le plan, le couloir menant à l'antichambre, celui qui conduisait à la chambre funéraire près de laquelle devait se trouver un puits. Il avait également prévu pour la reine un sarcophage en quartzite avec l'inscription « À la Grande Princesse très honorée, Souveraine de tous les pays, Fille du roi, Sœur du roi, Grande Épouse royale, reine d'Égypte, Hatchepsout ». Pour le couvercle, il avait relu les anciens textes du temps des pyramides et avait rédigé une prière à l'adresse de la déesse Nout afin que la divinité s'étendît sur la reine pour la rendre éternelle parmi les astres.

Les travaux étant bien avancés, la reine trépignait d'impatience en songeant qu'elle ne pourrait s'y rendre avant de longs mois. « Senmout m'a appris hier que les ouvriers en étaient au puits, se dit-elle.

Je m'y rendrai dès que possible même si je dois monter sur un âne avant le terme de ma grossesse ! »

Comme l'une des femmes lui présentait un miroir, elle regarda ses traits tirés, son visage blanc et ses paupières lourdes. Deux rougeurs se devinaient sous sa bouche épaisse.

– Aucun droguiste ne parvient à m'entretenir la peau ! soupira-t-elle. Depuis que j'attends cet enfant, mon visage se fripe comme un vieux papyrus. Ma peau a perdu toute son élasticité. Quand je la pince, elle forme un pli et refuse de se remettre en place.

Elle descendit son miroir à la hauteur de ses seins qui étaient parfois douloureux et jusqu'à son ventre qui commençait à s'arrondir.

– Il est temps que j'informe la famille et Senmout de mon état, murmura-t-elle. Dès que l'ambassadeur aura quitté la cour, j'en parlerai à ma mère. Nous fêterons la nouvelle officiellement dans quelques jours.

Hatchepsout soupira profondément en cherchant ses mots pour annoncer cet événement à son amant. « Comment réagira-t-il ? Croira-t-il que cet enfant est de Thoutmosis ? N'est-il pas convaincu que je n'avais connu aucun homme avant lui même si Isis n'a pas fait couler le sang de l'amour lors de notre première rencontre ? »

– Que se passe-t-il, Reine majestueuse ? demanda l'une des suivantes qui attendait qu'Hatchepsout levât les bras pour lui parfumer les aisselles. Tu sembles bien rêveuse ! Te sentirais-tu mal ? Veux-tu que je te fasse respirer de la myrrhe ?

– Non, répondit Hatchepsout en retrouvant sa superbe. Mais accomplis mes volontés. Demain matin, invite Kallisthès à venir dans ma chambre. J'ai besoin de lui. S'il te demande des explications, réponds-lui que je lui expliquerai tout de vive voix.

– Bien, maîtresse, dit la suivante en baissant la tête.

– Kallisthès ? s'étonna Senmout en soulevant la tenture qui séparait la chambre d'Hatchepsout de sa salle de bains. Que veux-tu donc demander à Kallisthès ? Quelle étrange idée ! Toi qui ne peux souffrir sa présence !

– C'est bien ! dit Hatchepsout aux suivantes en prenant nerveusement le linge qu'elles lui tendaient pour s'en cacher le ventre.

– Sont-ce tes hôtes qui te mettent de si méchante humeur ? demanda Senmout. L'ambassadeur hittite arrive aujourd'hui...

– Peut-être, répondit Hatchepsout en s'asseyant devant sa coiffeuse. Regarde-moi ! Je suis affreuse à voir ! Ces boutons me défigurent !

– Ce ne sont que de petites rougeurs..., répondit Senmout en riant. Les femmes s'imaginent toujours qu'elles deviennent abominables à regarder pour des couperoses ou des taches de soleil ! Ton droguiste est l'un des meilleurs du royaume. Ton père l'avait choisi pour toi !

– Ses connaissances sont limitées ! Il ne sait ni guérir les piqûres de serpent ni garder à la peau sa jeunesse.

– Guérir les piqûres relève plutôt des compétences d'un médecin ! s'exclama Senmout en se recouchant.

– Peut-être... Mais Kallisthès ne se pose pas ces questions-là. Quand on a besoin de lui, il prépare l'une de ses potions ou de ses mixtures secrètes qui donnent des résultats époustouflants !

– Demain, tes rougeurs auront disparu...

– Certainement pas, Senmout ! Ce sont des marques de femme enceinte !

L'Administrateur demeura stupéfait.

– De femme enceinte ? répéta-t-il un peu stupidement en s'asseyant sur le lit et en regardant Hatchepsout de ses yeux ronds.

Son regard descendit vers ses hanches. Hatchepsout tenait la serviette étroitement serrée contre son ventre. Senmout devina une forme arrondie sous les mains menues aux doigts effilés garnis de bagues.

– Montre-moi, dit-il sans réfléchir tandis que les suivantes s'apprêtaient à se retirer.

– Non, restez ! leur ordonna Hatchepsout. Ce n'est pas le moment de me laisser ! Je devrais déjà me trouver dans la salle d'audience. Je ne veux pas que Thoutmosis reçoive seul l'ambassadeur. Il est capable de déclencher la guerre entre l'Égypte et l'Assyrie avec une seule de ses maladresses.

– Déesse Isis, dit Senmout en tombant à genoux, quel bonheur pour moi d'avoir un enfant de la Reine des Deux Pays que je vénère tant, de la plus belle femme qui soit au monde.

– Tu ne comprends pas, Senmout, lui dit Hatchepsout en l'invitant à se relever. Tu n'es pas le père de cet enfant...

L'Administrateur demeura interloqué.

– Tout cela n'a pas de sens, dit-il. Aimerais-tu un autre homme ?

– Non. Je n'aime personne d'autre que toi mais tu oublies mon époux...

– Un misérable qui ne t'a jamais touchée !

Cette fois-ci, Hatchepsout crut bon de faire sortir ses servantes. Elle raconta à Senmout la nuit où elle avait décidé d'avoir un héritier pour mettre un terme aux manigances des femmes du palais.

– Crois-moi, ajouta-t-elle. J'ai longuement prié Amon pour qu'il ne m'obligeât pas à recommencer cette affreuse expérience.

– Tu te trompes, Hatchepsout, lui dit Senmout. Tu es trop jeune pour comprendre l'amour. Mais cet enfant a de grandes chances d'être le mien ! Tu n'as passé qu'une seule nuit avec Thoutmosis !

– Non, Senmout, je ne me trompe pas. Afin que toute équivoque soit écartée, j'ai attendu suffisamment longtemps pour orchestrer notre première nuit d'amour...

– Mais quelle femme es-tu Hatchepsout ? Je croyais te connaître ! Je te pensais impulsive, vraie, honnête, directe et je découvre un être calculateur. Tu ne cesses de me parler d'orchestration, de manipulation, de piège...

– Je te l'ai dit maintes fois. Je suis Pharaon avant tout ! Tu connais les conditions de ma fonction et tu les as jusque-là acceptées. Si elles te paraissent trop lourdes à supporter, restons amis. Rassure-toi, je ne te chasserai pas du palais, pas plus que ma mère ou ma grand-mère ne se passeront des services de ta tante. Mais avant de prendre une décision, réfléchis bien car je n'accepterai aucun caprice. Je te conseille donc de faire le bon choix. Maintenant, mes invités m'attendent !

Quand elle se leva, la serviette qui entourait ses hanches glissa jusqu'à ses chevilles. Elle s'habilla seule et releva ses cheveux d'un geste prompt. Puis elle réclama l'aide de Senmout et lui ordonna de placer la couronne des Deux Égyptes sur sa tête.

Un magnifique gorgerin turquoise et or représentant deux faucons orna son cou et le haut de sa poitrine menue. Deux larges bracelets en or épais resplendirent bientôt le long de ses bras. Deux autres, en forme de serpents, semblaient s'enrouler autour de ses poignets. L'uræus lui donna un air hiératique. Le vautour et le cobra ajoutaient à sa dignité tandis que son vêtement extrêmement sobre et moulant affinait encore sa silhouette.

– Je cesserai bientôt de porter ce genre de robe, dit Hatchepsout. On devine déjà mes rondeurs sous ce lin léger.

Senmout ne dit mot.

– Réfléchis bien, ajouta Hatchepsout. Je te laisse libre de choisir mais ne t'éloigne pas de moi pour revenir ensuite. La reine d'Égypte ne le tolérerait pas !

Totalement décontenancé, Senmout se prosterna devant elle, les yeux embués. Il était trop ému pour ajouter une parole. Cependant, avant qu'Hatchepsout ne franchît le seuil de ses appartements, il parvint à articuler :

– La reine me permet-elle de me retirer à Armant pour réfléchir ?

– Bien entendu, Senmout, dit Hatchepsout sans se retourner pour ne pas déranger sa coiffe.

XXVIII

Quand il se présenta aux portes du palais, Sabutu était si impressionné qu'il en perdit presque toute contenance. Il portait à la main le rouleau de papyrus sur lequel Séti avait tracé à l'encre les caractères hiéroglyphiques avec une application extrême.

Derrière lui, s'étaient alignés les Égyptiens tenant la bride de leurs ânes sur les flancs desquels battaient les filets pleins de cadeaux destinés aux souverains d'Égypte.

Sabutu en oubliait d'observer ce que Séti lui avait recommandé de regarder et de lui rapporter. Il confia timidement à l'un des gardes la raison de sa venue.

– La reine d'Égypte attend ta visite, lui répondit l'Égyptien, simplement vêtu d'un pagne. Suis-moi.

Le défilé entra dans les somptueuses pièces du palais sous le regard amusé des domestiques.

– Mes ânes peuvent-ils suivre ? demanda Sabutu au garde qui le guidait.

– Des serviteurs vont décharger les objets et les apporter jusqu'à la salle d'audience. Ne t'occupe de rien.

Sabutu s'émerveillait des statues, des vases, des colonnes d'angles, des bas-reliefs qui ornaient chaque pièce. Les petits jardins aménagés dans les cours intérieures soulevaient sa convoitise. Il n'osait toutefois émettre ouvertement une opinion ou manifester ses sentiments.

– Voilà ! Nous y sommes ! lui dit le garde en ouvrant les deux portes et en annonçant l'ambassadeur.

Les souverains étaient assis sur deux trônes surmontés d'un cobra lové, placés sur une estrade recouverte d'un tapis rouge, au centre de la pièce.

Sabutu s'avança jusqu'à eux et se prosterna comme le lui indiquait un serviteur.

– L'Égypte se réjouit de recevoir en ce jour un envoyé du roi Sauztata, dit Hatchepsout, légèrement inquiète en tentant de capter une réponse à ses questions dans l'attitude du Hittite.

– Rois des Deux Pays, dit Sabutu sans relever la tête, mon maître vous adresse un message d'amitié. Il m'a chargé de vous remettre cette missive et de vous offrir ces cadeaux...

Un serviteur lui prit le rouleau des mains et le tendit à Hatchepsout qui fit signe de le donner au scribe royal assis en tailleur au pied de l'estrade. Celui-ci le déroula avec précaution et attendit que la reine lui ordonnât de lire.

– Le roi Sauztata à la reine Hatchepsout, fille d'Amon, Souveraine d'Égypte, haute en gloire et en majesté. Mon pays te salue et t'envoie un message de paix et d'amitié. Tous les habitants, tous mes sujets se souviennent des exploits de ton vénérable père, le courageux Thoutmosis. Nous te renouvelons, comme nous l'avons fait au Pharaon, notre soumission et notre admiration. Mon ambition se révèle cependant supérieure. Puissions-nous travailler ensemble à la prospérité de nos pays respectifs. Afin de te prouver notre bonne foi et de t'incliner à accepter, reçois les dons que j'ai spécialement choisis pour toi et pour le roi Thoutmosis, reine pharaon adorée. Que les dieux t'incitent à la clémence et qu'ils te fassent oublier combien de soldats égyptiens sont morts dans nos régions quand Thoutmosis venait y faire la guerre.

– Voilà un message émouvant qui me paraît sincère, dit Hatchepsout, touchée et soulagée. J'accepte avec plaisir les dons de ton maître. Mais l'Égypte ne sera pas en reste. Elle a prévu, elle aussi, des cadeaux pour ton roi. Je te charge de les lui rapporter ainsi que la réponse que je vais dicter aujourd'hui même à mon scribe. En attendant, tu es invité au palais. Ce soir aura lieu un grand festin en ton honneur.

Sabutu s'inclina encore une fois tandis que les serviteurs passaient en file indienne devant les souverains pour leur montrer les présents du roi.

– Je suis éblouie et comblée, avoua Hatchepsout. Qu'on place ces cadeaux dans des coffres. Nous en effectuerons un tri afin d'en donner une partie aux prêtres et aux dieux, lors de la fête de la Vallée qui approche.

– Tu remercieras ton maître de ce geste, ajouta Thoutmosis en contemplant un bracelet en or ciselé avec art.

Sabutu, qui avait retrouvé sa superbe et son assurance, n'avait plus qu'à se retirer, le cœur soulagé, et à aller se rafraîchir jusqu'au banquet du soir. Ses yeux avaient contemplé tant de monuments impressionnants, tant de bijoux précieux en si peu de temps qu'il en était étourdi. L'Égypte lui semblait un pays magique et mystérieux. Le palais du roi Sauztata, bien qu'également riche, lui paraissait plus austère, les rives de l'Euphrate moins accueillantes. Et pourtant que de points communs existaient entre les deux pays qui vivaient des bienfaits des fleuves ou craignaient leurs débordements excessifs.

Un domestique au crâne rasé et au torse nu lui ouvrit la porte de sa chambre protégée du soleil par un vase décoratif placé volontairement sur une colonne juste devant la fenêtre haute. Le Hittite fut ébloui par ce qu'il voyait : des coffres de petites tailles en bois peint rehaussés d'or et de pierres turquoise ; des maquettes de bateaux travaillées avec art dans un bois clair et tendre ; des scènes peintes sur les murs et le plafond représentant Thoutmosis défunt entouré des dieux Thot, symbolisé par un ibis, Osiris et du scarabée Kheper.

Quand le serviteur dégagea la fenêtre, les palmes des arbres du jardin semblèrent entrer dans la pièce. Des bruissements d'ailes accompagnèrent son geste. Les oiseaux qui peuplaient ces branches paisibles avaient déjà déserté le parc pour s'élancer en bandes dans les cieux.

*
**

Comme elle s'y était engagée, Hatchepsout revêtit une tenue plus légère et se rendit, après cet entretien, dans la chambre de sa mère. Elle ne fut pas mécontente d'y trouver Kallisthès et sa grand-mère paternelle. Les deux femmes avaient l'air préoccupé.

– Que se passe-t-il ? demanda-t-elle en comprenant qu'elle venait d'interrompre une conversation.

– Ahotep est souffrante, répondit Ahmose. Elle n'assistera pas ce soir au banquet.

– Nous sommes toutes les deux si âgées, dit la mère du pharaon défunt. Nous devons nous attendre à rejoindre mon fils Thoutmosis dans l'Autre Monde. Nos tombes sont prêtes pour nous accueillir.

– Je suis étonnée de ta visite, dit Ahmose à Hatchepsout. Tu n'as pas l'habitude de nous tenir au courant de tes entretiens avec les ambassadeurs étrangers. Il me faut envoyer un scribe au rapport pour savoir ce qui se dit et se fait dans ce palais...

Hatchepsout ne crut pas nécessaire de se défendre. Elle dit un peu sèchement :

– J'attends un enfant de Thoutmosis.

Ahmose la regarda en riant. Alors qu'elle était assise tout près du fauteuil de sa belle-mère, elle se leva et prit les dieux à témoin.

– Ma fille est encore une enfant pour mon plus grand plaisir ! s'exclama-t-elle. Tu es si jeune, Hatchepsout ! Tu ne connais encore rien de la vie amoureuse. Sans doute en suis-je responsable. J'aurais dû te parler, t'expliquer...

– M'expliquer quoi, chère mère ? Ce à quoi tu t'adonnes avec Kallisthès ?

Le Crétois qui l'observait attentivement et qui

comprenait qu'Ahmose faisait fausse route la pria de ne pas outrager sa mère.

– Mais comment peux-tu attendre un enfant de Thoutmosis que tu hais et à qui tu n'as jamais accordé tes faveurs ? reprit Ahmose plus sérieusement. Tu l'as rêvé cette nuit et confonds le rêve et la réalité...

– Tu te trompes, mère, répondit calmement Hatchepsout et si tu m'observes attentivement tu verras que mon ventre s'arrondit sous cette robe fourreau qui moule mon corps.

Trois paires d'yeux plongèrent vers les hanches de la reine et constatèrent qu'elle disait vrai.

– Par Isis ! s'exclama Ahmose. Que veut dire cela ? Un dieu t'aurait-il visitée pendant la nuit ?

– Non, répondit Hatchepsout. Un dieu n'est pas venu m'honorer de sa semence comme ce fut autrefois le cas pour toi. J'ai organisé une rencontre avec Thoutmosis qui a passé la nuit avec moi. Tout est clair et voulu.

– Je vais interroger Thoutmosis, dit la reine en s'apprêtant à envoyer un scribe auprès de son gendre.

– Inutile... dit Hatchepsout. Il ne se souvient sans doute de rien. Il était saoul ! Mais mes suivantes ont constaté les faits et peuvent témoigner de ce que j'avance !

– Thoutmosis sera trop heureux pour le nier, avança Kallisthès. Moutnéfret triomphera.

– Je n'en suis pas si sûre, dit Hatchepsout. Mais nous pouvons annoncer officiellement la nouvelle au peuple et fêter l'événement. Kallisthès, j'aurai besoin de tes services ! Tu prépareras pour la reine des pommades contre les cernes, les rougeurs et les boutons. J'ai la peau fatiguée et blanche. Je souhaite retrouver des couleurs et un teint aussi lisse et transparent qu'Isis ! Comme tu le sais, j'ai reçu l'ambassadeur du roi Sauztata au moment où le soleil commence à monter dans le ciel. Il m'a apporté ceci...

Hatchepsout lui tendit le rouleau qu'elle tenait à la main. Kallisthès le déroula d'un geste prompt.

– Écris une réponse au roi Sauztata. Je suis fatiguée et veux me reposer avant le dîner. Il s'agit de le remercier pour ses dons et de lui adresser un message de paix répondant au sien.

Comme Kallisthès restait silencieux, Hatchepsout montra de l'agacement.

– Je ne vais pas rester debout ainsi jusqu'au crépuscule ! dit-elle. Quelle est ta réponse ?

– Je m'exécuterai, divine reine d'Égypte, répondit promptement Kallisthès en s'inclinant. Mais je suis étonné que le vénérable Senmout ne rédige pas cette lettre à ma place...

– Il est parti dans son village d'Armant. Fais-moi apporter la réponse avant que les cuisiniers ne disposent leurs mets dans les plats d'argent. Ces repas copieux qui se prolongent tard dans la soirée au milieu de la musique et des parfums deviennent pour moi un calvaire ! Moi qui d'ordinaire apprécie tant les soirées !

Devant l'air soucieux de Kallisthès, Hatchepsout crut bon de lui demander des explications.

– Tu parais contrarié par ma requête, dit-elle. Personne ne refuse d'exécuter les ordres de la reine et tu dois t'y plier comme les autres sujets. Si tu ne sais, toutefois, comment procéder, je demanderai à un scribe...

– Là n'est pas la raison de mon silence, répondit aussitôt Kallisthès pour ne pas froisser la reine qu'il trouvait plus susceptible que d'habitude. J'ai l'impression d'avoir déjà lu cette écriture toute en boucles. Les courbes épaisses de ces hiéroglyphes me semblent familières...

– Si tu ne t'es jamais rendu dans la région d'entre les deux fleuves, cela me paraît impossible ! dit Hatchepsout. Comment connaîtrais-tu l'écriture du scribe royal de Sauztata ?

– En effet, dit le Crétois en enroulant le papyrus. Je te remercie de ta confiance. Tu aurais pu dicter ta réponse à un scribe et ne pas me confier cette tâche...

– Tu connais ma prudence lorsqu'il s'agit d'affaire politique ou de relations avec les pays étrangers. Si aucun scribe n'est informé des décisions importantes prises en ce palais, rien ne transpirera au-dehors.

Kallisthès s'inclina respectueusement. Senseneb avait écouté Hatchepsout sans l'interrompre. Elle restait sous le choc de la nouvelle qu'elle venait d'apprendre et ne semblait pas même comprendre ce qui se disait.

XXIX

Dès que le soleil fut moins chaud, Kallisthès s'empressa d'aller chercher les plantes qui lui permettraient de composer les mixtures de la reine. Il avait l'impression d'être revenu à cette époque où il partait lui-même choisir dans les forêts ou sur les collines les ingrédients de ses préparations savantes alors qu'Ahmose avait mis depuis longtemps un droguiste à sa disposition pour exécuter ces corvées.

Mais il n'était pas question de déplaire à Hatchepsout. Comme il avait également besoin de cette poudre ocre qui recouvrait les maisons et les monts à l'ouest de Thèbes, il embarqua dans un navire royal avec plusieurs gardes. Sa navigation le conduisit inconsciemment ou non aux abords du petit village d'Armant.

– Arrêtons-nous là, dit-il au batelier. Je ne serais pas mécontent de savoir pourquoi Senmout n'a pas assisté hier aux entretiens de la reine avec cet ambassadeur étranger. Voilà qui ne lui ressemble pas ! Partir dans son hameau natal quand la reine doit avoir recours à ses services !

Tout en invitant les deux domestiques à cueillir

des feuilles choisies avec soin, il abandonna les rares arbres qui ombrageaient à peine les rives du Nil et emprunta le petit chemin sablonneux et blanc qui menait au village. Quand il arriva, Senmout était en grande conversation avec son jeune voisin.

– Kallisthès ! s'exclama-t-il en croyant qu'un événement grave s'était produit au palais.

– Rassure-toi, tout va bien, lui répondit le Crétois. Je devais juste cueillir ici quelques plantes...

– Notre reine m'a confié qu'elle allait, en effet, te demander un service...

Des éclats de voix leur parvinrent de la maison voisine.

– Il est rare que ce village ne soit pas plongé dans le plus grand silence ! dit Kallisthès en riant. Lorsqu'on vient ici, quelle différence avec le brouhaha de Thèbes qui n'égale pourtant pas celui de Memphis !

– Mon voisin insiste pour que j'aille boire une coupe de bière avec son cousin et l'un de ses amis arrivés hier à Armant. Ce sont des Thébains qui reviennent au pays ! Il est tellement heureux que sa joie fait plaisir à voir.

Le jeune Égyptien invita Kallisthès à se joindre à eux.

– Je ne crois pas que ce soit une bonne idée, répondit Senmout. N'insiste pas ! J'ai vu que ton cousin semblait gêné en apprenant qui j'étais. Remettons cette invitation à demain !

L'Égyptien accepta et se retira à contrecœur.

– Si tu n'étais pas arrivé, il m'aurait taraudé jusqu'à

ce que j'accepte, murmura Senmout à Kallisthès. Je n'ai pas envie de parler. En fait, autant te l'avouer, je suis venu ici pour réfléchir. Je n'ai pas appris sans tristesse l'état de la reine. Notre souveraine m'a laissé toute liberté de réfléchir et d'agir à ma guise.

– Ainsi donc tu aimes la reine ? dit Kallisthès en ordonnant à ses serviteurs et à ses gardes de se tenir à l'écart. Je croyais l'avoir deviné.

– Le mot amour n'est pas assez fort pour qualifier les sentiments que j'éprouve envers notre souveraine, fille d'Amon, répondit Senmout. Je la vénère. Je ne conçois pas de passer une journée sans l'écouter ni la regarder. Ma vie dépend désormais de la sienne.

– Alors, ne t'attarde pas ici, Senmout, répondit Kallisthès. Hatchepsout va avoir besoin de ta présence et de tes conseils.

Une voix grave lui sembla soudain familière. Il resta à l'affût, à l'écoute d'une phrase, mais l'homme s'était tu.

– Que se passe-t-il Kallisthès ?

– J'ai cru entendre la voix d'un homme que je connaissais sans, toutefois, pouvoir l'identifier...

– Cela m'arrive aussi parfois.

La cabane blanche de Senmout bâtie à la hâte sur sa petite parcelle de terre restait la plus modeste de toutes. Les autres ne devaient guère être plus grandes. Des roseaux entrelacés constituaient les toits.

– N'oublie pas ce que je t'ai dit, répéta Kallisthès

en reprenant le chemin du bord du Nil qui étalait ses eaux grises.

Senmout lui fit un signe de tête pour le remercier et lui signifier qu'il avait compris son message.

*
**

Kallisthès rentra très tard au palais. Il se prépara en hâte pour assister au festin donné en l'honneur de l'ambassadeur hittite. Sans en connaître véritablement la raison, les dieux lui murmuraient de ne manquer ce rendez-vous pour rien au monde.

Kallisthès ne s'attarda pas, toutefois, au dîner. Il mangea quelques fruits sur le pouce et s'éclipsa au moment où les acrobates entrèrent en scène, s'exhibant au centre de la pièce sous le regard émerveillé des convives. Lasse, la reine pourtant avenante ne prononçait que les paroles nécessaires à la diplomatie.

Kallisthès s'excusa auprès d'Ahmose qui trouva, elle aussi, un prétexte pour regagner sa chambre et rendre une visite amicale à sa belle-mère qui n'avait pas quitté le lit de la journée. Le Crétois s'enferma dans ses appartements et travailla pendant une bonne partie de la nuit, pilant les graines qu'il avait ramassées, découpant des morceaux de feuilles, égrenant des pétales multicolores, mélangeant le tout avec des huiles et des parfums divers noirs ou jaunes, voluptueux ou citronnés.

Alors qu'il préparait ses mixtures pour la reine Hatchepsout, son esprit ne parvenait toutefois pas à trouver le repos. Quelque chose d'indéfinissable le taraudait et l'inquiétait. Il s'arrêta, épuisé, et s'assit sur son lit en réfléchissant. La voix rauque et grave qu'il avait surprise à Armant revenait à ses oreilles.

– Où l'ai-je entendue ? dit-il en passant plusieurs fois sa main sur son front.

Il s'étendit, les yeux fixés au plafond, les traits du visage immobiles.

– Pourquoi cette voix me revient-elle à l'esprit ? dit-il encore.

Mais ses paupières se fermèrent toutes seules. Il réfléchit encore quelques instants jusqu'à ce que la déesse du sommeil l'eût emporté dans ses doux bras. Kallisthès rêva au complot autrefois ourdi contre le pharaon Thoutmosis. S'il n'avait pas été là pour surprendre les conjurés dans la « Grande Prairie », la reine Ahmose n'en aurait pas été informée. Toute la famille royale aurait péri. Lui-même aurait été assassiné. Heureusement que son attirance pour la reine Ahmose l'avait amené à lui proposer ses services dans la construction de sa tombe et de celle de Thoutmosis et qu'il était parti pour la « Grande Prairie » avec les autres ouvriers ! Ainsi avait-il surpris la conversation de ces hommes qui complotaient la mort de leur roi...

Kallisthès se réveilla en sursaut. La voix, cette voix qui lui était familière, revint sonner à ses oreilles. C'était cette voix qu'il avait entendue à Armant !

– C'est impossible ! s'écria-t-il en s'asseyant sur son lit et en prenant appui sur ses deux bras comme si son corps allait de nouveau basculer en arrière. J'ai dû faire un cauchemar. Tous les conjurés ont été exécutés ou exilés...

Il se souvint alors que la reine Ahmose avait épargné bon nombre de sculpteurs et de peintres talentueux qui travaillaient encore dans la « Vaste Prairie ».

– Voilà l'explication, dit-il en allant se rafraîchir le visage à l'aide d'une cuvette pleine d'eau citronnée. L'un de ces artistes se trouvait probablement à Armant hier.

Mais un détail qui lui avait alors échappé revint à sa mémoire. « J'ai assisté à tous les jugements de ces traîtres qui ont failli attenter à la vie de Pharaon. Je les ai vus défiler devant les jurés, implorer la grâce de la Grande Épouse royale, se défendre pendant des jours. Tous sont venus s'expliquer et pourtant je n'ai jamais reconnu dans ce tribunal cette voix grave qui m'avait troublé dans la « Vaste Prairie ».

XXX

Le jour venait de poindre à l'horizon quand Kallisthès courut vers la pièce des archives.

– Vite ! ordonna-t-il au vieux bibliothécaire qui venait d'arriver, les yeux encore gonflés de sommeil et le front fripé. Il me faut consulter des rapports de procès...

– Lesquels ? demanda le vieil homme en bâillant et en se dirigeant vers des boîtes pleines de rouleaux de papyrus.

– Ceux des hommes qui ont été jugés pour avoir comploté contre le pharaon Thoutmosis, aujourd'hui frère d'Osiris.

– Ils sont tous là, dit le bibliothécaire en soupirant comme s'il regrettait cette malheureuse affaire.

Sa main sèche et maigre aux doigts osseux désignait toute une rangée de coffres minutieusement alignés. Kallisthès les ouvrit avec impatience et nervosité.

– Attends, maître, dit le bibliothécaire. Ils sont tous soigneusement cachetés !

Kallisthès s'assit devant une longue table en bois et lut les rapports que lui déroulait au fur et à mesure le vieux Thébain. Quand il eut fini à l'heure où Rê brillait le plus dans le ciel pur, sa fébrilité s'était accrue.

– Presque tous les accusés parlent d'un certain Séti, ouvrier dans la « Vaste Prairie », dit-il en méditant tout haut. Des Thébains prétendent même qu'il a essayé de les corrompre et de les impliquer en vain dans le complot. Or, je ne retrouve pas la condamnation de ce Séti. Des tablettes ou des dossiers se seraient-ils égarés ?

– Tout a été minutieusement rangé ici, affirma le fonctionnaire du palais.

– En es-tu absolument sûr ?

– Comme de ta présence en face de moi !

– Il n'y a alors qu'une explication. Ce Séti s'est enfui avant d'être jugé.

– Sans doute ne fut-il pas le seul...

– Douterais-tu de l'efficacité de la Grande Épouse royale Ahmose ? demanda sévèrement Kallisthès.

Le vieillard se prosterna devant lui malgré son âge avancé.

– Jamais je ne jugerais Pharaon ou son auguste épouse ! J'aurais l'impression d'outrager les dieux !

– Nous devons savoir quel métier exerçait ce Séti...

– Rien de plus facile !

Le vieillard se releva en tenant ses reins et marcha pendant quelques instants courbé en deux, redressant progressivement le dos. Il apporta lui-même au Crétois tous les documents susceptibles de l'intéresser. Bientôt furent alignés sous les yeux de Kallisthès les moindres détails de la vie et de la carrière de Séti. Le Crétois se souvint alors de son arrivée sur les chantiers des tombeaux de la Vaste Prairie. Il avait voulu tout visiter. Il s'était étonné de certaines marques figurant sur les parois des galeries creusées par les ouvriers. Ces indications faites par les travailleurs eux-mêmes étaient destinées aux sculpteurs chargés des décorations tombales.

– Séti creusait des galeries dans la Prairie. Sa femme, une certaine Bêlis, confectionnait pour lui des lampes.

Subitement, comme si un dieu lui envoyait une révélation, Kallisthès revit les hiéroglyphes que Séti dessinait sur une paroi rocheuse.

– Séti écrivait d'une manière particulière qui m'avait frappé.

Kallisthès fit alors le rapprochement avec les caractères de la lettre que lui avait tendue Hatchepsout la veille. Ces mêmes courbes pleines, ces mêmes traits épais...

– Je n'y comprends plus rien, dit-il en se prenant la tête à deux mains. J'ai cru reconnaître la voix d'un homme à Armant. Il avait une voix identique à celle d'un des membres du complot qui n'a jamais été jugé. Cet homme est peut-être ce Séti qui creusait des galeries dans la Prairie... Et maintenant, je me souviens de ces caractères si particuliers qui figuraient sur les parois des galeries et qui ressemblent tant aux hiéroglyphes dessinés par le scribe du roi Sauztata... Quel rapport peut-il bien y avoir entre

Séti, ces lettres soigneusement écrites et le roi Sauztata ? Tout cela n'a aucun sens !

– Au contraire, tout cela se tient, osa le vieillard. Kallisthès le foudroya du regard. Le bibliothécaire prétendait-il se montrer plus intelligent que le conseiller personnel de la Grande Épouse Ahmose ?

– Ce Séti est sans doute devenu le scribe particulier du roi Sauztata... dit le bibliothécaire.

– Mais non ! La reine Hatchepsout a reçu le scribe royal en personne ! Je ne puis croire que ce Séti reviendrait se pavaner à Thèbes après avoir trahi son pharaon et avoir été recherché par les soldats de la reine. Car je ne doute pas que la reine a autrefois envoyé des gardes aux trousses de ceux qui ont été dénoncés et qui n'ont jamais été retrouvés !

– Je dois reconnaître que ce Thébain montrerait là bien de l'audace. Risquer ainsi les crocodiles ! Tu as raison et je te prie d'excuser mon stupide raisonnement. J'outrage ta grande clairvoyance.

– Mon esprit erre comme dans une nuit sans lune, dit Kallisthès. Tu aurais pu m'aider. Ne t'excuse pas. Je regrette, cependant, de n'avoir pas approché le scribe du roi Sauztata et de ne pas lui avoir parlé. Le festin d'hier soir m'en aurait donné largement l'occasion et j'aurais peut-être pu déceler des incongruités dans son discours. Si Séti se cachait derrière ce vêtement assyrien et cette fausse barbe taillée au carré, je l'aurais sans doute reconnu même si je n'ai dû le voir que très subrepticement.

Après avoir médité quelques instants, Kallisthès revint sur ce qu'il venait de dire.

– Ce messager n'était pas un Égyptien. Il parlait très mal notre langue et avait un fort accent. En outre, il connaissait trop bien les coutumes assyriennes au point d'étonner la cour par sa manière de se tenir ou de déguster les plats. À moins d'être un excellent comédien, ce Sabutu ne pouvait être Séti.

*
**

Sabutu n'avait pas plus tôt quitté le palais qu'un messager arriva à toute allure à Thèbes. Il demanda à être aussitôt reçu par la reine. Quand il se fit annoncer, celle-ci contemplait une statue en grès la représentant assise sur les genoux de sa chère Inyt, les pieds posés sur les ennemis de l'Égypte.

– Tu as merveilleusement réussi, dit-elle au sculpteur qui tournait son œuvre de tous les côtés pour mieux la faire admirer à la reine. Je désirerais que cette statue soit placée dans mon temple de millions d'années.

L'artiste présenta à Hatchepsout un ostracon sur lequel Senmout avait rédigé le brouillon d'un texte. Un domestique le remit à la reine qui le lut tout haut.

– Que Maâtkarê et le dieu d'Abydos, Osiris, consentent à donner du pain, de la bière, des oies et des cuisses de bœufs, offrandes agréables et pures, à la nourrice Shatra juste de voix appelée Inyt qui a nourri de son lait la reine des Deux Pays. Que le vent souffle doucement pour elle.

L'esprit d'Hatchepsout partit rejoindre Senmout.

Elle se demanda ce que pensait son amant à cet instant et quelle décision il avait prise.

– Ce texte est admirable, dit-elle finalement. Grave-le tel quel sur la statue. Ma chère nourrice a bien mérité d'être, elle aussi, enterrée dans la « Vaste Prairie » et je vais donner des ordres pour qu'on réfléchisse très vite au lieu où elle reposera pour l'éternité. Ainsi se trouvera-t-elle toujours près de moi.

Le sculpteur fit signe à son employé d'apporter la pièce suivante. Il s'agissait d'une stèle représentant toute la famille royale. Thoutmosis se tenait au premier plan juste devant le dieu Rê. Derrière lui avait été sculptée Ahmose avec sa coiffe à plumes et l'uræus. Ensuite venait Hatchepsout dans une robe modeste mais élégante.

La reine fit une légère moue en voyant la place que lui avait réservée l'artiste mais elle se garda de toute réflexion. Elle allait lui suggérer de mettre tous les membres de la famille royale les uns à côté des autres quand la porte de la salle s'ouvrit.

– Majesté, le pitoyable pays de Koush s'est révolté ! dit un domestique en entrant dans la pièce et en s'excusant d'interrompre une séance de travail. Les sujets de la reine convoitent de piller l'Égypte !

Comprenant qu'un danger menaçait le pays, Hatchepsout ne tergiversa pas. Elle remercia le sculpteur et lui ordonna de se retirer sur-le-champ. En l'absence de Senmout, elle décida seule de donner audience à l'Égyptien qui venait tout droit d'une garnison stationnée en Nubie.

– Souveraine des Deux Pays, Nebetou, chef de la garnison frontalière, m'envoie jusqu'ici, dit le soldat en s'inclinant respectueusement devant la reine d'Égypte.

Informé de l'arrivée impromptue d'un messager, Thoutmosis vint rejoindre sa sœur et épouse sur le trône vide placé à côté de celui de la reine.

– Tu te présentes au moment propice, dit Hatchepsout avec hypocrisie. Je n'attendais que toi pour écouter ce messager qui accourt en ce jour au palais.

Le torse nu et brillant d'huile, Thoutmosis releva fièrement sa tête coiffée du cobra et invita le soldat de nouveau prosterné à s'expliquer.

– L'une des garnisons égyptiennes a été attaquée par des Nubiens aux portes même de l'Égypte ! s'exclama le militaire avec indignation. On ne respecte pas le pouvoir du Pharaon, Vie, Santé, Force !

– Penses-tu, Thoutmosis, qu'il conviendrait de donner une nouvelle leçon à ces maudits Nubiens ? demanda Hatchepsout. Père les avait pourtant avertis de rester tranquilles sous peine d'être sévèrement punis ! Que font-ils de leur repentir et de leur soumission ?

– Sans doute tentent-ils de profiter de la situation, répondit Thoutmosis. Ils ont appris qu'une femme dirigeait le pays...

– Mais tu es là, répondit tranquillement Hatchepsout en se félicitant à cet instant d'avoir épousé son demi-frère et de ne pas avoir fait un sacrifice inutile.

– Je suis là, répondit mollement Thoutmosis.

Mais tout le monde sait que notre père t'a désignée comme son héritière et que tu veux prendre toutes les décisions.

– Tu as su t'imposer quand tu le souhaitais..., dit Hatchepsout en le regardant du coin de l'œil. Je connais tes manœuvres et celles de ta mère ne m'ont jamais échappé ! La Grande Épouse Ahmose ne t'aurait-elle pas informé que j'attends un enfant de toi ?

Cette révélation devant le messager n'avait rien d'innocent. Hatchepsout était ainsi persuadée que la nouvelle se répandrait dès le lendemain dans toute l'Égypte.

Thoutmosis ricana.

– Je suis au courant, en effet, dit-il. Nous en reparlerons...

– Aux yeux des Égyptiens ou des étrangers, nous formons donc un couple idéal, fort et uni.

La reine remercia le messager.

– Dis à ton chef que nous allons réfléchir. La garnison égyptienne a courageusement repoussé les attaques insensées de ces Nubiens. Il n'y a donc aucune raison pour qu'ils tentent une autre offensive. S'ils cherchaient, toutefois, à vous attaquer, préviens ta reine immédiatement. Je vais réunir mes meilleurs généraux et leur apprendre ce que tu viens de me dire. S'ils jugent nécessaires de préparer une expédition punitive en Nubie, ton chef recevra un message du palais. Thoutmosis aura alors l'occasion d'ourdir ses armes et de montrer de quoi il est capable sur un champ de bataille !

Thoutmosis blêmit. Aussi Hatchepsout crut-elle bon d'ajouter :

– Si je n'attendais pas le prince héritier, je serais partie moi-même mater ces rebelles ! Mon père m'a appris à chasser. Je sais tirer à l'arc et lancer des traits avec force et précision. Rien ne m'aurait arrêtée tant que je n'aurais pas vu nos ennemis à terre, les mains liées dans le dos, le corps tremblant et le front soumis ! Restaure-toi avant de repartir. Mes domestiques vont te servir un repas copieux et remplir tes gourdes d'eau fraîche. Tu pourras également te laver et racler la poussière et le sable qui se sont collés à ton corps à moitié nu.

– Sa Majesté est trop bonne, répondit l'Égyptien en prenant congé tout en saluant la reine et sans jamais lui tourner le dos.

Tandis que des Égyptiennes au corps menu agitaient des plumes d'autruche de part et d'autre des souverains dans un mouvement lancinant et harmonieux, Hatchepsout glissa sournoisement à son demi-frère :

– Quelle chance t'offrent les dieux ! Combattre si jeune et si tôt pour ton pays ! Montrer à ces Barbares qu'Amon guide ton bras !

– Nous n'en sommes pas encore là, dit Thoutmosis en se levant. Pourquoi partirais-je alors que l'ombre puissante de notre père plane encore sur ces bandes ennemies mal organisées et peu redoutables ? Ma place se trouve plutôt ici !

– Ton bras tremblerait-il alors que tu es le fils

d'un vaillant conquérant auquel tu ressembles de plus en plus ?

Thoutmosis haussa les épaules. Son visage avait encore les traits doux de l'enfance mais son corps était parsemé de plaques rougeâtres inesthétiques qui s'effaçaient difficilement grâce aux potions de Kallisthès en laissant des cicatrices. Le jeune roi perdait ses cheveux et la maigreur de son corps accentuait son aspect malingre.

– Mère a raison de me mettre en garde contre tes manigances, dit-il. Mais tous les prêtres ne ressemblent pas au frère de Senmout qui rampe devant toi ! Maintenant que tu attends un héritier, ton intention serait peut-être de te débarrasser du père... Les grands prêtres ne te laisseront pas faire.

– Ne dissimule pas ta lâcheté sous des prétextes aussi puérils, dit Hatchepsout en se levant elle aussi. Je verrai bien quels conseils me donneront les généraux !

XXXI

La rumeur que des Nubiens s'étaient soulevés contre des soldats égyptiens gagna les villages bordant le Nil plus vite qu'une lionne se précipitant sur sa proie. En abordant à Thèbes, Senmout cria à un paysan d'attacher la corde retenant sa barque à l'arbre le plus proche.

– Fais un nœud serré ! Je dois me rendre de toute urgence au palais !

Les enfants du paysan qui l'aidaient à lier des bottes de roseaux le regardèrent courir en riant.

Dès que Senmout franchit la porte principale du palais, Kallisthès l'arrêta par le bras.

– N'aie crainte, lui dit-il. Il n'y a rien de dramatique. Hatchepsout a convoqué ses principaux chefs militaires.

– J'y vais ! répondit Senmout en se dégageant.

– Non, attends un instant, le pria Kallisthès. Ils n'ont pas encore commencé. Pennethbet n'est pas arrivé.

– Que veux-tu ? lui demanda Senmout, étonné.

Kallisthès l'entraîna à l'écart dans un angle du vestibule conduisant à une cour agrémentée d'arbres et de fleurs. Il s'accouda sur une colonne et lui dit sur le ton de la confidence :

– Tu sais, ce voisin d'Armant...

– Ce jeune Égyptien qui habite à côté de notre petit lopin de terre familial ?

– Oui. Celui qui voulait t'inviter et te présenter son cousin.

– Eh bien ?

– Le connais-tu depuis longtemps ?

– Je l'ai connu enfant !

– As-tu vu son cousin et cet ami qui l'accompagnait ?

– Absolument ! Je n'ai pas accepté leur invitation de peur de les gêner et d'être accaparé toute la soirée mais je les ai vus comme je te vois en ce moment !

– Comment s'appelaient-ils ?

– Je ne sais plus...

Senmout avança plusieurs noms qui ne le satisfirent pas.

– Non, décidément, je ne m'en souviens plus. Ils portaient des prénoms tellement courants...

– L'un d'eux ne s'appelait-il pas Séti ? demanda Kallisthès en baissant la voix.

– C'est exact ! Mais comment le sais-tu ? Séti et Kay... Ils se nommaient tous deux Séti et Kay !

– Kay..., répéta Kallisthès qui avait encore en mémoire tous les dossiers qu'il avait longuement étudiés. La coïncidence est trop étrange. Quand je suis allé travailler pour la première fois dans la « Grande Patrie », j'ai rencontré un Kay. C'était un bon ouvrier mais il a été impliqué avec sa concubine Thémis dans le complot contre Thoutmosis. Je m'en souviens parfaitement car Thémis avait fait partie du harem d'Aménophis. Elle avait été si bien traitée et si appréciée par le pharaon Aménophis que son ingratitude m'avait profondément choqué.

– Quel rapport avec mon voisin, par Maât ? Séti et Kay sont des noms tellement employés ! Tu ne vas tout de même pas imaginer qu'il s'agit là des mêmes personnes !

– Trop de faits concordent, Senmout ! Viens ! Nous devons retourner à Armant ensemble. Tu vas me présenter ces deux hommes mais, auparavant, je vais prendre avec moi une bonne garde ! Va chercher ton arc et ton carquois. Prends aussi un poignard et glisse dans ta ceinture une épée.

Senmout le regarda, ébahi.

– Kallisthès, je crois que tu as tout simplement perdu la tête ! La reine a besoin de mes services. J'ai osé remettre en question ma place de conseiller à ses côtés alors qu'elle avait eu la bonté de me nommer aux plus hautes fonctions et de me faire confiance. J'espère qu'elle pourra me pardonner un acte aussi stupide. Je cours lui renouveler ma confiance et je ne retourne certainement pas à Armant !

– Il y va de la vie d'Hatchepsout, Senmout ! Viens avec moi !

Senmout hésitait encore lorsque Pennethbet traversa le vestibule au pas de course. Il ralentit en reconnaissant Senmout dans l'angle de la pièce et se dirigea vers lui.

– Que se passe-t-il ? lui demanda-t-il avec beaucoup de sang-froid. La reine me fait mander sur-le-champ. L'ennemi se trouverait-il aux portes de Thèbes ?

– Nous n'en sommes pas là, répondit Kallisthès en le saluant, mais nos adversaires sont suffisamment audacieux pour tarauder nos garnisons.

– Où ? demanda le général dont les yeux brillaient déjà de mille éclairs de colère.

– En Nubie.

– Thoutmosis aurait dû les anéantir ! La réunion a-t-elle débuté ?

– Non, dit encore Kallisthès. Hatchepsout souhaitait ta présence avant de commencer.

Comme Pennethbet semblait attendre Senmout, celui-ci l'encouragea à le précéder.

– J'ai prié Senmout de m'accompagner à Armant, expliqua Kallisthès. J'ai vraiment besoin de lui. Peux-tu dire à la reine que Senmout tenait à assister à cette réunion mais que je l'ai prié de m'accompagner pour raison d'État ?

– Pour raison d'État ? s'étonna Pennethbet. Rien ne me semblait plus important qu'une menace ennemie.

– Il s'agit d'un autre genre de menace tout aussi redoutable, dit Kallisthès. Il est temps que nous partions. Nous avons besoin d'une troupe armée.

– J'ai laissé douze de mes hommes à l'entrée. Je leur avais accordé leur liberté. Sans doute se trouvent-ils dans une taverne...

– Nous les réquisitionnons, dit Senmout en

retrouvant son ardeur. Je ne sais pas quelle idée trotte dans la tête de Kallisthès mais je lui fais confiance.

Senmout entraîna le Crétois dans le jardin et ordonna à deux gardes du palais d'aller chercher les soldats de Pennethbet. Dès qu'ils furent rassemblés, il leur expliqua brièvement la situation.

– Il est possible que nous soyons obligés d'arrêter deux criminels, peut-être davantage... dit Kallisthès. En réalité, nous ne savons pas combien ils sont mais ils peuvent se montrer dangereux. Tenez-vous prêts à lutter. Ne vous laissez pas surprendre.

Les hommes au crâne rasé et à la ceinture large hochèrent la tête. Ils s'engagèrent à agir au mieux. Puis ils marchèrent en hâte en direction du Nil. Kallisthès monta dans la barque de Senmout et les douze soldats dans l'embarcation plus imposante de Pennethbet. Les rameurs s'activèrent, sentant l'anxiété qui gagnait l'Administrateur suprême.

Quand ils parvinrent non loin d'Armant, la nuit avait enveloppé le fleuve d'un voile noir inquiétant. Aucun astre n'illuminait plus la surface qui se confondait avec les cieux. Senmout ordonna aux rameurs de laisser leurs rames voguer au fil de l'eau. Seuls deux d'entre eux continuèrent leurs efforts le plus discrètement possible afin de rapprocher les barques du rivage dans un silence total. Tous sautèrent à terre et montèrent vers le hameau encore illuminé.

– La maison de mon voisin est éclairée, murmura Senmout. Comment procéder ?

– Tu m'as décrit ce Kay. Il ressemble trait pour

trait au jeune traître qu'Ahmose a généreusement épargné. Je suis sûr de mon fait. Agis comme si nous n'étions pas là. Nous allons nous cacher derrière ces collines qui bordent le village. S'il me voit, Kay me reconnaîtra. Ne peux-tu les attirer dans ta baraque ?

– Je vais essayer, répondit Senmout sans conviction. Il me faut un prétexte.

Tandis que les hommes se postaient là où Kallisthès le leur disait, Senmout alluma la lampe de sa modeste masure et alla frapper à la porte de son voisin.

– C'est stupide, lui dit-il. Je n'ai plus d'huile et j'ai un travail à terminer. Puis-je t'en acheter juste pour ce soir ? En échange, je te donnerai des légumes...

– Sers-toi, lui répondit le jeune villageois en riant. Je suis très honoré d'aider le Grand Administrateur. Je n'en ai plus besoin pour ce soir. Mon cousin est parti avec son ami et je n'aspire qu'à prendre du repos. Nous n'avons guère dormi la nuit dernière !

– En effet ! répondit Senmout, contrarié. Ainsi donc ton cousin t'a déjà quitté ? Mais quand est-il parti ?

– Juste avant le coucher du soleil... Tu étais déjà reparti pour Thèbes. Un navire rapide est venu le chercher.

– Il est rare qu'un Thébain ne demeure pas dans sa ville..., dit Senmout en prenant le récipient d'huile que lui tendait son voisin. Tous les Égyptiens aspirent à vivre là où réside leur souverain.

– Sans doute, répondit le jeune homme. En fait, j'étais adolescent quand mon cousin a quitté sa ville.

Mon père était encore en vie. Je ne me souviens pas de la raison qui l'a fait s'éloigner. Je crois que sa femme avait pour lui de hautes ambitions. Elle ne se satisfaisait pas de sa fonction d'ouvrier. Je n'oublierai jamais Thémis ! C'était un sacré caractère ! Quel dommage qu'elle ne l'ait pas accompagné jusqu'ici ! J'aurais éprouvé beaucoup de joie à la revoir !

Senmout jugea plus prudent de ne pas questionner davantage son voisin. Il lui demanda, cependant, où vivait maintenant son cousin et s'il avait réussi dans sa vie.

– À en juger par l'empressement avec lequel les hommes qui sont venus le chercher lui obéissaient, je puis affirmer que Séti est devenu quelqu'un d'important ! Il m'a dit s'être installé provisoirement non loin de Memphis.

Senmout le remercia et déposa l'huile dans sa demeure. Puis il attendit que le jeune villageois ait éteint sa lumière. Il se précipita alors vers les collines et fit à Kallisthès un rapport complet sur ce qu'il avait appris.

– Il n'y a plus aucun doute, répondit le Crétois. Il est exclu de les poursuivre. Nous ne les rattraperons pas. Je me demande bien ce qui se prépare. Nous allons retourner au palais et informer Pennethbet. Des garnisons devront visiter chaque taverne, chaque boutique, chaque maison dans l'Égypte tout entière et retrouver ces deux gaillards ! Je ne serai pas tranquille tant que je ne saurai pas ce qui se trame. Renforçons aussi la sécurité du palais et les escortes. Je doute cependant que ces traîtres restent en Égypte. Ils vont probablement rejoindre l'Assyrie. Je ne serais pas étonné d'apprendre que ce Séti est le scribe particulier du roi Sauztata !

– Vas-tu en parler à Hatchepsout ? demanda Senmout.

– Je préfère que tu le fasses. La reine ne m'écoute guère et elle ne me porte pas dans son cœur. Mais elle doit rester sur ses gardes. Je me chargerai d'Ahmose.

XXXII

Senmout attendit quelques jours avant de faire un rapport à Hatchepsout sur ce que Kallisthès lui avait appris. Il ne voulait pas effrayer la jeune femme qui devait déjà songer à sa propre santé et aux menaces nubiennes.

La jeune reine était de nouveau confrontée à une longue période de deuil, ses deux grands-mères ayant rejoint Osiris l'une après l'autre.

Hatchepsout eut une fille quelque temps plus tard. Elle l'appela Néférou-Rê. Thoutmosis II ne manifesta pas une grande joie à la naissance de son enfant. L'état d'Iset, qui était enceinte, le préoccupait bien davantage. La jeune concubine ne ménagea pas ses sarcasmes à l'égard de la reine qu'elle disait incapable, tout comme sa mère, de donner un héritier au pays.

Bien qu'il fît confiance à Hatchepsout et qu'il eût accepté l'idée que Néférou-Rê n'était pas sa fille, Senmout ressentit immédiatement pour l'enfant une affection démesurée. Il l'entourait d'amour et de caresses, s'attendrissait à sa seule apparition, lui trouvant mille ressemblances avec sa mère et aucune avec son père. Devant tant de zèle et de dévouement, Hatchepsout décida de nommer Senmout responsable de la princesse. Quand elle aurait grandi, il en deviendrait le précepteur. L'Administrateur suprême fut comblé de joie de partager la garde de l'enfant avec la nourrice qu'Hatchepsout avait choisie avec le plus grand soin. Elle la voulait en tout point semblable à Shatra.

Un jour où Senmout tenait sa protégée sur ses genoux et qu'un artiste sculptait la scène pour la postérité, Hatchepsout alla le rejoindre dans l'atelier du palais. Quand elle entra dans la pièce lumineuse, Senmout demandait au sculpteur de graver sur son œuvre les noms d'Hatchepsout sous forme d'énigmes. L'artiste qui suait à grosses gouttes en tapant de toutes ses forces dans le grès presque noir sourit et s'interrompit. Il but une rasade de bière et en proposa à Senmout.

– Je n'ai pas soif, répondit l'Administrateur. En revanche, je suis courbaturé et je me lèverais volontiers.

Il déposa Néférou-Rê dans son berceau en osier et contempla le travail de l'artiste.

– C'est magnifique ! s'exclama Hatchepsout. Je ne regrette pas cette idée de représenter ma fille entre tes bras. Vous êtes tous deux tellement attendrissants ! Je ferai réaliser de nombreuses sculptures de ce genre. Tu pourras en déposer dans ton futur tombeau ou dans ta maison...

Senmout remercia la reine et l'approuva. Hatchepsout prit sa fille dans ses bras et invita le sculpteur qui se tenait courbé devant elle à reprendre son travail.

– Veux-tu que je réclame la nourrice ? demanda-t-elle à Senmout.

– Non. Nous allons continuer.

Senmout reprit la pose. Hatchepsout déposa elle-même Néférou-Rê sur les genoux de son amant. Elle s'assit sur un fauteuil majestueux dans lequel elle avait posé juste après la naissance de sa fille. Néférou-Rê tenta de mettre son pouce dans sa bouche mais elle se blessa les lèvres à plusieurs reprises. Senmout l'embrassa pour la consoler.

– Elle montre des signes de fatigue, dit la reine.

– Laissons-la s'assoupir.

– Je voulais te parler de mes projets, dit la reine à Senmout. Quand mon père était encore en vie et qu'il souhaitait que je prisse sa succession, je l'ai accompagné de nombreuses fois dans les cités qui bordent le Nil. Il désirait que les Égyptiens me connussent, que les prêtres acceptassent l'idée que je monterais un jour sur le trône. Je prenais la place de ma mère qui n'a jamais aimé ces formalités. Ces trop courtes pérégrinations qui me flattaient et me plaisaient m'ont permis de visiter des temples aujourd'hui en ruine. Je me suis alors demandé comment il était possible qu'on négligeât ainsi les divinités et me suis promis d'y remédier.

– Ton père avait sans doute les mêmes ambitions...

– Il a beaucoup œuvré dans ce sens mais il n'a

pas eu le temps de tout faire réparer. Du moins a-t-il embelli le temple d'Amon ! Il reste, cependant, tant de travaux à entreprendre ! Entre Thèbes et Memphis, j'ai découvert des sites religieux totalement abandonnés. Des enfants jouaient à la balle ou à la corde dans les cours au risque d'être blessés par des éboulis de pierres. Des morceaux de pylônes, des colonnes se dressaient encore vers les cieux, solitaires et tristes au milieu des gravats et des herbes folles.

– L'Égypte est prospère, répondit Senmout. Rien ne t'empêche d'entreprendre de tels travaux qui seront populaires et qui réjouiront les prêtres. N'oublie pas que tu es une femme et que le Grand Prêtre, mon frère, t'est tout dévoué. Mais qu'en est-il à Memphis ou dans d'autres villes où le clergé de Ptah ou de Rê est tout-puissant ? J'ai vu de nombreuses fois des prêtres venir s'incliner devant ton frère sans même te faire part de leur venue à Thèbes...

Le visage d'Hatchepsout s'assombrit.

– Pourquoi ne m'en as-tu pas informé ? Ne cherche pas à me ménager, Senmout. Je t'ai pareillement reproché de ne pas m'avoir parlé aussitôt de ce Séti qui a osé fouler le sol égyptien après avoir conspiré contre mon père !

– Je voulais te ménager, Vénérable parmi les vénérables, répondit tristement Senmout. Ta colère ne se justifie pas.

– Tu as raison, dit Hatchepsout en se calmant. Mais je tiens à être au courant de tout !

Néférou-Rê bâilla et mit finalement son pouce dans sa bouche. Elle s'endormait peu à peu. Elle avait le visage rond de sa mère et de petits yeux en amande qui se perdaient dans ses paupières gonflées de sommeil. Ses cheveux rares et fins étaient d'un noir de jais. Ses coudes potelés s'enfouissaient entre les jambes de Senmout.

– Peut-on relever légèrement la tête de la princesse sans la réveiller ? demanda timidement le sculpteur.

Senmout posa délicatement sa main sur la joue de l'enfant et remonta son genou pour que Néférou-Rê pût y appuyer sa tête et s'en servir de coussin.

– Quels temples souhaites-tu rebâtir en premier ? demanda Senmout à la reine.

– Ceux qui se trouvent entre Memphis et Thèbes. Ce sont les plus abîmés. Ensuite je songerai à agrandir le temple d'Amon et voudrais honorer la déesse Setet et le dieu Khnoum. Nous pourrions leur dédier un temple aux portes de la Nubie. Ils protégeraient les Égyptiens d'une éventuelle invasion de ce peuple indiscipliné !

Hatchepsout allait poursuivre quand elle prit soudain conscience de la présence du sculpteur qui se faisait pourtant aussi discret que possible et qui paraissait constamment gêné car le bruit sourd et répétitif du martèlement de la pierre obligeait la reine à hausser la voix.

– Tu peux nous laisser, lui dit finalement la reine. La princesse Néférou-Rê semble décidément trop fatiguée.

L'artiste se retira aussitôt après s'être prosterné.

– Senmout, dit Hatchepsout en se plaçant en face de son amant. Je veux aussi songer plus sérieusement à ma tombe. L'endroit que j'avais choisi au milieu de cette forêt de roche ocre dans la Vaste Prairie est isolé de tout. Les ouvriers semblent avoir creusé une immense entaille dans l'horizontal de la falaise. Ils grimpent avec difficulté jusqu'à l'entrée et ont commencé à former une galerie. Personne ne connaît ce lieu et je défis quiconque passant là à dos d'âne d'y déceler une ouverture.

– Ton corps sera à jamais protégé des pilleurs de tombes, répondit Senmout. Tu as choisi là l'endroit idéal.

– Je n'en suis pas si sûre, répondit Hatchepsout contre toute attente.

– Mais aucun autre lieu ne te semblait supérieur à celui-ci ! Les dieux t'ont guidée vers cette roche. Tu y songeais depuis l'enfance !

– La Vaste Prairie m'a toujours troublée, répondit Hatchepsout. Mais je voudrais maintenant t'emmener dans un lieu plus magique encore. J'ai besoin de ton avis. Je l'ai découvert autrefois quand ma mère m'obligeait à l'accompagner pour honorer nos ancêtres. Il est situé plus près du Nil. Les falaises y forment un cirque grandiose.

– Tu sais pourtant que ta tombe est presque achevée..., dit Senmout contrarié. J'y ai passé beaucoup de temps. Les ouvriers ont travaillé dur.

– Si je ne choisis pas cette tombe comme ma dernière demeure, j'épargnerai ces malheureux artisans qui auraient dû périr. Je n'aurais jamais pris le risque de les laisser en vie alors qu'ils pouvaient révéler l'emplacement de ma maison de millions d'années !

– Tu repousses là une décision qu'il te faudra prendre un jour sous peine de voir ta tombe pillée. Sinon pourquoi rechercherais-tu un endroit aussi impraticable et aussi éloigné ? Il suffirait de faire construire ton tombeau au milieu de Thèbes !

– Mes ancêtres n'ont pas systématiquement fait tuer les ouvriers qui avaient travaillé dans leurs tombes. Certains ont même été embauchés pour peindre les fresques de mon tombeau.

– Je ne le sais que trop. On compte même parmi eux des traîtres que la Grande Épouse Ahmose a autrefois épargnés ! Quand Kallisthès me l'a appris, j'ai tout d'abord refusé de le croire ! Quel souverain s'est montré aussi magnanime ? Ne crains-tu pas que cette situation se retourne un jour contre toi ? Regarde le sang-froid et l'audace de ce Séti ! Pourquoi les ouvriers ne conspireraient-ils pas de nouveau contre la famille royale ?

– Ahmose et Thoutmosis ont été suffisamment sévères pour que cela leur servît de leçon ! Il m'est odieux de condamner des ouvriers du village de Deir el-Medineh après les avoir vus embellir mon temple de millions d'années.

– Mais ils en sont honorés ! s'exclama Senmout.

– Sans doute, par Amon, répondit Hatchepsout pensive. J'en ai vu certains accepter la sentence le visage impassible et serein. Mais d'autres étouffent leurs sanglots en embrassant leur famille juste avant de gagner leur dernière demeure confondue avec celle de Pharaon. Ils acceptent tout de même d'être murés vivants dans une chambre funéraire.

– Quand le vénérable Thoutmosis a emprunté la barque de l'Au-Delà, des ouvriers ont réclamé eux-mêmes de mourir avec Pharaon !

– Tu as raison, Senmout. Je me pose sans doute des questions inutiles. D'aucuns prétendront que je raisonne ainsi parce que je suis une femme. En réalité, je ne me suis jamais interrogée sur le destin de ces travailleurs dont les dieux ont tracé la voie.

– Une voie enviable, crois-le bien. Existe-t-il plus grand honneur que de mourir pour Pharaon et à ses côtés ? Être étendu non loin de lui, assister à son réveil, à ses pérégrinations dans l'Autre Monde... Oublierais-tu que cette vie terrestre n'est qu'un passage dans la course infinie de l'existence éternelle ?

– Voilà pourquoi je souhaite le plus magnifique des temples afin de m'y installer pour l'éternité ! Tu en seras l'architecte ! Plus tard, quand Rê se sera levé des milliers et des milliers de fois, les hommes contempleront ton œuvre comme nous admirons aujourd'hui les majestueuses pyramides. Ils liront les inscriptions gravées sur les murs, s'extasieront devant les peintures et murmureront : « Là vit encore la Grande Hatchepsout Maâtkarê, celle qui fut le plus grand pharaon de tous les temps ! »

À cette perspective, Senmout sourit et se rengorgea.

– En y réfléchissant, tu as raison, dit-il à Hatchepsout. La tombe que j'ai dessinée pour toi n'est pas assez grande, pas suffisamment belle pour la Fille d'Amon ! Je vais réaliser des merveilles ! Ta demeure éternelle ne ressemblera à aucune autre et j'en parlerai dès demain avec mon plus fidèle assistant !

Ses yeux brillèrent d'un tel éclat que la reine ne douta pas un instant de la présence inspiratrice d'Amon, son père et protecteur.

XXXIII

Pendant les mois qui suivirent, Hatchepsout multiplia tant les projets que le palais devint un fourmillant rassemblement d'architectes, de dessinateurs, de peintres, de chefs de chantier. Ils arrivaient à l'aube, des rouleaux de papyri sous le bras, et traversaient le vestibule d'un pas alerte, conscients de leur mission et de l'empressement de la reine. Des éclats de voix jaillissaient toute la journée du bureau du puissant Senmout, les artistes manifestant ouvertement leurs désaccords au sujet de telle ou telle ornementation et les responsables des travaux ironisant sur leurs ergotages alors qu'il fallait remonter les murs avant de songer à les décorer.

Hatchepsout tenait à écouter leurs réflexions ou leurs suggestions et à regarder en même temps qu'eux les lignes géométriques dessinées sur les papyri, figurant un pylône, une enceinte, une chapelle ou des colonnes lotiformes. Certains insistaient pour raser entièrement un temple en ruine afin de redonner à la divinité un sanctuaire digne d'elle. D'autres prétendaient que supprimer les restes d'un temple constituait un sacrilège et qu'il valait mieux reconstruire à côté ou sur les bases du premier sanctuaire. Le Grand Prêtre Amen participa aux délibérations et donna son avis. Son discours, qui ne variait pas, se révélait clair, sage et prudent.

– Aucun dieu ne punirait les Égyptiens parce qu'ils souhaitent bâtir un temple prestigieux, répondait-il à son frère, toutes les fois que celui-ci l'interrogeait avec insistance. Mais comment procéder dans certains lieux isolés, situés aux limites du désert, où les ouvriers devront utiliser les matériaux qu'ils trouveront sur place et creuser dans la falaise ? Autant reprendre les blocs de pierre des anciens temples car les dieux sont maîtres de leurs régions et de la montagne. Je crains qu'en entamant la falaise, les Égyptiens ne soulèvent la colère divine...

Amen insistait aussi sur le fait qu'il parlait en son nom mais qu'il lui était impossible de s'engager pour les prêtres de Memphis ou de Ptah. Selon l'endroit choisi pour l'élaboration d'un temple, il convenait que la reine convoquât le Grand Prêtre de la région et qu'elle lui exposât ses projets pour ne pas donner prise à son ressentiment.

Au risque de soulever le courroux d'Hatchepsout qui refusait de recevoir des ordres de quiconque et qui exigeait de voir les siens aussitôt exécutés, Senmout l'avait invitée à suivre les conseils de son frère Amen.

– Songe encore une fois que ton frère Thoutmosis s'entend à merveille avec la plupart des prêtres égyptiens et qu'ils ne daignent parfois même pas te saluer, lui dit-il en ménageant sa susceptibilité. Si tu entreprends de contenter les divinités qu'ils honorent chaque jour et dont ils ont la responsabilité du culte, tu risques de les mécontenter et de voir tes louables projets se retourner contre toi.

– Les crois-tu suffisamment fourbes pour me nuire avec une telle mauvaise foi ? s'étonnait toujours Hatchepsout.

– Il est si difficile de connaître leurs intentions et de deviner leurs sentiments..., répondait Senmout en soupirant. Pharaon doit gouverner avec les prêtres. S'il les ignore, leur pouvoir peut le renverser.

Cependant, Hatchepsout ne pouvait oublier l'état de délabrement dans lequel elle avait trouvé certaines régions d'Égypte lors de ses voyages avec son père. Son désir d'embellir les temples et l'Égypte devenait une obsession. En outre, elle s'était sérieusement engagée à le faire.

*
**

Quand elle eut recueilli les avis de tous les meilleurs artisans de Thèbes, Hatchepsout demanda à Senmout de convoquer, quotidiennement, une petite équipe soigneusement choisie en fonction de l'ordre du jour.

– Elle m'attendra dans la salle d'audience ! lui dit-elle en ayant en tête un plan de travail bien arrêté.

Hatchepsout commença, en effet, par un endroit qui était resté cher à son cœur, éloigné de toute habitation, où son père l'avait invitée à débarquer alors qu'elle était déjà lasse d'une longue journée de voyage. « Il faut le contempler maintenant, lui avait-il dit sur le ton de la confidence en l'entraînant loin des embarcations, car le soleil rosit la falaise. On a alors l'impression de se retrouver seuls en face de Rê tout-puissant, dans l'immensité du désert. » Ces petites phrases paternelles et touchantes, prononcées avec beaucoup de complicité dans l'intimité d'un père avec sa fille, chantaient encore aux oreilles de la jeune reine.

Quand elle arriva ce matin, très tôt, dans la salle de réunion, l'ensemble des artisans que Senmout avait sélectionnés se trouvait déjà réuni. Ils se courbèrent tous à son entrée et remercièrent les dieux et la reine de les avoir choisis pour servir Pharaon.

Hatchepsout, encadrée par ses porte-éventails, ses suivantes parfumées et ses animaux, les interrompit en prenant vivement place sur le trône.

– Commençons ! ordonna-t-elle. L'Égypte se trouve, par endroits, dans un tel état d'abandon que j'en ai été bouleversée. Je veux que partout règnent l'opulence et la joie. Même si le dieu Hâpy ne nous accorde pas tous les ans des inondations exceptionnelles et, par voie de conséquence, des récoltes importantes, la pauvreté ne sera jamais telle qu'un temple s'écroulera ou que les habitants d'un village mourront de faim. Il ne sera pas dit que les Égyptiens étaient malheureux sous le règne d'Hatchepsout !

Les artisans n'osèrent se regarder en entendant de tels propos mais un silence accueillit les paroles de la reine qui oubliait trop souvent de citer Thoutmosis et de rappeler qu'il régnait à ses côtés.

– J'ai visité autrefois un petit sanctuaire creusé dans un rocher. Il se nichait dans la falaise et était consacré à la déesse Pakhet. Curieusement, les habitants du village le plus proche, qui se trouvait déjà fort éloigné du temple, l'avaient presque oublié. Personne ne venait plus honorer la déesse. Mon père, le pharaon bien-aimé d'Amon, m'y avait emmenée. Au fond de la vallée se distinguaient à peine les restes d'une chapelle. Nous avons tous deux emprunté un escalier taillé dans le rocher pour gagner le plateau désertique puis nous avons continué notre chemin vers l'est.

L'équipe de Senmout écoutait attentivement sans oser respirer. La voix d'Hatchepsout était posée, calme, douce, presque enchanteresse.

– Nous avons marché ensemble, main dans la main, tandis que les marins nous attendaient dans les barques royales. Pharaon m'a alors montré combien ce sanctuaire avait autrefois été ravagé par les eaux de pluie. Dans cette Vallée du Couteau, la déesse à tête de lionne, coiffée du disque solaire, n'avait pas été épargnée. Il m'arrive très souvent de vénérer la déesse lionne pour que le Nil ne déborde pas trop mais pour qu'il inonde suffisamment les champs. Représentée sous la forme du cobra lové sur lui-même, elle orne mon front royal.

Tous les yeux convergèrent alors vers la chevelure de la reine.

– Bien entendu, nous honorons aussi Tefnout, Ouadjyt et Ouret-Hékaou avec qui elle se confond parfois mais la Vallée du Couteau semble son domaine privilégié.

Hatchepsout caressa son chat qui, au mépris de tout respect, s'étirait nonchalamment sur ses pieds en léchant l'une de ses pattes.

– Pakhet est aussi la déesse des chats et j'ai décidé de faire enterrer le mien non loin de sa chapelle comme l'ont sans doute été des milliers d'autres chats vivant aujourd'hui dans l'Au-Delà. Certains d'entre vous m'ont déjà proposé d'orner ce sanctuaire d'effigies hathoriques à l'extérieur et de représentations d'Osiris à l'intérieur. Un *naos* accueillera les statues du culte. Des vautours aux ailes déployées portant le chen [1] seront peints au plafond.

Comme les artistes qui avaient proposé ces idées souhaitaient manifestement compléter leurs développements antérieurs, la reine leur fit signe qu'elle allait leur donner la parole mais qu'elle voulait terminer.

– Je tiens absolument à ce qu'un texte soit gravé au-dessus des piliers de la façade. Il précisera pourquoi j'ai voulu honorer Pakhet. Il vous faudra utiliser le calcaire de la falaise au risque de déplaire à cette déesse qui peut se montrer aussi bonne que redoutable. Sans doute celle-ci a-t-elle déjà montré son mécontentement en inondant l'endroit à plusieurs reprises. Je vous mets donc en garde. Faites attention à l'ancienne nécropole qui se trouve non loin du site.

Senmout laissa la reine répondre aux multiples

1. Cartouche.

questions du responsable d'équipe qu'il avait désigné. Il se rendit dans son bureau, y prit un calame, un pain d'encre et un support en bois puis il revint dans la salle d'audience et se mit à rédiger un texte évoquant la titulature et les qualités de la reine. Les phrases, tracées avec élégance sur le papyrus, rappelaient qu'Hatchepsout agissait sous la protection des divinités du désert et que son seul objectif était de satisfaire les dieux.

– Je veillerai moi-même à l'établissement des fêtes et des cultes, dit Hatchepsout en jetant un regard en coin vers Senmout qui paraissait absorbé par la rédaction de son texte. Je vais m'accorder un long délai de réflexion à ce sujet.

Comme elle se taisait subitement en attendant que son amant lui accordât plus d'attention, Senmout s'arrêta lui aussi de dessiner ses hiéroglyphes.

– Que fais-tu, assis en tailleur dans cet angle de la pièce ? demanda Hatchepsout avec étonnement. J'ai fait venir un scribe pour rédiger un rapport sur tout ce qui se dit aujourd'hui. Tu n'as donc nul besoin de le prendre en note.

– Il ne s'agit aucunement d'un rapport, répondit Senmout en s'excusant de lui avoir paru irrespectueux. En écoutant ta voix chargée d'émotion et d'espoir et ton discours sans doute inspiré par un dieu, mon imagination s'est mise en action presque malgré moi. Le texte que tu souhaiterais voir gravé au-dessus de la porte d'entrée du sanctuaire s'est écrit sous mes doigts comme s'il m'était dicté inconsciemment par la déesse Pakhet en personne et j'ai cru de mon devoir de ne pas la décevoir mais de l'honorer.

– Et que t'a inspiré la déesse ? demanda Hatchepsout en se levant et en avançant la main pour que Senmout lui tendît le papyrus.

– Ne te dérange pas, Fille d'Amon, lui dit Senmout. Tu risquerais de tacher ta magnifique robe royale. Permets-moi de te lire le début de ce texte...

– Fais ! répondit Hatchepsout avec impatience. Nous t'écoutons !

Senmout se leva et vint se placer devant la reine puis il déroula la feuille qui s'était repliée sur elle-même et lut :

– « Mon esprit divin songe à l'avenir »... C'est la reine qui parle, crut bon d'expliquer Senmout.

– Bien !

– « Mon esprit divin songe à l'avenir parce qu'un cœur de pharaon doit envisager l'Éternité. Je respecte Maât, déesse de l'équilibre. Le dieu m'a créée pour rendre sa renommée rayonnante. En échange, je reçois de Rê le pouvoir de dominer l'Égypte et les pays étrangers. Les dieux ont fui parce que les rites n'étaient plus respectés. Je rétablis les traditions afin de renouveler la protection de la déesse. J'accomplirai l'éternel car le dieu Amon m'a montrée à tous sur le trône du Faucon. Autrefois, les envahisseurs se sont installés en Égypte en négligeant les divinités. Mon aïeul Ahmosis les a chassés. Je poursuis ainsi son œuvre et annonce celle qui va suivre. »

Un silence se fit. Senmout attendait le verdict de la reine.

– C'est exactement ce que je voulais voir inscrit sur le mur, dit Hatchepsout, très émue. Comment as-tu deviné ? Je n'avais pas moi-même réfléchi aux mots que je voulais employer.

– Il ne s'agit là que d'une ébauche, répondit humblement Senmout. Mais continue à parler. La divinité parle par ta bouche. Je vais m'asseoir de nouveau dans le coin et je me laisserai guider par elle.

– Vous avez tous entendu, dit Hatchepsout en se levant et en prenant un port hiératique. Chacun de ces mots devra être illustré dans le *pronaos* par des scènes évoquant mon couronnement. Le dieu Amon, assis, me remettra la couronne et je m'agenouillerai devant lui face à Pakhet. Tandis qu'il posera sa main sur mon épaule, la déesse portant le disque solaire sur sa tête et la croix ankh de la main droite, étendra son bras au-dessus de ma coiffe et acceptera, à la demande d'Amon, de prendre place sur mon front sous la forme d'un cobra lové. J'incarnerai alors Maât sur terre car je suis Maâtkarê, « Maât puissance vitale de Rê ».

Tous les hommes s'agenouillèrent devant elle. Ils tendirent leurs bras sur le sol et demeurèrent dans cette position tant que la reine ne les eut pas congédiés. Puis Hatchepsout s'avança vers Senmout qui rangeait son matériel, le visage radieux.

– Tu sembles heureux, lui dit-elle. Ton sourire me fait chaud au cœur.

– Mon corps irradie plus que s'il s'était exposé aux rayons de Rê pendant toute une journée. Je suis fier de ma reine et je sens que les dieux la protègent.

– N'oublierais-tu pas quelqu'un ? demanda Hatchepsout d'un air badin en faisant signe à ses suivantes de la suivre.

– Néférou-Rê ! s'exclama Senmout en courant vers la porte. J'espère qu'Ahmès-Penkhebet s'en occupe !

– Elle n'est que sa nourrice, dit Hatchepsout en riant. N'oublie pas que je t'ai nommé intendant et précepteur de ma fille pour que tu lui donnes un enseignement digne d'une Grande Épouse royale ou même d'un roi car on ne sait quel destin les dieux nous réservent... Peut-être même pourrait-elle devenir Grande Épouse à mes côtés puisque le dieu Amon m'a donné le pouvoir comme à un homme. Elle prendrait mon nom chéri d'Épouse divine, entrerait dans les temples, assisterait aux offrandes que je donne aux dieux... Veux-tu que je confie désormais Néférou-Rê à Senmen ?

– Il n'en est pas question ! s'exclama Senmout.

– Un jour viendra pourtant où tu n'auras plus le temps de t'en occuper. As-tu donné des ordres pour qu'on aménage la tombe de ma fille près de la mienne ?

– Bien sûr, souveraine du Double Pays.

– Eh bien ! Je veux aussi que ce temple de Pakhet rappelle son existence qui nous est si chère à tous deux..., suggéra la reine.

– Je savais que mon texte restait incomplet, dit Senmout irrité contre lui-même. Comment ai-je pu oublier Néférou-Rê ?

Neuvième partie

XXXIV

Les eaux du Nil regagnèrent leur lit lorsque les fêtes commémorant le souvenir d'Ahotep furent célébrées. Les paysans avaient beau s'activer dans les champs humides, satisfaits de la haute crue du fleuve, leur cœur battait de tristesse en songeant à cette femme exemplaire qui avait si bien secondé le pharaon Aménophis qu'ils vénéraient à l'égal d'un dieu.

Seule Iset qui se pavanait dans les couloirs du palais, le ventre rond, affichait sa bienheureuse destinée et sa joie qui se lisait sur son visage. Ses lèvres souriaient imperturbablement toute la journée, déclenchant la colère d'Hatchepsout. Ahmose avait bien du mal à tempérer les emportements de sa fille. Au fond d'elle-même, elle redoutait sans doute que l'histoire ne se refît et qu'Iset n'accouchât d'un garçon. La reine n'accepterait jamais que cet enfant mêlât ses jeux à ceux de Néférou-Rê.

Thoutmosis n'eut guère le temps de se réjouir de l'état d'Iset. Pennethbet, qui était parti mater une nouvelle révolte des Nubiens, arriva à Thèbes juste après la fête en souvenir d'Ahotep. Son rapport mit la reine de méchante humeur. Elle qui ressentait une profonde nostalgie en pensant à ses grands-mères et qui se sentait alors redevenir une jeune fille ordinaire surmonta ses faiblesses et prit une terrible décision.

– Pennethbet, dit-elle à son meilleur général, ces Nubiens nous insultent en osant nous défier. Ils ont déjà attaqué l'une de nos garnisons et ils prétendent aujourd'hui s'emparer d'une deuxième. Je vais leur montrer qui dirige l'Égypte et devant qui ils doivent se courber ! Un chef de garnison m'a également rapporté des tentatives de rébellion parmi ces peuples qui vivent dans le désert et convoitent nos richesses. Je les materai aussi ! Quant aux Hittites, qu'ils se tiennent tranquilles et qu'ils ne tentent pas de nous attaquer sournoisement ! Kallisthès et Senmout m'ont mise en garde contre leur mentalité...

– Autrefois, ils n'hésitaient pas à attaquer ton divin père par surprise sans même l'avoir défié. Quand ils apprenaient par un espion qu'il avait installé son camp non loin de leurs villes, ils s'approchaient de nuit et surprenaient les soldats égyptiens en plein sommeil !

– Je sais que mon père le leur a bien rendu et je lui donne raison, dit Hatchepsout. Après la visite du scribe hittite, j'avais entièrement confiance dans le roi Sauztata. Senmout m'a conseillé d'être prudente. Pennethbet, tu comprends combien il est important pour moi que la paix règne en Égypte.

Le général approuva de la tête. Il ne faisait aucun doute que la très frêle silhouette assise en face de lui sur un trône beaucoup trop grand pour elle ne se distinguerait jamais au combat en luttant au corps à corps contre un soldat étranger. Mais il lui restait l'audace et l'astuce.

– Me désapprouverais-tu si je te disais que Thoutmosis et moi allons partir demain avec tes soldats contre les rebelles nubiens ?

Pennethbet se montra embarrassé. Ses larges épaules frémirent. Il éprouvait beaucoup de respect et d'affection pour cette jeune femme dont les traits poupons présentaient encore la fraîcheur de l'adolescence. Il avait trop combattu aux côtés de l'ancien pharaon, le secourant même lorsque les bras de Rê ne se révélaient pas assez rapides pour le faire, pour ne pas ressentir, à l'égard de la fille d'Amon, une tendresse presque paternelle.

– Tu ne réponds rien ? s'étonna Hatchepsout en posant son regard perçant sur le robuste soldat.

– Tel Pharaon incarnant la divinité, tu pourrais prendre l'apparence d'Amon et effrayer l'ennemi. Mais je redouterais tant que tu ne sois blessée en pleine bataille !

– Thoutmosis me protégera ! Lui aussi sera aidé des dieux ! répondit fermement Hatchepsout, les narines épatées et les pommettes rouges.

Elle ressemblait ainsi à un animal sauvage prêt à mordre. Ses muscles se raidirent comme ceux d'un taureau sur le point de foncer ; ses pupilles se dilatèrent et ses yeux lancèrent des éclats semblables à ceux d'un vautour visant sa proie.

Cependant, Pennethbet secoua la tête. Il ne se montrait pas convaincu.

– Le fils de Moutnéfret est trop chétif pour

résister à un affrontement, dit-il. J'ai appris que son état de santé suscitait des inquiétudes...

– Il est encore assez fort pour semer le trouble dans le harem royal et concevoir un enfant avec une fille de rien, ce dont je me passerais volontiers...

Pennethbet préféra s'abstenir de toute remarque.

– Tu veux m'épargner, conclut la reine. Mais je ne reviendrai pas sur ma décision. Donne l'ordre de rassembler les troupes disponibles et préparons-nous à partir le plus tôt possible !

– Même tes vénérables aïeux ont autrefois consulté leurs conseillers avant de combattre les envahisseurs étrangers, osa Pennethbet.

– Ahmosis ne les a pas écoutés.

– Oh si, Majesté !

– Mais il n'a pas tenu compte de leurs conseils, ce qui revient au même.

Le brillant général dut reconnaître que la reine avait raison.

*
**

Le palais fut aussitôt en ébullition. La nouvelle que la reine partait au combat se répandit comme l'eau du fleuve sur la terre aride.

Senmout tenta de dissuader Hatchepsout, de lui montrer les dangers de la guerre.

– Prépare-toi plutôt à m'accompagner ! lui lança-t-elle.

Ahmose joignit ses prières à celles du précepteur de Néférou-Rê. Se rendait-elle compte qu'elle pouvait périr en laissant sa fille sans mère ? Thoutmosis s'en occuperait-il alors qu'il ne songeait qu'à la naissance de l'enfant d'Iset ? Hatchepsout ne devait pas compter sur elle dont l'âge était maintenant avancé.

En apprenant la décision d'Hatchepsout, Moutnéfret encouragea son fils à prendre les devants et à rassembler lui-même les troupes mais Thoutmosis demeurait stupéfait par le courage de sa demi-sœur qu'il ne cherchait pas à égaler.

– Un souverain doit rester au palais, dit-il à sa mère. Si Hatchepsout souhaite partir, mon rôle est de gouverner ici même !

Bien qu'elle fût souvent aveuglée par la tendresse qu'elle ressentait pour son fils, Moutnéfret cacha difficilement sa déception. Elle lui rappela qu'il gâchait l'une de ses seules chances de briller aux yeux du peuple.

– Hatchepsout s'impose dans ce pays, lui dit-elle posément. Elle prend toutes les décisions. Elle te met à l'écart. Elle s'adresse aux ambassadeurs étrangers en souveraine absolue. Si tu ne prends pas la tête de l'armée qui va partir en Nubie, tu te ridiculiseras.

– Pourquoi ? Je suis très jeune pour combattre. Hatchepsout est plus âgée que moi...

– Mais Amon t'a fait naître homme et le dieu potier Khnoum a confectionné sur son tour un mâle, non une femelle lorsque je t'attendais. N'oublie pas que tes frères défunts étaient bien plus jeunes que toi lorsqu'ils sont partis combattre.

– Ils en ont perdu la vie ! répondit Thoutmosis en tremblant.

À court d'arguments, Moutnéfret s'arrêta de parler, découragée.

*
**

Le lendemain, Hatchepsout manifesta le désir de passer en revue tous les fantassins et les anciens prisonniers de guerre que Pennethbet avait rassemblés.

– La plupart sont amollis par le manque d'entraînement, lui avoua-t-il. Ils se révèlent plus habiles à cultiver leurs champs qu'à porter leurs armes.

– Je saurai les encourager ! répondit Hatchepsout en revêtant une tenue militaire qui lui ôtait toute apparence féminine. Où sont-ils ?

– Dans la cour principale.

– Bien ! Je pourrai les haranguer du balcon d'apparition.

Près de cinq mille Égyptiens, Syriens, Libyens écoutèrent Hatchepsout sans enthousiasme. Peu à peu, cependant, les acclamations fusèrent du corps d'Amon, de celui de Rê et des « Arcs Habiles ».

Tandis qu'une très légère brise matinale soulevait et agitait les drapeaux, Hatchepsout s'assit sur un siège surélevé et assista à la distribution des armes qui rutilaient sous les rais naissants et lumineux. Puis elle se leva de nouveau et réclama le silence. Son regard captait le moindre geste, la plus petite rumeur dans les rangs des fantassins équipés d'arcs et de glaives. Elle cherchait à convaincre les plus réticents en les observant l'un après l'autre. Puis ses yeux embrassèrent l'infini désert lointain au-delà des inégales rangées de lances dressées.

– Maintenant que les armes sont sorties pour soumettre les peuples révoltés contre l'Égypte, donnons une leçon à ces maudits Nubiens !

Senmout alla la soutenir et l'encouragea du regard. Il ressentait une profonde admiration pour sa reine qui avait su envoûter les hommes. Pennethbet se plaça à sa gauche. Thoutmosis rejoignit également sa demi-sœur au balcon, la coiffe de la double couronne sur la tête, et souleva l'enthousiasme des Égyptiens. Certains le saluèrent en agitant leurs casques à visière et à cimiers.

Thoutmosis avait revêtu la même cotte de mailles qu'Hatchepsout. À son côté pendait un glaive en forme de faucille. Comme pour se donner de l'assurance et une certaine contenance, Thoutmosis en tenait le pommeau bien serré dans sa main moite.

Les soldats, le torse nu, donnèrent leur nom aux scribes qui inscrivirent sur des rouleaux de papyrus les armes qu'ils avaient reçues. Ils ne portaient qu'un simple pagne.

Certains s'entraînaient déjà avec des arcs à courbure simple ou double en lançant leurs traits vers une cible en bois. D'autres manipulaient leurs glaives à lame courbe d'origine asiatique, ceux-là même que les rois syriens déposaient après leur mort dans leurs tombeaux. Les plaques de métal recouvrant leur cotte en cuir s'entrechoquaient en tintinnabulant. Leurs bras nus brillaient d'huile.

– Et les chars ? demanda Thoutmosis à Pennethbet.

– Les cochers attendent dehors.

– Eh bien, allons-y !

Hatchepsout marcha en tête, d'un pas décidé. Toutes les caisses des chars en cuivre étincelant resplendissaient de dessins variés, de palmiers, d'animaux, de spirales et de volutes.

Les chars des souverains brillaient de l'or le plus pur. Les harnais des chevaux, dorés, étaient réunis en une cocarde en forme de fleur. Des plumes d'autruche jaillissaient du sommet de leur tête. Des banderoles ornaient leurs corps et flottaient au vent. De mille couleurs, ils paraissaient prêts pour une parade ou une fête.

Les écuyers, le fouet à la main, attendaient les soldats. Un arc, des javelines et des carquois reposaient pêle-mêle dans la caisse des chars ouverte à l'arrière.

Les chevaux avaient été brossés et peignés. Noirs ou marron, le poil luisant, les muscles saillants sous leur peau lisse, ils piaffaient ou somnolaient debout, accablés par la chaleur. Sentant soudain qu'un événement exceptionnel se préparait, ils s'énervaient et hennissaient en s'éveillant tout à coup, cherchant à ruer.

En entendant les soldats approcher, ils tentèrent de reculer de plusieurs pas. Les cochers firent claquer leurs fouets pour les maintenir au repos.

– Quel char préfères-tu ? demanda Thoutmosis à sa sœur.

Hatchepsout s'avança vers le plus beau, la tête haute. Son pagne blanc, son casque trop grand, brillant de mille feux, qu'elle portait sous le bras, les mitaines en cuir qui protégeaient ses mains, semblables à celles qu'utilisaient les boxeurs crétois, lui donnaient des airs d'amazone.

Quand elle s'adressa à Thoutmosis, Rê darda ses rayons sur les yeux fixes, rutilants de lapis-lazuli, du cobra en or qui ornait son front.

– Je suis heureuse de constater que tu as changé d'idée et que ton courage a pris le pas sur tes craintes.

– Quand l'un des souverains fait preuve d'irréflexion, les dieux agissent pour tempérer l'allégresse de l'autre. Sinon, que deviendrait le pays ? Comment combattre et diriger en même temps ? Si tu veux gouverner par le bras et la force, je deviendrai la tête de l'empire égyptien.

Hatchepsout monta sur la plate-forme du char en éclatant de rire tandis qu'un porteur de boucliers se plaçait devant elle en lui tendant un étui plein de javelines.

– Accroche-le sur le côté de la caisse, ordonna la reine en regardant Senmout qui tenait Néférou-Rê dans ses bras. Attendez ! ajouta-t-elle en redescendant du char.

La reine embrassa sa fille qu'elle tint longtemps serrée contre elle. Tous les soldats contemplaient cette scène attendrissante sans rien dire, en se demandant comment une femme pouvait décider de partir en campagne. Les leurs les attendaient en pleurant sur la route qui les conduirait en Nubie sans certitude d'en revenir.

Comme Néférou-Rê se montrait effrayée par la tenue inhabituelle de sa mère, Hatchepsout la redonna à Senmout.

– Tu prendras soin d'elle, lui dit-elle. Sois vigilant. Je te confie le palais.

– Je le promets à la reine des Deux Pays, dit Senmout en se jetant à ses pieds pour dissimuler la contrariété qui se lisait sur son visage.

Le Grand Prêtre Amen s'avança près de l'autel improvisé qui avait été aménagé devant le palais. Il sacrifia un bélier en l'honneur d'Amon et psalmodia des prières pour invoquer les dieux de la guerre et de la victoire.

– Que les morceaux de cette bête jeune et robuste soient distribués aux dieux, dit Hatchepsout en saisissant soudain les rênes de ses chevaux et en s'emparant du fouet de son cocher. Amon me soutient !

XXXV

Les trompettes de cuivre résonnèrent. Les chars s'ébranlèrent. Les fantassins suivirent en colonnes. Les porte-parasols se précipitèrent au-devant de la voiture de la reine. Des ânes portaient des jarres et des ballots de nourriture qui battaient leurs flancs.

Après avoir dépassé la file des enfants et des épouses de soldats qui pleuraient ou lançaient de fiers vivats, le cortège longea tranquillement le Nil, soulevant l'étonnement des paysans et des villageois. Les Égyptiens se demandaient, en effet, quels dangers pouvaient se révéler suffisamment inquiétants pour qu'une femme revêtît une cotte de mailles et s'habillât en soldat. S'arrêtant de bêcher ou de semer pour mieux observer, ils ne parvenaient pas, toutefois, à reconnaître Hatchepsout dans sa tenue militaire.

Au terme d'une première journée de marche éreintante, sur un chemin pierreux parsemé d'ornières profondes dans lesquelles versaient les chars que les cochers maintenaient déjà difficilement debout, Pennethbet ordonna d'installer le campement près du fleuve. Cette décision entraîna des murmures soulagés dans les rangs. Chacun put se laver et se détendre en dévorant des cuisses de bœufs cuites sur des feux de brindilles.

Hatchepsout attendit que tous les hommes fussent réunis pour manger puis elle ordonna à ses suivantes de l'accompagner jusqu'au Nil.

– Surveillez bien les alentours, leur dit-elle en ôtant ses vêtements derrière de hauts roseaux. J'ai aspiré toute la journée à me baigner. Cette poussière qui couvre mon corps asséchait aussi mes lèvres et ma bouche. Si quelqu'un approche, chassez-le et faites un signe pour me prévenir ! Je voudrais également que vous laviez mon pagne qui de blanc est devenu gris.

La reine put ainsi se baigner tranquillement. Elle regagna sa tente discrètement et se fit masser les jambes et le dos avec des onguents de plantes cueillies par Kallisthès. Puis elle croqua quelques fruits avant de se coucher. Des senteurs de bœufs grillés embaumèrent l'espace. Par la fente de l'entrée légèrement entrebâillée et gardée par de robustes soldats du palais, elle discerna avant de s'endormir des fumées qui s'étiolaient. Le chuchotement des conversations la berça.

*
**

L'armée marcha pendant huit jours en faisant des haltes indispensables aux ravitaillements et au repos car la reine avait manifesté le désir d'en finir au plus tôt avec les Nubiens pour revenir à Thèbes s'occuper de l'embellissement du temple d'Amon. Afin de gagner du temps et de satisfaire sa reine, Pennethbet décida d'emprunter un chemin plus rocailleux mais plus court qu'à l'ordinaire.

Les soldats partaient à l'aube pour éviter les fortes chaleurs sur le début du parcours. Des hymnes guerriers rythmaient leurs pas. Peu à peu, la fatigue gagnait leurs membres qui se faisaient lourds et durs. Leurs fronts suaient abondamment. Certains voyaient des mirages ; d'autres tombaient dans la poussière. Vers la mi-journée, les hommes n'avaient plus le courage de chanter. On n'entendait plus que le cliquetis des armes, le grincement des roues, les suffocations des militaires et des bêtes et, parfois, un oiseau qui déchirait le ciel d'un cri strident.

Quand ils arrivèrent à l'endroit où bouillonne le Nil, les soldats retrouvèrent leur courage. Au-delà se trouvait la Nubie. Hatchepsout et Thoutmosis décidèrent de rejoindre leur palais de passage et encouragèrent Pennethbet à prendre le plus de ravitaillement possible avant d'affronter le désert nubien. Il fallait remplir les jarres d'eau.

Le soir même, Hatchepsout invita Pennethbet au palais. Elle voulait savoir quelle piste ils emprunteraient et connaître l'emplacement de la deuxième garnison.

– La deuxième et la troisième garnison ne sont plus très loin d'ici, lui révéla Pennethbet. D'ailleurs, j'ai recommandé à mes hommes d'être vigilants et j'ai envoyé deux éclaireurs aux nouvelles. Dorénavant, pour ne pas être repérés, nos chevaux et nos chars ne devront plus dégager de nuages de poussière et nous nous contenterons de manger des fruits pour ne pas allumer de feux. Nous devrons également effacer toute trace de campement.

– Mais il fait frais, la nuit, par ici, dit Thoutmosis. Les hommes aimeront peut-être se réchauffer autour d'un feu.

– Ils sont habitués au climat. La plupart redoutent plus la chaleur que la fraîcheur du soir.

– Quand pourrons-nous repartir ? demanda Hatchepsout.

– Demain, si tu le souhaites. J'ai fait soigner et brosser les chevaux.

– Laissons les soldats se reposer, proposa la reine. Tes éclaireurs auront ainsi tout loisir de nous faire un rapport complet de la situation.

– Voilà qui me paraît sage, répondit le général.

*
**

Les éclaireurs revinrent rapidement au camp. Ils déclarèrent à Pennethbet qu'ils avaient suivi un défilé jusqu'à la plaine et qu'ils y avaient trouvé des traces de lutte.

– Des Égyptiens ont été tués. Mais des ennemis gisaient en plus grand nombre sur le sol, une lance ou des flèches à travers le corps. Nous sommes arrivés aux portes de la place fortifiée de la deuxième garnison. Le chef était heureux d'apprendre que Pennethbet arrivait à son secours. Il attendait avec impatience des nouvelles des hommes qu'il avait envoyés à l'extérieur pour repousser l'ennemi.

– Sa petite unité suffit pour faire respecter l'ordre aux frontières ou pour intimider des rebelles isolés mais pas pour combattre des milliers d'hommes déchaînés, dit Pennethbet, pensif.

Les éclaireurs confirmèrent à leur général que les ennemis étaient presque aussi nombreux que les Égyptiens, fantassins et combattants de chars réunis.

– Ils luttent sans plan ni discipline, répliqua Pennethbet. Ils ont déjà subi plusieurs défaites grâce à la résistance de la deuxième et troisième garnisons. Le siège de la première a duré suffisamment longtemps pour les éprouver. Je doute qu'ils résistent à nos forces. Les troupes vaillantes de première ligne devraient suffire à les anéantir. Je placerai derrière elle l'armée royale puis les fantassins.

Cette tactique n'était pas innocente. Pennethbet voulait convaincre les souverains de rester auprès de leurs troupes. Les soldats de premier plan les protégeraient lors des assauts les plus redoutables.

– Nous avons cru comprendre que les Nubiens se désintéressaient maintenant des garnisons égyptiennes pour marcher sur l'Égypte et qu'ils tentaient de passer la frontière, ajoutèrent les éclaireurs. Ils ne devraient pas être loin d'ici. Quand nous sommes arrivés et qu'il nous a vus sur les hauteurs découpées de la colline, le chef de la deuxième garnison a pris peur en croyant que les Nubiens avaient semé ses hommes et qu'ils revenaient incendier la place forte, mais il a vite compris que leurs ambitions étaient plus grandes.

Pennethbet fit aux souverains un rapport exact de ce que lui avaient appris les éclaireurs.

Dès le lendemain, l'armée égyptienne partit pour la Nubie. Non loin de la place forte que les rebelles avaient tenté de forcer à l'aide de puissants béliers, Thoutmosis fit établir un camp fortifié. Tout autour fut aménagée une palissade de boucliers. À l'intérieur, deux grandes tentes abritèrent les souverains et une autre, plus modeste, le général. Les soldats se reposaient dans des abris en bois. Sur des supports à trois pieds reposaient des récipients de vin.

Ceux qui avaient été réquisitionnés balayaient devant les tentes, arrosaient le camp d'eau tiède ou déchargeaient les ustensiles, les couvertures et les tabourets. La plupart des écuyers n'avaient pas quitté leur char. Ils y dormaient, la tête enfouie dans la caisse et les jambes pendant à l'arrière. Les animaux qu'Hatchepsout avait tenu à emmener avec elle somnolaient devant sa tente.

Les chevaux mangeaient tranquillement. Les ânes, soulagés de leurs fardeaux, se prélassaient à terre ou tentaient quelques galops.

Assis sur un trône placé sur une estrade, Thoutmosis convoqua Pennethbet après lui avoir laissé le temps de se reposer. Il lui demanda quel était son plan.

– Dès que nous trouverons ces sauvages, attaquons, répondit aussitôt le général qui déroula des cartes en papyrus sur la table de travail de Thoutmosis. Que redoutons-nous ? Nous sommes bien supérieurs à ces vauriens ! Lavons les villages de cette racaille !

– Je suis d'accord, dit Hatchepsout qui entrait à cet instant sous la tente de son frère et qui tenait à donner son avis. Mais agissons dans les règles de l'art. Proposons à chacun de ces chefs rebelles un jour et un lieu de bataille. Laissons-leur le temps de s'organiser et évitons de les attaquer de nuit. Rappelons-leur que Pharaon, envoyé sur le champ de bataille par le dieu Amon, va lutter contre eux et qu'ils n'ont aucune chance de l'emporter. Ne cherchons pas à les berner ! Ne camouflons ni nos forces ni nos objectifs ! Les dieux décideront de leur triste sort. Ainsi Seth le dieu guerrier nous recommande-t-il d'agir !

– Tu leur fais là bien trop d'honneurs ! clama Thoutmosis en se moquant de sa sœur. Les femmes n'ont décidément pas leur place sur un champ de bataille ! Oublierais-tu qu'ils ont incendié une garnison égyptienne par surprise sans même laisser le temps à nos soldats de prendre leurs armes !

– Je ne suis pas de cet avis, auguste souverain, dit prudemment Pennethbet. La reine a raison. Nos ennemis prendront peur rien qu'en apprenant que les rois égyptiens se sont déplacés en personne avec leur armée et que les dieux frapperont à leur place. Il se pourrait même que nous gagnions ainsi la bataille avant même de commencer !

Pennethbet cherchait à tout prix à éviter un conflit

sanglant dans lequel Hatchepsout risquait de perdre la vie.

– Je veux bien les intimider, répondit Hatchepsout. Mais, sache que nous les combattrons quoi qu'il arrive ! Je ne les laisserai pas s'en tirer à si bon compte ! Sinon, tu sais comme moi qu'ils se soulèveront de nouveau avant la prochaine saison. Je les traînerai à Thèbes, les fers aux pieds !

– Il faudra alors éviter les défilés, les voies étroites où les soldats n'avancent qu'en colonne par un, conseilla Pennethbet en montrant des endroits cochés d'une croix sur la plus grande de ses cartes. Nos forces seront d'autant plus efficaces qu'elles se déploieront au grand jour.

XXXVI

Deux jours plus tard, un messager d'un chef nubien arriva au camp égyptien. Il disait qu'il avait bien reçu la lettre des souverains et qu'il les attendait au sortir de la passe El Arma.

– Il s'agit d'un piège, dit aussitôt Pennethbet. Dès que nous nous engagerons dans l'étroit chemin se faufilant entre les montagnes, les Nubiens nous attaqueront par surprise et harcèleront nos avants et nos arrières. Nos soldats seront pris et massacrés.

– Allons ! Nous avons suffisamment patienté ! dit la reine. Nous attaquerons demain à l'aube !

Quand elle se retira, ce soir-là, sous sa tente, Hatchepsout éprouva beaucoup de nostalgie. Elle songea à Thèbes, à Néférou-Rê et à Senmout qui travaillait à son temple de millions d'années. Elle était sur le point de s'endormir quand un pan de sa tente se souleva. Un homme entra et renversa un tabouret.

– Qui est là ? demanda la reine en se levant et en s'emparant du couteau qui ne quittait pas sa petite table de chevet. Où sont mes gardes ?

La reine entendit une respiration lente. Elle

chercha sa lampe en tremblant et sentit bientôt une main saisir son bras nu. Surprise, elle laissa tomber son couteau. L'homme l'entraîna sur la couche recouverte de nombreux coussins. Hatchepsout se débattit et le repoussa sans difficulté. L'étranger sentait le vin. Les chiens d'Hatchepsout jappèrent et remuèrent la queue. Ils reniflèrent et commencèrent à aboyer et à grogner.

– Gardes ! cria la reine. Arrêtez cet homme et exécutez-le tout de suite !

Comme personne ne lui répondait, la reine réussit enfin à allumer sa lampe.

– Thoutmosis ! s'exclama-t-elle en reconnaissant son époux. Mais que fais-tu ici ? Tu es ivre ! Où sont les gardes ? Pourquoi ne répondent-ils pas ?

– Je leur ai ordonné de nous laisser seuls, hoqueta Thoutmosis.

– Je suis lasse, dit Hatchepsout. Une rude journée nous attend demain. Que veux-tu ?

Comme Thoutmosis s'approchait d'elle, Hatchepsout le poussa sur une natte qui recouvrait le sol.

– Je ne fais pas partie de ton harem, Thoutmosis !

Elle sortit et ordonna aux gardes d'emmener son frère. Embarrassés, les Égyptiens au crâne rasé et au pagne en forme de devanteau triangulaire, ne bougèrent pas.

– Êtes-vous sourds ? rugit Hatchepsout. Pharaon vous donne un ordre et vous restez sourds à ses paroles ? Savez-vous quelle punition va sanctionner une telle attitude ?

Apeurés, les deux gardes entrèrent sous la tente et

virent Thoutmosis allongé à terre. Il venait de s'assoupir.

– Emmenez-le sous sa tente ! répéta Hatchepsout. Et vite ! Sinon, Amon saura venger sa fille et vous infliger le pire des châtiments !

Comprenant que Thoutmosis ne se rendait pas compte de l'endroit où il se trouvait, les gardes s'approchèrent de lui et le saisirent par les pieds et les épaules.

– Allez le coucher et surveillez ma tente. Je veux dormir en paix !

Les deux Égyptiens aux bras musclés se contentèrent de hocher la tête. Ils avaient une boucle d'oreille d'un côté du visage. Leur peau était très foncée.

Sur le qui-vive, Hatchepsout s'endormit avec peine. La moiteur de la nuit l'empêchait de respirer paisiblement. Elle restait à l'écoute du moindre bruit, se demandant si son angoisse provenait de ce qui l'attendait le lendemain. Son père ressentait-il autrefois les mêmes sensations à la veille d'un combat ?

Ses yeux se fermèrent au petit matin. Elle rêva alors à Iset qui venait la narguer et à Thoutmosis qui mourait devant elle sur son char, transpercé d'une flèche.

Son père Amon la visita et lui redonna courage. Son corps fut imprégné d'une force inattendue. Quand le tumulte du camp la réveilla, ses hésitations et ses craintes avaient totalement disparu. Il lui semblait que ses bras étaient devenus de pierre, que ses épaules dégageaient une puissance insoupçonnée, que ses jambes s'étaient assouplies. Elle était si concentrée sur l'objectif qu'elle s'était fixé que rien ne paraissait devoir l'arrêter.

Ses deux suivantes l'aidèrent à se laver puis à revêtir sa cotte de mailles mais, pour la première fois, elle ne leur dit mot. Elle mangea une galette en hâte et sortit, le visage impassible.

À l'extérieur, Pennethbet l'attendait avec l'ensemble des soldats prêts à partir. Sur son char, Thoutmosis, blême et titubant, paraissait à peine éveillé.

Hatchepsout adressa un simple signe de tête à Pennethbet puis elle monta dans son char.

– Nous avons repéré au petit matin des traces de chevaux et de chars un peu plus au sud, lui dit le général en s'approchant d'elle. Je suis convaincu qu'il s'agit des Nubiens.

– Bien ! se contenta de répondre Hatchepsout.

Pennethbet donna l'ordre au cortège de s'ébranler.

– Vous combattrez aux côtés de Pharaon, Vie, Santé, Force, dit-il. En luttant auprès d'Hatchepsout et de Thoutmosis, vous serez auprès du *ka* d'Amon. Si Pharaon a besoin de votre aide, soyez présents ! Ne l'abandonnez jamais car Amon ne vous le pardonnerait pas !

Hatchepsout ne broncha pas. Elle se tenait droite, belle dans sa majesté, impassible comme une statue, blanche, telles les statues de marbre que les sculpteurs du palais avaient réalisées d'elle.

D'un aspect irréel, son casque orné du cobra dressé et du vautour sur sa chevelure ramenée en chignon, ses membres frêles sortant de son habit d'homme, elle semblait issue d'un récit légendaire ou mythologique. Telle une déesse conduisant des mortels à la guerre, elle symbolisait déjà la victoire et la gloire. Hatchepsout l'intouchable contemplait le chemin rougeâtre qui s'étendait devant elle. Son écuyer fit claquer son fouet. Son porte-parasol n'osait respirer de peur de la déranger.

Hatchepsout face aux monts et aux crêtes déchiquetées, Hatchepsout face au désert, suivie de Thoutmosis et de ses soldats, avançait droit devant elle, Lumière d'Amon auréolée de Rê, les rayons éclaboussant sa cotte de métal, en laissant derrière elle des grains de poussière et des nuages de sable.

*
**

Plus les Égyptiens se rapprochèrent des Nubiens, les distinguant sans ambiguïté, plus l'agitation gagna les rangs. Pennethbet arpentait les colonnes de soldats et de chars, distribuant ses ordres. Bientôt les premières troupes furent prêtes à donner l'assaut, les lances en avant. Elles se placèrent devant la reine et Thoutmosis qui durent rejoindre les troupes royales précédant les fantassins.

D'autres chars les dépassèrent et se placèrent juste derrière les soldats de première ligne. Les Nubiens rattrapés commençaient à s'affoler. Certains tentaient de fuir ; d'autres recherchaient l'affrontement.

– D'où nous sommes, nous ne voyons rien ! cria Hatchepsout, entraînée par l'euphorie générale. Avançons et chargeons !

L'écuyer dut lancer ses chevaux au galop. Il s'arc-bouta dans la caisse afin de se protéger des coups et des flèches. Hatchepsout s'empara de son arc et le banda habilement. Mais au moment où son char arrivait en face de l'ennemi, elle fut déséquilibrée et manqua tomber sur le champ de bataille. Se voyant en fâcheuse posture alors qu'un Nubien se penchait déjà vers elle sa lance en avant, la reine reprit ses esprits et lui envoya une flèche en pleine poitrine. L'homme se recroquevilla de douleur et roula dans la poussière.

– En avant ! cria Hatchepsout en se baissant pour éviter une pluie de projectiles.

– Je ne puis avancer ! hurla le cocher pour se faire entendre malgré les cris, les gémissements et les bruits d'armes qui jaillissaient de tous côtés dans un vacarme épouvantable. Il n'y a partout que corps et chevaux en travers de mon chemin. Les roues du char sont bloquées !

À cet instant surgit Pennethbet.

– Majesté, que faites-vous là en pleine bataille ? dit-il en montant sur le char royal et en protégeant la reine de sa lance. Je vais vous couvrir. Revenez vers l'arrière !

Couverte de sang et de poussière, la reine refusa de s'éloigner.

– Les rangs n'existent plus ! Les Nubiens ont presque tous perdu leurs armes. Ils se battent comme ils le peuvent. Laisse-moi les achever !

Elle s'empara de la lance de Pennethbet et atteignit un ennemi au bras.

– Approche-toi de ce maudit Nubien, que je récupère l'arme ! dit-elle au cocher.

Elle serait tombée du char si Pennethbet ne l'eut rattrapée à temps. Son visage n'avait plus un aspect humain. Son maquillage avait coulé sur ses joues ; son casque, de travers, lui donnait une apparence effrayante ; ses doigts saignaient.

– Regarde, Pennethbet ! Les Nubiens se défendent sans conviction. Ils se savent perdus.

– Alors, laisse-toi conduire à l'écart et tire de toutes tes forces sur ces traîtres !

Hatchepsout accepta. Elle commençait à faiblir. Ses mollets mis à dure épreuve ne la soutenaient plus. Ses épaules et le haut de ses bras éprouvés par les tirs lui arrachaient chaque fois qu'elle bandait son arc un cri effrayant. Très vite, le silence revint. À l'exception de quelques escarmouches isolées, les Nubiens avaient fui ou étaient étendus à terre, morts ou sévèrement blessés.

Les soldats égyptiens, heureux d'en avoir terminé mais las d'avoir combattu, se regroupaient, les membres épuisés, les vêtements déchirés et ensanglantés. Thoutmosis se tenait debout dans son char, la mise impeccable et le regard fier. À son apparence, Hatchepsout devina qu'il avait préféré rester à l'abri pendant toute la bataille.

Les Égyptiens achevaient les blessés en leur tranchant la gorge puis ils coupaient l'une de leurs mains afin de comptabiliser les morts. Du sable chaud imprégné de sang montait une odeur nauséeuse et âcre.

– Ainsi donc nous avons vaincu, dit Hatchepsout à Pennethbet. Je veux qu'un monument commémore notre gloire ici même !

– Majesté, que comptez-vous faire des chefs nubiens ?

– Nous allons les ramener à Thèbes et les faire défiler lors du triomphe. Puis nous les sacrifierons à Amon. Qu'ils payent très cher le fait de nous avoir déclaré la guerre alors que nous leur apportions la paix ! Combien d'ennemis avons-nous tués ? Y avait-il des traîtres égyptiens parmi les Nubiens ?

– Les Nubiens ne semblaient pas très nombreux mais ils auront reçu une leçon qui permettra aux autres de réfléchir.

L'un des chefs nubiens hurla à la reine :

– Même si vous nous battez encore, nous nous révolterons toujours contre le fait que vous nous exploitez ! Nous vous payons des tributs considérables !

– Tout le monde verse à l'Égypte son dû, répliqua la reine. En échange, elle vous assure sérénité et protection ! As-tu participé à l'incendie de la première garnison ?

Le Nubien se tut. Il s'assit par terre et attendit que l'on statuât sur son sort, le regard effaré et la mine hagarde.

– Nous ne tirerons rien de ces têtes de mules ! dit Hatchepsout. Pennethbet ! Fais aménager un campement loin de ce champ de bataille. Demain, vous enterrerez les Égyptiens dans le sable et brûlerez les cadavres des Nubiens. Tuez aussi les prisonniers que nous n'emmènerons pas avec nous. Thoutmosis et moi assisterons à leur exécution. Que les blessés égyptiens soient réunis sous quatre tentes. Je passerai moi-même les voir et les réconforter.

– Bien, ma reine, répondit Pennethbet, satisfait de l'issue du combat. Je vais auparavant dicter au scribe le récit de la journée. Il nous occupera une bonne partie de la nuit !

*
**

Le surlendemain, Hatchepsout sortit avec plaisir de son nécessaire de toilette sa plus belle perruque et ses bijoux. Elle revêtit une robe seyante et monta sur son char nettoyé et rutilant au soleil. Deux femmes l'éventaient.

Elle pénétra ainsi dans la ville où bouillonne le Nil qu'elle avait quittée quelques jours avant, l'angoisse au ventre. Thoutmosis suivait mais la rumeur rapportait déjà dans toute l'Égypte que la reine avait été habitée d'un dieu et qu'elle avait combattu comme un redoutable guerrier.

Les Égyptiens l'acclamèrent dès qu'elle pénétra dans la ville. Des pâtisseries et de la bière furent distribuées aux soldats. Hatchepsout se dirigea vers son palais de passage et s'installa sur la tribune qui avait été aménagée pour elle et son époux. Elle fit défiler les prisonniers devant elle et les officiers égyptiens qu'elle récompensa. Les chefs nubiens, les mains liées derrière leur dos à l'aide de lanières de cuir, tombèrent aux pieds des souverains égyptiens.

Ceux qui tentaient de se relever sans y être invités étaient fouettés et retombaient en gémissant.

Sur l'invitation de la reine, Pennethbet rapporta dans les moindres détails tous les événements aux Égyptiens rassemblés en lisant les rapports qu'il avait dictés chaque soir à son scribe.

Thoutmosis se leva alors et dit :

– Que les ennemis de l'Égypte périssent ! Retournons vite à Thèbes honorer Amon, le remercier et lui donner une part du butin ! Les chefs nubiens lui seront offerts !

La foule cria d'enthousiasme et Hatchepsout annonça le début des festivités. Un banquet acheva la journée. La reine n'avait adressé aucun reproche à son frère. Lui l'admirait sans le montrer. Les officiers invités au dîner royal remercièrent la reine et la félicitèrent avec des manières parfois peu distinguées mais touchantes et sincères.

– Je n'aurai plus besoin dans l'avenir de faire mes preuves sur un champ de bataille, dit Hatchepsout à son époux en trinquant avec lui. Mais je ne regrette pas de m'être mêlée, au moins une fois dans ma vie, à ces courageux soldats. Je sais maintenant ce que ressentait notre père lorsqu'il combattait et quel courage habite ces militaires. J'éviterai toujours la guerre car elle entraîne des frais et des douleurs inutiles. Cependant, quand elle sera inévitable, je saurai qui choisir pour la diriger.

XXXVII

Hatchepsout et Thoutmosis revinrent à Thèbes sans précipitation. Les prisonniers nubiens qui avaient été épargnés mais marqués au fer rouge et qui étaient destinés à grossir l'armée égyptienne ou à être sacrifiés au dieu Amon marchaient lentement, les mains attachées derrière le dos.

Comme Pennethbet avait envoyé l'un de ses officiers accompagné d'une petite troupe auprès de la deuxième et de la troisième garnison pour s'assurer que les Égyptiens n'avaient plus rien à redouter des Nubiens, la reine préférait attendre que le détachement les rejoignît avant leur arrivée dans la ville d'Amon.

Les soldats les rattrapèrent le sixième jour et rassurèrent Hatchepsout.

– Les garnisons ne risquent rien, lui dit Pennethbet. Elles sont toutes deux bâties sur une hauteur, une colline escarpée difficilement accessible. Les chefs de garnisons les ont entourées d'une fosse remplie d'eau et d'une palissade solide. Aucun bois, aucun bosquet n'offre aux éventuels ennemis une possibilité d'approche aisée. La vue sur le désert permet aux Égyptiens d'être immédiatement informés si un messager se dirige vers la garnison.

– Telle était également la situation de la première garnison qui a pourtant subi d'importants dommages avant d'être incendiée.

– Les hommes ont été surpris en pleine nuit.

– Ils auraient pu l'être quand ils allaient chercher des ravitaillements, remarqua Hatchepsout.

– Plusieurs Égyptiens de la deuxième garnison sont morts au moment où les adversaires tentaient un siège.

– Grâce au souffle de vie que leur a transmis Amon, dit Hatchepsout, les autres sont encore en vie. Nous allons pouvoir entrer dans Thèbes. Nous ne rapportons pas du bois cher aux Égyptiens comme mon père en a autrefois transporté de Byblos et l'on ne construira pas de nouvelles barques à notre retour pas plus que l'on ne dressera de mâts devant les pylônes des temples. Nous n'avons pas recueilli non plus de troncs de sapin, de cèdre ni de caroubier et nos bœufs n'ont pas traîné le long des rives du fleuve des chars lourds et chargés. Les produits que le pharaon Thoutmosis prenait aux pays hittites plaisaient aux dieux, aux prêtres et au peuple. Aujourd'hui, nous avons avec nous des peaux de panthères, des boucliers et des couteaux, des hottes pour porter les enfants sur le dos, des meubles en or, en ébène et en ivoire, des défenses d'éléphants, des parfums capiteux et des plumes d'autruche.

– Un tel butin te vaudra les acclamations de la foule qui connaît déjà ton courage et la force que t'a transmise Amon ! dit Pennethbet avec respect et admiration. Pharaon a montré combien son pouvoir était grand au-delà des limites de l'Égypte. Amon et Rê l'ont vu les premiers. Pharaon marque ses frontières là où il le souhaite. Nos souverains n'ont plus qu'à écouter les réactions de leur peuple.

*
**

Le cortège entra dans Thèbes deux jours plus tard. Les Égyptiens crièrent à tue-tête en voyant leur reine qui avait placé sur sa tête la double couronne. Thoutmosis fut également applaudi avec quelques réserves. Pennethbet avait en effet raconté les exploits d'Hatchepsout et ses rapports circulaient déjà dans tous les bureaux du palais.

Les Égyptiennes, fières de leur souveraine, lançaient des fleurs et encourageaient leurs enfants à recouvrir le sol de pétales avant le passage d'Hatchepsout. Certains avaient confectionné des colliers odorants et osaient s'approcher du char de la reine pour les lui remettre.

Les prêtres se courbaient sur son passage et évaluaient les biens qui seraient offerts aux dieux après que Pharaon eut remis aux braves soldats leurs récompenses.

Les chefs nubiens marchaient en tête, les mains enserrées dans un carcan, une lanière de cuir autour du cou. Suivaient le char d'Hatchepsout et celui de Thoutmosis. La plupart des prisonniers faisaient des gestes de défaite et de soumission afin de sauver leur vie mais Hatchepsout les avait déjà condamnés à la pendaison afin de montrer au pays des Nubiens qu'elle seule régnait pour toujours sur leurs monts et leurs terres.

Hatchepsout et Thoutmosis montèrent sur une estrade aménagée devant le palais. La reine prit la parole et rappela qu'elle avait contraint l'ennemi à rester en Nubie alors qu'il voulait envahir l'Égypte. Elle ajouta qu'elle avait réuni les prisonniers comme du bétail, qu'elle les avait marqués et que l'Égypte serait désormais en paix.

Le peuple rassemblé l'acclama une nouvelle fois. Une cérémonie célébra l'exécution des chefs nubiens, une autre permit d'offrir une partie du butin aux dieux. Mobilier, cratères en or, gobelets avaient été alignés devant le sanctuaire d'Amon. Puis Thoutmosis harangua à son tour les officiers, les prêtres, les fonctionnaires et le peuple égyptien :

– Pharaon possède le feu qui réchauffe et l'eau qui éteint l'incendie. Il réprime toute révolte et ôte le souffle quand il l'a décidé. À la fille d'Amon a été accordée la victoire. Les dieux m'ont aidé et soutenu. Je leur offre en retour les chefs nubiens et ces trésors.

Hatchepsout sourit en revoyant devant ses yeux l'adolescent timidement recroquevillé dans un coin de son char, à l'écart de la bataille. Mais elle était trop heureuse pour entretenir des querelles familiales.

Grâce aux récits de Pennethbet, tout le monde savait qu'elle avait combattu avec ardeur et qu'elle était le seul vrai Pharaon de l'Égypte. Son cœur battait à la pensée qu'elle allait de nouveau serrer sa fille contre sa poitrine.

Hatchepsout quitta son trône dès que les festivités commencèrent. Senmout sortit des rangs et lui chuchota à l'oreille :

– Néférou-Rê t'attend.

– Et ma mère ?

– Elle est là.

Hatchepsout l'embrassa.

– Je suis fière de toi, lui dit Ahmose, les larmes aux yeux. Nous avons tellement tremblé pendant ces longs jours d'incertitude, sans nouvelles de toi !

Sans rien dire, Hatchepsout tendit les mains à Néférou-Rê qui la regardait de ses yeux ronds et étonnés dans les bras de sa nourrice.

– Ma petite fille, dit-elle en la cajolant.

Elle revit alors le sang qui inondait la plaine désertique de Nubie après les combats, les blessés achevés d'une lance, les traits de ses flèches qui se plantaient dans la poitrine de l'ennemi et elle murmura en caressant les cheveux fins de son enfant :

– C'était un autre monde.

Comme Hatchepsout se retournait vers Thoutmosis pour lui demander s'il souhaitait embrasser sa fille, la reine eut la douleur de le voir se diriger vers une autre nourrice.

– Quel est cet enfant nouveau-né ? demanda-t-elle à Ahmose.

– Il s'agit de Thoutmosis, fils de Thoutmosis II, le troisième du nom.

– L'enfant d'Iset ? demanda Hatchepsout.

– Oui. Le fils de cette femme ordinaire.

– Le fils... murmura Hatchepsout.

Senmout baissa les yeux. Il savait que cette nouvelle affligerait la reine.

– Je suis lasse, dit-elle, très lasse. J'ai besoin d'être seule pour me reposer enfin de la poussière, de cette route interminable et des violences auxquelles j'ai assisté.

– Je vais t'accompagner, dit Senmout.

– Non, fidèle Senmout, dit aussitôt la reine, je préfère méditer seule. N'y vois aucun mécontentement de ma part.

Hatchepsout rentra dans ses appartements. Elle se laissa laver et enduire d'onguents relaxants. Elle ressentait soudain une profonde tristesse alors que sa joie paraissait intarissable. Était-ce cette concubine sans envergure qui lui gâchait son plaisir ? Comme Thoutmosis l'avait regardée ! Avec quel amour il s'était penché vers son fils !

– Je ne me laisserai pas gagner par le dépit, dit-elle en s'échappant des mains de ses suivantes et en se faisant habiller d'une robe modeste et pratique.

Elle appela ses gardes.

– Suivez-moi ! leur dit-elle. Je veux une dizaine d'hommes avec moi !

Le cocher qui l'avait menée au combat la conduisit

au bord du Nil. Elle se rendit subitement compte qu'il était beaucoup plus jeune qu'elle ne le pensait.

– Comment t'appelles-tu ? lui demanda-t-elle. Ton expérience et ton habileté m'ont trompée sur ton âge. Tu as vingt ans tout au plus. Où habite ta famille ?

– J'ai vingt-deux ans, reine des Deux Pays, répondit le cocher intimidé, et j'habite dans un petit village au nord de Thèbes.

– Je veux que tu deviennes mon cocher attitré, dit la reine.

Le jeune Égyptien lâcha son fouet et arrêta ses chevaux pour se prosterner devant Hatchepsout.

– Allons ! Tu as vu ta reine dans un piteux état ! Qu'as-tu donc pensé de moi ?

– Que la fille d'Amon, Vie, Santé, Force était habitée du dieu son père !

La reine sourit, les yeux embués de larmes.

– Viens avec moi, dit-elle au cocher. J'ai besoin de traverser le fleuve. Cherche une barque et paie bien le passeur.

– Mais il faudrait la barque royale !

– Ce sera inutile, répondit la reine en descendant de son char et en faisant signe aux gardes de se regrouper autour d'elle.

Le cocher trouva un felouquier qui accepta de conduire le petit groupe sur l'autre berge.

– Nous avons juste besoin de ta barque, lui dit le cocher. Nous te la rendrons au retour.

Hatchepsout dissimula son visage à l'aide d'un voile. Un garde l'aida à s'installer sur un coussin légèrement humide dont la couleur rouge avait passé au soleil. Il l'abrita d'une ombrelle.

Quand ils arrivèrent de l'autre côté du Nil, dans la Vaste Prairie, Hatchepsout ordonna au cocher de louer des ânes.

– Mais Sa Majesté ne va pas monter sur une mule ! s'exclama-t-il.

– Pourquoi ? Sa Majesté a bien égorgé des Nubiens !

Le cortège disparut derrière les collines désertiques. Dès qu'Hatchepsout arriva dans le cirque de falaises abruptes qu'elle avait choisi comme emplacement de son temple de millions d'années, elle tomba à genoux et pria Rê et Amon. Elle crut déceler sur les cimes un animal sauvage qui s'enfuyait. Un oiseau de proie tourna plusieurs fois au-dessus d'eux. Les pistes ocre à peine visibles semblaient ne mener nulle part. Alors qu'elle aurait pu se sentir effrayée par l'isolement du lieu, Hatchepsout s'imaginait chez elle en ce lieu désert. Le soleil jaillit à ce moment de derrière les montagnes, face à elle, aveuglant. Elle fut inondée de lumière et les gardes se couchèrent à ses pieds.

– Je terminerai ma course terrestre à cet endroit et je vivrai là pour l'éternité, dit-elle.

Mais les vagissements du petit Thoutmosis, troisième du nom, venaient de lui rappeler les dangers de l'existence. Un cri de protestation la fit se retourner brusquement.

– Snen ! dit-elle en riant.

– Il est monté dans la barque d'un passeur et nous a suivis jusqu'ici, s'excusa le cocher.

Le singe bleu sautait sur place en regardant les monts qui l'entouraient. Il se mit à applaudir en dansant.

– Tu voudrais bien être enterré avec ta maîtresse, dit Hatchepsout. Qu'Amon fasse que ma vie dans l'Au-Delà commence le plus tard possible et que je puisse accomplir la mission que mon père Pharaon m'a confiée en mourant !

Rê répandit ses rayons dans l'espace vide, animant les pierres sèches et ternes. Il occupa le centre du cirque comme pour inviter le pharaon Hatchepsout à monter dans le char de l'éternel pour des courses nocturnes à travers le vaste ciel.

Les principaux rois de la XIIe à la XVIIIe dynastie

XIIe dynastie (XXe-XVIIIe siècle avant J.-C.)

Amenemet Ier
Sesostris Ier
Amenemet II
Sesostris II
Sesostris III
Amenemet III
Amenemet IV
Nefrousobek

Pendant les XVe et XVIe dynasties s'imposent les envahisseurs Hyksos (XVIIIe-XVIe siècle avant J.-C.) qui gouvernent à Avaris. Des rois ou gouverneurs égyptiens dirigent l'Égypte du Sud à Thèbes.

XVIIe dynastie (XVIe siècle)

Derniers rois de Thèbes
Tioua Ier (Grande Épouse : Titihéri)
Tioua II (Grande Épouse royale : Ahhotep)
Kamose

XVIIIe dynastie (XVIe-XIIIe siècle)

Ahmosis (Grande Épouse royale : Ahmès-Néfertari)
Aménophis Ier (Grande Épouse royale : Ahotep)
Thoutmosis Ier (Grande Épouse royale : Ahmose)
Thoutmosis II – Hatchepsout
Thoutmosis III
Aménophis II
Thoutmosis IV
Aménophis III
Aménophis IV (appelé Akhenaton)
Semenkarê
Toutânkhaton (appelé ensuite Toutânkhamon)
Aï
Horemheb

LISTE
DES PRINCIPAUX PERSONNAGES

Abou : Thébain dont les ascendants étaient des Hyksos.

Ahhotep : Sœur et épouse de Seqnrê Tioua II. Mère du pharaon Ahmosis, arrière-grand-père d'Hatchepsout.

Ahmen : Soldat de Thoutmosis Ier.

Ahmès : Thébain favorable aux Hyksos.

Ahmès-Néfertari : Épouse du pharaon Ahmosis, arrière-grand-père d'Hatchepsout.

Ahmose : Fille du pharaon Aménophis Ier. Épouse de Thoutmosis Ier et mère d'Hatchepsout.

Ahmosis : Premier pharaon de la XVIIIe dynastie, grand-père de la reine Ahmose et arrière-grand-père d'Hatchepsout.

Ahotep : Épouse du pharaon Aménophis Ier. Mère d'Ahmose.

Amemesis : Fils du pharaon Thoutmosis Ier et de Moutnéfret. Demi-frère d'Hatchepsout.

Amen : Frère de Senmout.

Aménophis Ier : Deuxième pharaon de la

XVIIIe dynastie, père d'Ahmose et grand-père d'Hatchepsout.

Amis : Adjoint de l'architecte Pémiat.

Apoui : Sculpteur thébain.

Ariane : Fille de Minos, roi de Crète.

Atnéferê : Mère de Senmout.

Bekkhy : Cousin de Senmout.

Bêlis : Épouse de Séti.

Bès : Paysan thébain, ami de Séti.

Gizé : Thébain favorable aux Hyksos.

Hapousneb : Grand prêtre d'Amon et vizir. Son père était déjà prêtre du dieu Amon.

Hatchepsout : Fille d'Ahmose, fille du pharaon Aménophis Ier, et de Thoutmosis Ier.

Imeni : Architecte de Thoutmosis Ier.

Inou : Coiffeuse d'Hatchepsout.

Inyt : Surnom qu'Hatchepsout donne à sa nourrice Shatra.

Iouf : Administrateur des domaines de la reine Ahotep.

Itiri : Précepteur des fils de Thoutmosis Ier.

Kabech : Fils de Serdjem. Ouvrier de Deir el-Medineh.

Kallisthès : Architecte venant de Crète.

Kay : Thébain favorable aux Hyksos.

Kebetnefrou : Sœur d'Hatchepsout. Fille d'Ahmose et de Thoutmosis Ier.

Kérès : Gouverneur au service de la reine Ahotep.

Kouat : Oncle de Senmout.

Mai : Peintre habitant Deir el-Medineh.

Menis : Servante et confidente d'Ahmose.

Minos : Roi de Crète.

Minotep : Frère de Senmout.

Montou : Un des maîtres d'Hatchepsout.

Moutnéfret : Première femme de Thoutmosis Ier. Mère de Amemesis, Oudjmose et Thoutmosis II.

Néfer : Chef d'équipe au Village des ouvriers de Thèbes.

Néferepet : Sculpteur thébain.

Néférou-Rê : Fille d'Hatchepsout.

Nobri : Dessinateur de Deir el-Medineh.

Nofretor : Sœur de Senmout.

Oudjmose : Fils du pharaon Thoutmosis Ier et de Moutnéfret. Demi-frère d'Hatchepsout.

Paga : Roi de Bouqras (Mésopotamie).

Paher : Précepteur des fils de Thoutmosis Ier.

Pémiat : Architecte et responsable des travaux du temple d'Amon.

Pennethbet : Soldat de Thoutmosis Ier.

Pêri : Frère de Senmout.

Protop : Dessinateur habitant le Village des ouvriers de Thèbes.

Qaa : Responsable des ouvriers de Deir el-Medineh.

Ramose : Père de Senmout.

Rêneferê : Tante de Senmout.

Roui : Cousin de Senmout.

Sauztata : Roi de Mésopotamie.

Senmen : Frère de Senmout.

Senmout : Fils d'Atnéferê et de Ramose. Soldat nommé par Thoutmosis Administrateur Suprême.

Senseneb : Mère du pharaon Thoutmosis Ier. Grand-mère paternelle d'Hatchepsout.

Sesostris Ier : Pharaon de la XIIe dynastie.

Sesostris II : Pharaon de la XIIe dynastie.

Séti : Thébain favorable aux descendants des Hyksos.

Shatra : Nourrice d'Hatchepsout.

Tay : Garde de la tombe pharaonique.

Thémis : Compagne de Kay.

Thoutmosis Ier : Gendre du pharaon Aménophis Ier et époux d'Ahmose. Père d'Hatchepsout.

Thoutmosis II : Fils du pharaon Thoutmosis Ier et de Moutnéfret. Demi-frère d'Hatchepsout.

Titihéri : Épouse du roi Tioua I.

Toui : Femme de Qaa, responsable des ouvriers.

Toui-Toui : Surnom d'Atnéferê, mère de Senmout.

Toury : Vice-roi de Nubie.

Tyanoun : Scribe royal.

Direction littéraire
Huguette Maure

Graphiste
Pascal Vandeputte

Composition P.C.A.
Bouguenais (L.-A.)

Impression réalisée sur CAMERON par
BRODARD ET TAUPIN
La Flèche

Imprimé en France
Dépôt légal : mai 1999
N° d'impression : 1258W
ISBN : 2-84098-473-3
LAF 014